DANIEL KOWALSKY

DER BABYLON PLAN

EIN LION-DANIELS-ROMAN

SCM
Hänssler

SCM

Stiftung Christliche Medien

SCM Hänssler ist ein Imprint der SCM Verlagsgruppe, die zur Stiftung Christliche Medien gehört, einer gemeinnützigen Stiftung, die sich für die Förderung und Verbreitung christlicher Bücher, Zeitschriften, Filme und Musik einsetzt.

MIX
Papier aus verantwortungsvollen Quellen
FSC® C014496
FSC www.fsc.org

Max-Eyth-Straße 41 · 71088 Holzgerlingen
Internet: www.scm-haenssler.de; E-Mail: info@scm-haenssler.de

Umschlaggestaltung: Oliver Berlin, www.oliverberlin.biz
Titelbild: Bilder: Adobe Stock
Autorenfoto: Daniel Kowalsky: © unbekannt
Satz: Satz & Medien Wieser, Aachen
Grafiken: S. 17: Starline/Freepik.com, S. 210: Freepik.com
Druck und Bindung: GGP Media GmbH, Pößneck
Gedruckt in Deutschland
ISBN 978-3-7751-6022-3
Bestell-Nr. 396.022

Daniel Kowalsky

Der Babylon-Plan

Ein Lion-Daniels-Roman

PROLOG

Babylon 2300 v. Christus

Peleg blickte auf die gespenstisch anmutenden Überreste des gigantischen Bauwerks. Ein Turm, der im Licht der Abendsonne förmlich zu glühen schien und dem Betrachter Zeugnis gab von einer großen Vergangenheit.

War es nicht dieser Turm gewesen, der einer Generation von Visionären und Enthusiasten - seiner Generation - die Zuversicht und Hoffnung gegeben hatte, Unmögliches möglich zu machen? Dieser Turm war nicht nur ein Bauwerk; nein, er war in der Tat das Symbol eines unglaublichen Plans gewesen, den sie nur gemeinsam verwirklichen konnten.

Damals schien ihnen die Welt zu Füßen zu liegen, und nichts und niemand konnte sie an der Ausführung des geheimen Plans hindern:

Eine Sprache, **ein** Turm, **eine** Stadt, **eine** Weltgemeinschaft mit unbegrenzten Möglichkeiten und **ein** gemeinsames Ziel ...

Peleg seufzte. Leider war alles ganz anders gekommen. Plötzlich und ohne Vorankündigung war etwas geschehen, das zum totalen Chaos geführt hatte. Peleg sträubten sich jedes Mal die Nackenhaare, sobald er an die Ereignisse der Vergangenheit zurückdachte.

Ein Mann Gottes hatte ihm klipp und klar beschrieben, was passiert war:

JHW – der Schöpfer des Universums – hatte persönlich eingegriffen und dafür gesorgt, dass keiner mehr die Sprache des anderen verstand. Er hatte persönlich für Verwirrung der Sprachen gesorgt, sodass sich die Menschen in alle Länder zerstreuten. Aber warum?

Peleg wusste warum: Rebellion gegen Gott.

Ja, sie hatten sich gegen den Schöpfer des Universums aufgelehnt, sich gegen ihn verschworen. Denn sie wollten keinen Gott, der sie als Versager betrachtete, als »Sünder«, die in Gottes Schuld standen. Nein, so ein Gott passte nicht zu ihnen und zu ihrer eigenen Vision.

Mit dem Turm hatten sie allen zeigen wollen, dass sie mit eigener Kraft und aus gutem Willen heraus eigene Göttlichkeit erlangen konnten. Es war eine Vision grenzenloser Freiheit, die sie angetrieben und beflügelt hatte. Sie mussten sich nur einig werden, und dann hätte ihnen alles gelingen können, was sie sich vorgenommen hatten ...

Doch JHW hatte sie gestoppt und ihr Projekt zum Scheitern gebracht.

Peleg schloss wehmütig die Augen.

Ja, es stimmte, sie waren gescheitert! Sie hatten ihre gemeinsame Sprache verloren, sie waren auseinandergetrieben worden. Sie hatten eine Schlacht verloren! Doch was geschehen war, war eben geschehen, damit musste er sich abfinden!

Denn der Plan existierte noch immer! Er lebte als Idee in den Köpfen einer Elite von Menschen weiter! Er war größer als Peleg selbst, viel bedeutender als jedes Menschenleben.

Peleg öffnete seine Augen und blickte auf den im Abendlicht leuchtenden Turm, den unvollendeten Turm zu Babel.

Dieser geheimnisvolle Plan hatte etwas Göttliches an sich. Und er, Peleg, hatte die letzten Jahre genutzt und persönlich dafür gesorgt, dass das geheime Wissen über diesen Plan Jahrhunderte, ja sogar Jahrtausende überdauern konnte; er würde von Generation zu Generation an einige wenige Auserwählte, an eine Elite von Priestern, weitergegeben werden. Und irgendwann würde die Zeit reif dafür sein.

Peleg blickte entschlossen zum Himmel auf und schrie laut:

»Der Plan wird umgesetzt werden – und nichts und niemand wird ihn aufhalten können!«

KAPITEL 1

Geheimes Forschungslabor im Bundesstaat Colorado – 04:30 Uhr

Leandro war voller Tatendrang! Noch heute, in dieser Nacht, würde er es durchzuziehen und abhauen.

Er wandte sich der weißen Schrankwand seines Büros zu und berührte den Griff einer Tür, hinter der sich sein Geheimnis verbarg.

Plötzlich hörte er ein knarrendes Geräusch. Erschreckt ließ er den Griff los, drehte sich um und blickte zur Tür.

Sie stand einen Spaltbreit offen. Warme Luft strömte vom Gang her in den klimatisierten Raum.

Er war sich sicher, dass er sie kurz zuvor verschlossen hatte. Sein Herz fing an zu rasen:

»Hallo, ist da jemand?«

Keine Antwort.

Schnell lief er zur Tür, öffnete sie vollends und schaute in den langen Gang des unterirdischen Laborgewölbes.

Niemand da! Es war wohl nur ein Luftzug, verursacht durch die Turbinen des Tunnelgebläses, der die Tür aufgestoßen hatte.

Warum sollte auch jemand hier sein? Es war Wochenende und zudem mitten in der Nacht; alle Mitarbeiter des Labors hatten schon lange Feierabend.

Er atmete tief durch, wischte sich den Schweiß von der Stirn und wandte sich mit immer noch klopfendem Herzen wieder der weißen Schrankfront zu. Er öffnete die vierte Tür von rechts, nahm aus dem untersten Regal ein paar Aktenordner heraus und tastete durch ein unscheinbares Loch an der Schrankrückseite nach einem verborgenen Hebel. Er legte diesen um und gab damit eine kleine, unauffällige Öffnung frei: Ein Geheimfach, das er einige Monate zuvor in mühevoller Arbeit und unter äußerster Geheimhaltung angelegt hatte.

Vorsichtig entnahm er aus der nur zwei mal zwei Zentimeter großen Nische einen Speicherchip, eine Spezialanfertigung. Dieser hatte es in sich, in jeder Hinsicht. Mal abgesehen von der enormen Speicherkapazität in Relation zur Größe war dieser Chip mit einer Tarnbeschichtung umhüllt, einem von ihm selbst entwickelten Spezialwachs, der von keinem Detektor aufgespürt werden konnte.

Leandro nahm seinen Schuh in die Hand, öffnete die Sohle und legte den Chip in einen exakt angepassten Hohlraum. Anschließend verteilte er Sekundenkleber auf die Unterseite und presste die Sohle wieder an den Schuh.

Niemand würde darauf kommen, dass sich in dieser Sohle ein Chip mit Geheiminformationen befand, so hoffte er zumindest. Die darauf gespeicherten Daten waren hoch brisant, eine Sensation! Wenn er auf dem Gelände der Anlage damit erwischt würde ... Leandro atmete tief durch. Das würde sein Todesurteil bedeuten, so viel stand fest. Die Verantwortlichen dieser Einrichtung hatten sehr viel zu verlieren, wenn diese Informationen an die Öffentlichkeit gelangten. Um das zu verhindern, würden sie auch vor einem Mord nicht zurückschrecken.

Seit zwei Jahren arbeitete er bereits in dieser geheimen Anlage, vierzig Meter tief unter der Erde. Das Gelände befand sich im Bundesstaat Colorado, weit abseits jeglicher Zivilisation. Es gab nur wenige Geheimnisträger, die von dieser Anlage überhaupt wussten. Und noch geheimer war das, woran die nur etwa dreißig Mitarbeiter in den Laboren arbeiteten. Und er, Leandro Bugatti, war Teil dieses hochqualifizierten Ingenieuren-Teams. Jeder Mitarbeiter gehörte zu der Elite seines Fachs – hier arbeiteten nur die Besten der Besten, eine Denkfabrik mit ungeheurer

Schlagkraft, eine Ansammlung von Genies, die in ihrer Konzentration wohl einzigartig auf der Welt war.

Aber woran arbeiteten sie überhaupt? Leandro war erst vor ein paar Monaten vollends dahintergekommen, und auch nur deshalb, weil er ein geheimes Gespräch zwischen dem Laborleiter Maxime Bineaux und dem deutschen Auftraggeber namens Gilbert Winter abgehört hatte. Er wollte eigentlich nur ins Büro des Laborleiters, um seinen wöchentlichen Forschungsbericht abzugeben, als er stockte. Die Stimme von Maxime Bineaux, sonst ein schroffer, autoritärer Typ, klang fast unterwürfig. Instinktiv hielt Leandro inne und lauschte an der nur angelehnten Tür.

Durch dieses Gespräch waren ihm die Augen geöffnet und ein Verdacht bestätigt worden, der sich Leandro in den letzten Monaten immer mehr aufgedrängt hatte, den er aber nicht hatte wahrhaben wollen.

Leandro bekam auch jetzt wieder eine Gänsehaut, wenn er daran dachte, was er und sein Team hier tatsächlich entwickelten. Es war nicht auszudenken, was geschehen würde, wenn die Auftraggeber ihre Pläne mithilfe dieser Erfindungen in die Tat umsetzen würden.

Umso wichtiger war es, dass er mit den sorgsam zusammengetragenen digitalen Geheimdokumenten schnellstmöglich von hier verschwand. Er hatte genug Informationen gesammelt. Jedes weitere Zögern war ein Risiko. Und weiterarbeiten – das konnte er für diese Leute nicht.

Leandro öffnete die Labortür und verließ den Raum. Entschlossen marschierte er durch die langen, hell erleuchteten Gänge des unterirdischen Labyrinths in Richtung Ausgang. Jetzt würde es sich zeigen, wie gut die Tarnbeschichtung um den Chip herum tatsächlich war. Alles hing davon ab, dass die Wachshülle unversehrt war. Schon der kleinste Kratzer machte sie unbrauchbar und vor allem die Hitze konnte ein Problem für die Beschichtung werden. Diese fing an, bei 28 Grad zu schmelzen. Leandro schaute auf die Temperaturanzeige, die in seiner Uhr integriert war.

26,5 Grad! Ganz nah am Schmelzpunkt des Wachses! Ausgerechnet heute war die Klimaanlage ausgefallen, die die Gänge mit wohltuender Kühle versorgte. Nur die Labore wurden dank eines Not-Systems weiterhin klimatisiert.

Plötzlich hörte er wieder diese Geräusche hinter sich. Erschreckt schaute er sich um. Mit seinen Augen suchte er jeden Winkel des Gangs ab. Niemand war da. Bildete er sich nur etwas ein oder gab es diese Geräusche wirklich?

Verunsichert drehte er sich wieder um und wandte sich erneut dem Ausgang zu, verlangsamte aber seinen Schritt – denn Zweifel kamen in ihm hoch. Würde er den Chip wirklich an einem der besten Sicherheitsdienste der Welt vorbeischmuggeln können? Er hatte bisher noch nicht testen können, wie sich die Schutzschicht des Chips bei so hohen Temperaturen verhielt.

Leandro schaute erneut auf die Temperaturanzeige: 27°! Das konnte kritisch werden. Nur noch ein Grad bis zum Schmelzpunkt. Er musste sich beeilen. Aber je näher er der Sicherheitssperre kam, umso mehr Angst überfiel ihn.

* * *

Zur gleichen Zeit in Basel, Schweiz – 12:45 Uhr

Gilbert Winter betrat den hermetisch abgeschirmten Konferenzraum eines turmförmigen Gebäudes mitten in Basel, der hundertprozentig abhörsicher war und den höchsten Sicherheitsanforderungen entsprach. Sein seidenschwarzes Haar glänzte in der Mittagssonne, die aus einem tiefblauen Himmel durch die großzügig angelegte Fensterfront des Gebäudes hereinschien. Er nahm seine stilvoll geformte »Shape Up Disc«-Brille in die Hand, putzte sie mit einem Feuchttuch und setze sie wieder auf. Plötzlich meldete sich sein Smartphone.

Er nahm das Gespräch entgegen.

»Ja?«

»Hier Eldorado – wir haben ein Sicherheitsproblem.«

»Der Jüngling?«

»Korrekt!«

»Sicherheitsmaßnahmen verschärfen! Es tritt Sicherheitskonzept C in Kraft.«

»Zu Befehl!«

Gilbert Winter beendete das Gespräch und bereitete sich auf die entscheidende Konferenz vor, die heute und morgen in diesem Gebäude stattfinden sollte. In einem Monument der Finanzwelt, das sich von der Architektur her wie die moderne Version des Turmbaus zu Babel präsentierte. Er, einst ein verspotteter, schlacksiger Junge aus Deutschland, hatte sich hochgearbeitet, hatte alles aufs Spiel gesetzt, um nun in diesem Gebäude und vor allem in dieser Position arbeiten zu dürfen. Doch was keiner hier wusste: Er arbeitete insgeheim für einen ganz anderen Auftraggeber, eine uralte Geheimgesellschaft, die seit Jahrhunderten die Fäden der Macht in der Hand hielten und durch geschicktes Taktieren dafür sorgte, dass alles nach Plan lief - ihrem Plan. Er selbst war stolz darauf, Teil dieser elitären Gesellschaft zu sein und noch dazu ganz oben in der Machtpyramide zu stehen.

Heute erwartete Gilbert sehr bedeutende Gäste, die ebenfalls dazugehörten und seiner Meinung nach die wichtigsten Repräsentanten der globalen Hochfinanz waren, Männer und Frauen, die mit ihm zusammen am gleichen Strang zogen, um ein gemeinsames Ziel zu erreichen, ein globales Ziel, das die Welt nachhaltig verändern und besser machen würde. Und er würde einen großen Anteil daran haben, das hatte er sich einst geschworen und ihm war jedes Mittel recht, um dieses Ziel zu erreichen.

* * *

Leandro war sich jetzt sicher: Er wurde beobachtet. Er beschleunigte sein Tempo und erreichte kurz darauf die Sicherheitsschleuse.

»Guten Morgen Jack!«

»Hi Leandro! Hast du so lang gearbeitet oder doch ein Nickerchen unterm Schreibtisch gemacht?« Der Wachmann sah auf seine Uhr und grinste.

»Man sagt doch: Den Seinen gibt's der Herr im Schlaf«, antwortete Leandro. »Und mir scheinbar auch, obwohl ich nicht zu denen gehöre.«

»Die Sonne geht bald auf. Was ist los?«

»War noch an einem Projekt dran, das ich abschließen musste.«

»Alles klar! Dann schnell die Sicherheitskontrolle und ab ins Bett mit dir, du siehst echt mies aus, Mann!« Jack sah Leandro schon fast besorgt an.

»Klar! Mach ich.«

Leandro gab seine Uhr ab, die von Jack mit modernstem Gerät genau überprüft wurde, und betrat die Schleuse, die sich sofort hinter ihm schloss. Jetzt wurde es ernst. Es folgten anderthalb Minuten banges Warten, in denen Jack keine Miene verzog, sondern einfach nur konzentriert auf den Sicherheitsmonitor blickte. Dann schaute er auf, Leandro direkt ins Gesicht:

»Du hast deine Schuhe mit Sekundenkleber repariert, gell?«

Leandro erschauderte, fing sich aber schnell wieder und setzte ein breites Grinsen auf: »Made in China!«

Jack grinste zurück: »Bei deinem Gehalt solltest du dir lieber Markenschuhe zulegen – lohnt sich!«

Dann öffnete er die Schleuse und ließ Leandro passieren.

Der atmete erleichtert auf, nahm seine Uhr entgegen und verabschiedete sich von Jack. Kurz darauf öffnete er die Tür seines Ferraris, startete den Motor und fuhr los.

* * *

Colorado

Ein blonder Hüne schaute aus einem Fenster direkt neben der Sicherheitsschleuse. Er beobachtete Leandros Ferrari, der mit dröhnendem Motorengeräusch davonfuhr:

»Wünsche dir eine gute Reise, Leandro! Eine lange Reise. Schade um den schönen Ferrari!«

Er begab sich durch die Sicherheitsschleuse, lief zu seinem Fahrzeug, einem Porsche Carrera S, startete den Motor und folgte dem Ferrari in sicherem Abstand.

Nach einigen Kilometern nahm er eine Fernsteuerung zur Hand und schaltete sie ein. Er wusste genau, wann er den roten Knopf betätigen musste.

* * *

Leandro erreichte mit seinem Ferrari den höchsten Punkt der Straße. Er war erleichtert - nein, mehr als das -, endlich stellte sich dieses unglaubliche Gefühl grenzenloser Freiheit ein, das ihn regelmäßig überkam, sobald er in diesem Fahrzeug saß.

Man brauchte das Gaspedal nur leicht antippen, und schon brachten satte 800 PS Motorleistung den Wagen förmlich zum Fliegen. Von 0 auf 100 in schier unglaublichen 2,9 Sekunden! Wahnsinn!

Nein! Er durfte sich diesem Rausch der Geschwindigkeit nicht einfach so hingeben - nicht in seiner Situation! Außerdem fiel rechts von ihm der Hang fünfzig Meter ab. Eine falsche Bewegung und er ...

Plötzlich platzte ein Reifen und zusätzlich blockierte das Lenkrad. Leandro trat auf die Bremse, doch diese reagierte ebenfalls nicht. Entsetzt stellte er fest, dass er die Kontrolle über sein Fahrzeug vollständig verloren hatte. Und nur zwanzig Meter vor ihm folgte eine scharfe Linkskurve.

* * *

Der große Mann in dem Porsche beobachtete von einem Parkplatz aus mit seinem Fernglas, wie Leandros Ferrari die Leitplanken durchbrach und in die Tiefe stürzte. Nach fünfzig Meter freiem Fall schlug er auf einem Felsvorsprung auf, überschlug sich ein paar Mal, bevor er völlig zerdrückt zum Erliegen kam. Diesen Sturz konnte niemand überleben, doch der blonde Hüne ging auf Nummer sicher und betätigte einen blauen Knopf auf seiner Fernsteuerung. Ein Zünder wurde aktiviert und eine kleine Sprengladung direkt am Tank brachte diesen zur Explosion.

Zufrieden beobachtete er aus der Ferne, wie der Ferrari völlig ausbrannte.

Per SMS sendete er eine Nachricht nach Basel.

»Auftrag ausgeführt!«

* * *

Gilbert Winter lächelte zufrieden.

KAPITEL 2

Lion Daniels schaute auf die Uhr - 13:23 Uhr - und staunte nicht schlecht: Der TGV von Paris nach Basel hatte eine Strecke von mehr als 550 km in nur drei Stunden bewältigt und überpünktlich den Hauptbahnhof erreicht, drei Minuten zu früh!

»Noch nicht mal mit dem Flugzeug wäre es schneller gegangen!«, murmelte er, schnallte sich seinen Trekking-Rucksack auf den Rücken, begab sich zum Ausgang des Abteils und verließ den klimatisierten Zug.

Es kam ihm so vor, als ob er eine Waschküche betreten würde. Eine unglaubliche Hitze schlug ihm entgegen. Lion, dessen vollständiger Name eigentlich Lionel Abraham Daniels lautete, warf einen Blick auf die Temperaturanzeige im Display über dem Bahnsteig:

37 Grad - 12 Grad wärmer als in Paris!

»Typisch Basel!«, seufzte er.

Doch als er daran dachte, weshalb er nach Basel gekommen war, durchzog ein angenehm kühles Kribbeln seinen Körper und er bekam Herzklopfen.

Würde er sie wirklich wiedersehen, Jacqueline Arielle Bordeaux? Doch Jacqueline nannten sie nur ihre Eltern - für alle anderen hieß sie einfach nur Jackie.

Ein Jahr war es her, seitdem er die Abschlussklasse der Black Forest Academy in Kandern verlassen hatte, eine internationale englischsprachige Schule im Südschwarzwald in der Nähe von Basel. Und Jackie war seine Klassenkameradin gewesen, allerdings nur im letzten Schuljahr. So interessant ihr Name klang – Jacqueline Arielle Bordeaux –, so geheimnisvoll war dieses Mädchen. Keiner in seiner Klasse wusste, von woher sie kam, geschweige denn, wer ihre Eltern waren.

Seine Klassenkameraden munkelten, sie sei die Tochter eines bedeutenden Diplomaten, dessen Identität geheim bleiben sollte. Andere flüsterten hinter vorgehaltener Hand, sie sei die Tochter eines Mafiabosses. Doch Jackie, die zwei Jahre jünger war als ihre Klassenkameraden, schienen solche Gerüchte überhaupt nicht zu interessieren; sie reagierte einfach nicht darauf und beantwortete auch keine Fragen. Sie sprach auch nicht darüber, dass sie aufgrund ihrer guten Leistungen in der Schule einfach mal zwei Klassen übersprungen hatte und dennoch auch in dieser neuen Klasse zu den Besten gehörte. Nur, je weniger sie von sich preisgab, desto mehr zog sie die Aufmerksamkeit der Klasse auf sich.

Doch so groß das Interesse an dieser neuen Schülerin auch war – niemand in der Klasse interessierte sich so sehr für Jackie wie Lion. Für ihn war sie das bezauberndste Mädchen, das er jemals kennengelernt hatte. Ja, er hatte sich Hals über Kopf in sie verliebt und schon nach kurzer Zeit den Entschluss gefasst, dass er sich dieses Mädchen angeln würde, koste es, was es wolle.

Dies erwies sich jedoch als ein schwieriges Unterfangen, denn Jackie blockte alle Annäherungsversuche ab und ließ niemanden an sich heran. Sie war eine ganz harte Nuss. Aber Lion blieb hartnäckig und bemühte sich jeden Tag aufs Neue um sie. Und seine Anstrengung zahlte sich aus, denn im Laufe des Schuljahres zeigte auch Jackie Interesse an Lion, der für sie immer mehr zum Bezugspunkt in der Klasse wurde. Zu Lions Leidwesen entwickelte sich aber nicht mehr daraus.

Auch wenn die Beziehung zwischen Jackie und Lion nur platonischer Natur war, so glaubte er, dass ihn mit Jackie mehr als nur eine lose Freundschaft verband und dass durchaus mehr aus ihnen werden könnte. Eine kleine Annäherung hatte es nämlich gegeben. Kurz vor ihren Abschlussprüfungen hatte Lion mit Jackie einen Tandem-Gleitschirmsprung von einem Berg im Schwarzwald gemacht. Heimlich, denn eigentlich durfte in Deutschland ein noch minderjähriger Schüler keine Tandemsprünge machen. Doch das interessierte Lion nicht: Als Vollblutabenteurer und seiner Darstellung nach sehr erfahrener Gleitschirmflieger machte er es einfach, was Jackie dann auch tatsächlich mächtig beeindruckte. Aber auch sie punktete bei ihm mit ihrem Mut, denn sie hatte keinerlei Angst vor dem Sprung und erwies sich während des Flugs als absolut gelassen und schwindelfrei.

Doch wenn er gehofft hatte, auf diese Weise Jackie endlich vollends erobern zu können, so hatte er sich getäuscht. Jackie hielt ihn nach diesem Gleitschirmsprung weiterhin auf Distanz und ließ ein erneutes Sich-näher-Kommen nicht zu.

Als sich das Schuljahr dann zum Ende neigte und nichts geschah, war Lion verzweifelt. Hatte er sich in Jackie getäuscht?

Doch auf der Abschlussfeier überraschte ihn die zu diesem Zeitpunkt noch fünfzehneinhalbjährige Jackie mit dem, was sie sagte. Lion konnte sich noch genau an jedes Detail des Gesprächs erinnern:

»Lion, ich mag dich, ja, eigentlich ist es viel mehr als das – ich glaube, ich habe mich in dich verliebt. Doch leider weiß ich nicht, ob das mit uns beiden Zukunft hat.«

Sie holte zwei mit Wachs versiegelte Umschläge aus ihrer Tasche und gab einen davon Lion.

»Wenn es uns beiden miteinander wirklich ernst ist, treffen wir uns heute genau in einem Jahr. Adresse und Zeitpunkt stehen auf dem Zettel im Umschlag, den ich dir gegeben habe. Wenn einer von uns beiden nicht kommt, dann war's das.«

Lion hätte beinahe laut losgelacht. »›Weil es dich gibt …‹, Hollywood lässt grüßen! Und warum versuchen wir es nicht sofort miteinander?«

»Wenn das mit uns beiden eine Zukunft hat, werden wir uns wiedersehen, in einem Jahr, und zwar bei der genannten Adresse. Aber den Zettel darfst du erst einen Monat vorher öffnen. Und bis dahin – kein Kontakt!«

Lion schüttelte den Kopf. »Wie soll das gehen? Kannst du mir nicht wenigstens deine E-Mail-Adresse oder eine Telefonnummer geben?«

»Keine E-Mail-Adresse, keine Telefonnummer, kein WhatsApp, kein Instagram oder Facebook, Lion.«

Jackie blieb hartnäckig und Lion willigte schließlich ein; was blieb ihm auch anderes übrig?

Heute war es endlich so weit – würde er Jackie wirklich wiedersehen? Lion wischte sich den Schweiß von der Stirn, betrat die Rolltreppe, die vom Bahnsteig zum Oberdeck des Bahnhofs führte, kramte Jackies Umschlag hervor, den er tatsächlich erst vor einem Monat geöffnet hatte, um anschließend direkt das Zugticket zu buchen:

Treffpunkt: Starbucks Coffee House
beim Hauptbahnhof SBB in Basel
Zeitpunkt: 15. Juni, 14:00 Uhr

Er hatte also noch eine gute halbe Stunde Zeit. Oben angekommen, verließ er die Rolltreppe, betrat die Überführung, die sich über die zahlreichen Bahngleise erstreckte, und wandte sich nach links Richtung Ausgang zur Stadt.

Auf der Überführung befanden sich viele kleine Geschäfte und Restaurants, die die Reisenden mit dem Nötigsten versorgten. Lion hatte jedoch keinen Blick dafür, er dachte nur an Jackie, wie sie bei der Abschiedsfeier vor ihm stand mit ihren langen, rotbraunen lockigen Haaren, ihren geheimnisvollen dunkelbraunen Augen, die einen faszinierenden Glanz ausstrahlten, ihrem feinen Gesicht mit dem zart geschwungenen Mund. Intuitiv hielt er Ausschau nach ihr, in der Hoffnung, sie würde wie er früher am Treffpunkt erscheinen.

Und plötzlich entdeckte er sie. Sie stand vor ihm, nur fünf Meter entfernt und blickte ihm direkt in die Augen.

Schnell stürmte er auf sie zu, nahm sie in den Arm und gab ihr einen französischen Begrüßungskuss auf die Wangen:

»Jackie! Endlich ...«

Zu Lions Entsetzen stieß ihn Jackie von sich und gab ihm eine schallende Ohrfeige. »Das ist ja wohl die billigste Anmache, die ich jemals erlebt habe! Hau ab, sonst rufe ich die Polizei!«

Ohne ihn eines weiteren Blickes zu würdigen, wandte sich Jackie ab und ging in die entgegengesetzte Richtung davon.

Lion hatte ja schon so manche Überraschung mit Jackie erlebt, aber mit so einer Reaktion hatte er nun überhaupt nicht gerechnet. Irritiert folgte er ihr und sprach sie erneut an: »Jacqueline Arielle Bordeaux! Ich bin es, Lion Daniels! Erkennst du mich denn nicht wieder?«

»Lass mich in Ruhe, sonst kracht's!«

Lion musste unwillkürlich grinsen. »Was ist das denn für ein Spiel, das du spielst? Ich weiß ja, dass du ne ganz schön harte Nuss bist, aber so ... – Auuuu...«

Ehe sich Lion versah, hatte Jackie ihn vors Schienenbein getreten. Lion bückte sich und hielt sein Bein vor Schmerz.

»Sag mal spinnst du?«

»Ganz und gar nicht! Ich habe die Schnauze voll von dieser elenden Anmache. Du bist heute schon der Dritte, der es bei mir versucht. Zum letzten Mal: Hau ab!«

»Hast du einen Knall? Wir haben doch eine Verab...«

Jackie schnitt ihm das Wort ab: »Wenn du mich noch einmal ansprichst, hole ich die Polizei!«

Dann wandte sie sich wieder von ihm ab und lief davon.

Lion stand da wie ein begossener Pudel und verstand die Welt nicht mehr. Verschiedene Gedanken schossen ihm durch den Kopf. Warum tat Jackie so, als ob sie ihn nicht kennen würde? Was wollte sie damit bezwecken? Fühlte sie sich beobachtet und wollte sich nicht in der Öffentlichkeit zu ihm bekennen? Jackie hatte ja schon immer etwas Geheimnisvolles an sich gehabt. Sie war wie ein Buch mit sieben Siegeln, immer für neue Überraschungen gut. Aber heute übertraf sie sich selbst.

Lion schüttelte den Kopf. Was immer auch der Grund war, dass sie ihn wie einen Fremden behandelte – er beschloss, es herauszufinden, aber unauffällig.

Und so wandte er sich ab und marschierte ein paar Schritte in die entgegengesetzte Richtung, in der Erwartung, dass Jackie sich noch einmal umschauen würde. Das tat sie auch, vermutlich um sich zu vergewissern, dass Lion aufgab und sie in Ruhe ließ. Anschließend setzte sie ihren Weg fort.

Doch Lion drehte sich sofort wieder um und folgte ihr in einigem Abstand, sehr darauf bedacht, dass er nicht beobachtet wurde. Jackie betrat eine Rolltreppe, die hinab in die Bahnhofshalle führte, von dort aus durchquerte sie die Halle und steuerte dem Ausgang entgegen. Dann verließ sie die Bahnhofshalle, lief links an den Straßenbahnhaltestellen des Bahnhofsvorplatzes vorbei und steuerte schnurstracks auf das Coffee House zu, das der verabredete Treffpunkt zwischen Jackie und ihm war. Sie schaute auf die Uhr, betrat die Terrasse des Cafés und setzte sich an einen Tisch mit Ausblick in Richtung Bahnhof. Dann holte sie ihren versiegelten Briefumschlag mit dem darin liegenden Briefpapier hervor, auf dem die Adresse und der Zeitpunkt ihres Treffens vermerkt waren.

Lion schüttelte verwirrt den Kopf. »Offenbar erinnert sie sich an unsere Verabredung. Warum behandelt sie mich dann aber so mies? Was spielt sie für ein scheiß Spiel mit mir?«

Er beschloss, sie noch einmal zur Rede zu stellen.

Lion machte einen großen Bogen, betrat die Terrasse des Cafés von einer anderen Seite und schlich sich unbemerkt hinter den Rücken von Jackie mit der Absicht, sie zu überraschen und zu überrumpeln und so ein paar Sekunden Vorsprung zu haben, bevor sie wieder wütend werden konnte. Doch irgendetwas hielt ihn davon ab. Er hatte ein komisches Gefühl, dass sich irgendetwas ereignen würde, jetzt in den nächsten Sekunden. Und so blieb er in Deckung und beobachtete das Mädchen seiner Träume mit angehaltenem Atem.

Jackie nahm den Zettel aus dem Umschlag und studierte ihn aufmerksam. Dann schüttelte sie den Kopf und schaute auf.

Plötzlich verkrampfte sie sich und starrte auf zwei Männer in schwarzen Anzügen und eine etwa 1,80 Meter große, hellblonde Frau in einem weißen Kittel, vermutlich eine Krankenschwester, die schnurstracks auf sie zukamen. Der Anblick dieser drei Personen schien ihr nicht zu gefallen.

Sie schien auf einmal ängstlich und Lion meinte, förmlich spüren zu können, wie sie sich verkrampfte. Schnell schob sie den Zettel in den Briefumschlag zurück und versteckte diesen in einem Seitenfach ihrer Handtasche. Dann lockerte sie ihre Haltung und schaute den Ankömmlingen gespielt selbstbewusst entgegen:

»Wie haben Sie mich so schnell gefunden?«

Die Krankenschwester ging nicht darauf ein.

»Juliette, warum bist du abgehauen?«

Lion stutzte. Juliette? Warum nannte die Frau sie Juliette? Da stimmte doch etwas nicht. Und der Akzent der Krankenschwester kam ihm irgendwie bekannt vor. Lion kramte in seiner Erinnerung und wurde fündig. Richtig, eine aus Finnland stammende Klassenkameradin hatte einen ähnlichen Akzent gehabt. Diese Frau musste also ebenfalls aus Finnland stammen.

Während die beiden finster dreinblickenden Männer schwiegen und sich rücklings um den Tisch stellten, fuhr die Finnin fort: »Du weißt doch, dass du noch nicht stabil genug bist. Es ist gefährlich, dass du auf eigene Faust losgehst. Und du weißt auch, dass du heute in die neue Unterkunft verlegt werden sollst, wo man dir besser weiterhelfen kann.«

»Ich will nicht in diese neue Unterkunft! Und überhaupt, Ihre Behandlung hat bisher nichts besser gemacht! Mein Zustand hat sich stattdessen noch verschlechtert.«

»Eben darum sollst du ja verlegt werden. Und jetzt mach hier keinen Aufstand und komm mit!«

Die Krankenschwester packte sie am Arm.

Jackie schrie auf vor Schmerz. »Aahh! Sie haben mir mit Ihrem Ring die Haut aufgeritzt! Das tut weh! Was soll das?«

Doch die hellblonde Finnin schaute sie nur mit eiskaltem Blick an.

Jackie sah sich verzweifelt nach Hilfe um. Kleine Schweißperlen standen ihr auf der Stirn und sie rang nach Luft. Lion sah, wie Jackie zusammensackte, jedoch ohne das Bewusstsein zu verlieren.

Die beiden Männer traten vor, legten Jackies rechten und linken Arm jeweils über ihre Schultern und führten sie in Richtung Ausgang. Jackie bewegte sich wie in Trance.

Mit blankem Entsetzen verfolgte Lion, was sich vor seinen Augen abspielte. Was passierte hier? Entführten diese Menschen Jackie gerade? Am liebsten hätte er laut aufgeschrien und die Männer irgendwie gestoppt, aber er besann sich. Mit einer direkten Konfrontation würde er gar nichts erreichen. Die beiden Männer waren ihm körperlich überlegen und mit der Frau zusammen waren es drei gegen eins. Die würden sich von Lion nicht aufhalten lassen. Besser war es, die Polizei anzurufen.

Doch dazu blieb keine Zeit. Die Männer führten Jackie direkt zur nebenliegenden Straße. Sie hatten es sehr eilig; anscheinend hatten sie vor, sie schnellstmöglich mit einem Fahrzeug abzutransportieren. In ihrer Eile ließen sie sogar Jackies Handtasche liegen.

Plötzlich hatte Lion einen Geistesblitz. Er öffnete ein kleines Fach an seinem Trekkingrucksack, holte einen knopfgroßen Gegenstand heraus, steckte diesen blitzschnell in ein kleines Nebenfach von Jackies Handtasche und verschloss sie mit einem Reißverschluss. Dann rief er der Finnin hinterher:

»Hallo, Sie haben Ihre Handtasche liegen lassen!«

Die Krankenschwester drehte sich um und kam wieder zurück:

»Wie aufmerksam, vielen Dank!«

»Darf ich mal fragen, was dieses Mädchen hat?«

Die Schwester zuckte mit ihren Schultern. »Vermutlich nur einen Kreislaufzusammenbruch. Bei der Hitze passiert so etwas schnell mal. Umso wichtiger, dass sie möglichst schnell in die Klinik kommt!«

Lion hätte am liebsten laut protestiert, denn für ihn war ganz klar, dass diese Frau Jackies Zusammenbruch mit ihrem Ring verursacht hatte. Aber er blieb ruhig. »Die Arme! Dann wünsche ich dem Mädchen gute Besserung. Hoffentlich können Sie ihr helfen!«

»Wir tun unser Bestes.«

Sie wandte sich wieder von ihm ab und folgte ihren Kollegen. Kurz darauf fuhr ein Rettungswagen vor, die beiden Männer öffneten die hinterste Tür und legten Jackie etwas unsanft auf eine Liege. Zwei Sanitäter schnallten sie fest und versorgten Jackie sogleich mit Sauerstoff. Alle drei stiegen ins Fahrzeug, das mit quietschenden Reifen losfuhr.

Lion war aufgebracht. Doch er konnte nichts tun, außer sich den Krankenwagen genau anzuschauen und sich das Kennzeichen zu merken. Es war ein ganz normales Einsatzfahrzeug – aber am rechten Kotflügel hatte es eine deutlich sichtbare Beule. Schnell nahm er sein Smartphone zur Hand und machte ein paar Fotos vom Rettungswagen, der wenige Sekunden später hinter einer Kurve verschwand.

Nicht zu fassen, was sich gerade zugetragen hatte! Lion ließ das Geschehen noch einmal Revue passieren:

Jackie, auf die er ein Jahr sehnsüchtig gewartet hatte, für die er eine lange Fahrt von Paris nach Basel in Kauf genommen hatte, um sie zu treffen, behandelte ihn wie einen Fremden, wie einen Störenfried, der sie belästigen wollte, um anschließend zum vereinbarten Treffpunkt zu gehen, wo sie sich treffen wollten. Das ergab einfach keinen Sinn! Und bevor es zu einem Treffen kommen konnte, wurde sie direkt vor seinen Augen entführt.

Lion konnte sich keinen Reim darauf machen, was das alles zu bedeuten hatte – er wusste nur eins: Dass er sich unbedingt den Wortlaut des Gesprächs merken musste, das er soeben mitbekommen hatte. Schnell nahm er sein Smartphone zur Hand und sprach das, was er gerade gehört hatte, auf Band. Dann rief er die Polizei an.

* * *

Gilbert Winter setzte das digitale Hightech-Fernglas mit integriertem Richtmikrofon ab und betrachtete das Foto, das er von dem Jungen mit dem Trekkingrucksack gemacht hatte. Er hatte die Szene am Café vom geöffneten Fenster des Konferenzraums aus genau beobachtet und murmelte verärgert vor sich hin:

»Verdammt nochmal! Was macht diese Göre hier in Basel, und was will dieser Typ von ihr?

Er griff zu seinem Smartphone.

»Jill, ich sende dir das Foto von dem Jungen zu, den ihr im Bahnhof SBB zusammen mit dem Mädchen gesehen habt. Er ist nicht so unbeteiligt, wie ihr glaubt. Hat soeben die Polizei angerufen und eine Entführung gemeldet. Sorg dafür, dass die Polizei sich passiv verhält!«

»Keine Sorge – Erwin, unser Kontaktmann bei der Polizei, kümmert sich darum.«

»Sehr gut! Und er soll auch das Foto dieses Jugendlichen durch die Gesichtserkennung laufen lassen! Ich will alles über ihn wissen! Und Jill, habt ihr eigentlich schon herausgefunden, was das Mädchen im Starbucks wollte?«

»Nein, aber wir sind dran!«

»Findet es so schnell wie möglich heraus! Und ich möchte nicht noch einmal so einen Fehler erleben!«

Der Deutsche machte eine Sprechpause.

»Und was diesen Jungen angeht – sollte er sich dem Mädchen noch einmal nähern, dann wisst ihr was ihr, was zu tun ist.«

KAPITEL 3

Colorado – 06:00 Uhr

Leandro schaute mit Wehmut von der Bergstraße aus ins Tal auf die Überreste seines zertrümmerten Ferraris, der immer noch in Flammen stand, mittlerweile aber fast vollständig ausgebrannt war. Beklommen dachte er daran, dass sich soeben sein Jugendtraum, in dem all seine Ersparnisse steckten, in Rauch auflöste. Langsam lockerte sich bei Leandro die Schockstarre und ihm wurde plötzlich bewusst, wie nebensächlich der Verlust dieses Ferraris doch war.

Er lebte! Das war die Hauptsache.

Ja, er hatte tatsächlich überlebt, und zwar dank eines einzigartigen Sicherheitssystems, das richtig viel Geld gekostet hatte. Satte 80 000 Dollar war ihm die Installation eines intelligenten Kapsel-Airbag-Systems, kurz IKAS, wert gewesen. Es handelte sich um die neueste Erfindung eines deutschen Ingenieurs, der ihm den Prototyp seiner Erfindung sogar selbst eingebaut hatte. Eine goldrichtige Entscheidung – der Airbag war jeden Cent wert, den er gekostet hatte. Schließlich hatte er den Unfall überlebt!

Beim Aufprall des Ferraris auf die Leitplanke hatte sich der Kapsel-Airbag in Form einer Polster-Kugel aus einer Sollbruchstelle im Sitz gelöst, sich aufgeblasen, den Fahrer vollständig umhüllt und anschließend seitlich aus dem Wagen hinausgeschleudert, weg vom Abhang. Das System hatte schon im Vorhinein permanent die Umgebung gescannt und die Richtung für einen vermeintlichen Kapsel-Abwurf berechnet.

Nur, wie hatte dieser Unfall überhaupt passieren können? Wie war es möglich, dass ein Reifen platzte, das Lenkrad blockierte und die Bremse ausfiel – und zwar alles gleichzeitig?

Der einzig logische Schluss: Sabotage! Dieser Unfall war das Resultat eines Anschlags.

Doch wer steckte dahinter? Wer hatte es auf ihn abgesehen?

Eigentlich musste er nur eins und eins zusammenzählen: Der Anschlag stand in direktem Zusammenhang mit dem Geheimnis, das er in der Firma, für die er arbeitete, aufgedeckt hatte. Man war ihm trotz aller Sicherheitsvorkehrungen auf die Schliche gekommen. Folglich war er zu einem unkalkulierbaren Risiko und musste daher aus dem Weg geräumt werden. Nur wer hatte es ausgeführt?

Leandro schloss die Augen und dachte nach. Plötzlich erinnerte er sich: Ein großer, blonder Mann war ein paar Tage zuvor im Labor aufgetaucht. Niemand wusste, wie er hieß, geschweige denn, warum er gekommen war.

Leandro hatte bei ihm von Anfang an ein ungutes Gefühl gehabt, dieses aber verdrängt. Doch jetzt erinnerte er sich an die verstohlenen Blicke, die ihm dieser Mann in vermeintlich unbeobachteten Momenten zugeworfen hatte; Blicke voller Misstrauen oder Kalkül.

Kein Zweifel, der Hüne war ein Auftragskiller, der auf ihn angesetzt worden war und soeben zugeschlagen hatte. Glücklicherweise hatte er bei seinem Mordanschlag das kürzlich eingebaute Sicherheitssystem nicht einkalkuliert.

In diesem Moment schoss ihm ein Gedanke durch den Kopf. Dieser abgebrühte Typ würde wahrscheinlich in wenigen Minuten hier auftauchen, um zu überprüfen, ob sein Opfer wirklich tot war. Solche Leute gingen immer auf Nummer sicher. Er befand sich auch jetzt noch in Lebensgefahr und musste schleunigst von hier verschwinden!

Voller Panik verließ Leandro die Straße und kletterte ein Stück den Berg hoch. Dann stoppte er und hielt inne.

Er durfte jetzt keine Fehler machen! Bevor er sich in Sicherheit brachte, musste er unbedingt alle Spuren beseitigen, die darauf hindeuteten, dass er noch lebte.

Schnell kehrte er zur Straße zurück, griff in seine Hosentasche, zog ein Schweizer Taschenmesser heraus und schlitzte die Airbag-Kapsel auf, die ihm wenige Minuten zuvor das Leben gerettet hatte, sodass die Luft entwich. Dann rollte er sie zusammen und trug die Überreste der Kapsel den Hang hinauf bis zu einem Felsbrocken.

Plötzlich war ein Motorengeräusch zu hören, das schnell näher kam. Leandro legte sich hinter dem Felsbrocken in Deckung und beobachtete durch einen Spalt hindurch die Straße.

Tatsächlich, die Motorengeräusche wurden lauter, ein Fahrzeug näherte sich. Wenige Sekunden später kam ein Porsche um die Kurve, bremste ab und blieb stehen. Die Tür öffnete sich und ein Mann stieg aus.

* * *

Der Hüne trat an den Abhang, nahm sein Digital-Fernglas in die Hand und betrachtete von der Straße aus den fast vollständig ausgebrannten Ferrari. Diesen Unfall konnte niemand überlebt haben, so viel stand fest!

Doch was war das? Er nahm einen Gegenstand ins Visier, der etwa dreißig Meter oberhalb des Ferraris auf einem Felsvorsprung lag. Der Gegenstand war nahezu unbeschädigt; und er gehörte ohne Zweifel zum Fahrzeug.

Es handelte sich offenbar um das Faltdach des Ferraris, das sich aus irgendeinem Grund abgelöst haben musste. Aber warum? Schnell schwenkte er mit dem Fernglas zurück zum Ferrari und wählte die höchste Vergrößerungsstufe. Durchs offene Dach der völlig verkohlten Fahrerkabine konnte er jetzt sehr gut alle Details erkennen – und stutzte.

Das Fahrzeug war leer! Wo war die Leiche? War der Fahrer etwa aus dem Auto herausgeschleudert worden? Erneut suchte er mit dem Fernglas noch einmal gründlich den kompletten Hang ab.

Nein. Da war nichts zu sehen. Der Mann setzte das Fernglas ab und fluchte. Sein Zielobjekt lebte – er wusste zwar nicht, wie so etwas möglich war, aber er hatte irgendwie überlebt!

Schnell drehte er sich um, inspizierte zuerst die Straße, dann den

Abhang darüber. Sein Blick fiel auf einen Felsbrocken etwas oberhalb. Ein höhnisches Grinsen überzog seinen Mund. Er zog seine Waffe, entsicherte und legte sie an. Mit der Pistole im Anschlag verließ er die Straße und kletterte den Hang hinauf in Richtung des Felsbrockens.

* * *

David Grand fuhr mit seinem klapprigen VW-Käfer, der seine besten Jahre schon lange hinter sich hatte, über eine einsame Bergstraße und seufzte leise vor sich hin:

»Ich muss total verrückt sein! Fünfzig Kilometer Fahrt mitten in die Pampa - so früh am Morgen - und alles nur aus einem Impuls heraus!«

Na ja, streng genommen war es mehr als nur ein Impuls. Für David gab es überhaupt keinen Zweifel daran, dass es richtig war, die Reparaturarbeiten am Dach der Blockhütte in den Bergen zu unterbrechen, um mit seinem vierzig Jahre alten Käfer einem unbekannten Ziel entgegenzufahren. Das Dach musste warten, wenn Gott rief.

»Ich hoffe, du weißt, was du tust, Herr! Ich für meinen Teil weiß es nämlich mal wieder nicht.«

David dachte zurück an die letzten Jahre, wilde Jahre, in denen er mächtig auf den Putz gehauen hatte. Ja, damals war alles noch ganz anders gewesen:

Als gut aussehender Sonnyboy, siebzehn Jahre alt, mit Highschool-Abschluss in der Tasche, Sohn reicher Eltern und einem ungebremsten Selbstbewusstsein, schien ihm damals die Welt zu Füßen zu liegen. Vor allem konnte sich so gut wie kein weibliches Wesen seinem magnetisch anziehenden Charme entziehen.

Er hatte die folgenden Jahre während seines Studiums in Denver sein Leben voll ausgekostet und die Herzen vieler junger Frauen gebrochen, bis sich ihm Gott eines Tages in den Weg gestellt hatte. Auch jetzt fühlte sich David Grand immer noch schuldig, schließlich war er mitverantwortlich für den Tod einer jungen Frau.

Aber dieses schmerzhafte Ereignis hatte ihm die Augen geöffnet und ihn in die Arme Gottes getrieben. David hatte daraufhin sein Leben Gott übergeben, sich radikal geändert, quasi eine 180-Grad-Kehrtwendung vollzogen.

Er war ein anderer Mensch geworden und der Preis dafür war hoch gewesen. Er hatte Freunde verloren, Kopfschütteln und Unverständnis geerntet, und das sogar bei seinen Eltern.

Andererseits genoss er jetzt die enge Verbundenheit mit seinem Herrn und Retter, Jesus Christus. Durch nichts wollte er diese Beziehung zu Gott und den tiefen inneren Frieden in seinem Herzen wieder gegen das Leben vorher eintauschen. Er wusste, dass eben nur der Schöpfer des Universums selbst ihm diesen tiefen Frieden schenken konnte, den er so lange so verzweifelt auf falschen Wegen gesucht hatte.

David litt unter seiner Vergangenheit; manche Dinge ließen sich eben einfach nicht rückgängig machen. Aber die Freiheit, die Gott ihm durch seine Vergebung geschenkt hatte, versöhnte ihn mit seiner Gegenwart. Und auch der Blick in die Zukunft, in der dieser treue Gott ihn gebrauchen wollte, ermutigte ihn.

Ja, David hatte sich vorgenommen, den Rest seines Lebens für Gott zu leben, und ihm war von Anfang an klar gewesen, was das bedeutete: Gott gehorsam sein, ihm zur Verfügung zu stehen, ohne Kompromisse, auch wenn es ihm schwerfiel. So wie jetzt gerade, in seinem VW-Käfer, mitten in der Pampa, zu einer wirklich unchristlichen Zeit.

* * *

»Leandro, sind Sie da oben?«

Keine Antwort. Der Hüne kletterte den Hang hinauf, die Waffe weiterhin im Anschlag.

»Ich habe von Weitem gesehen, dass Sie mit Ihrem Ferrari von der Straße abgekommen sind, und wollte schauen, ob ich etwas für Sie tun kann. «

Stille.

»Sind Sie verletzt? Können Sie vielleicht nicht sprechen? Sie brauchen keine Angst zu haben, ich bin hier, um Ihnen zu helfen! Ich komme jetzt rauf!«

* * *

Leandro rührte sich nicht. Er wusste genau, was der große, blonde Mann vorhatte. In wenigen Sekunden würde sein Feind den Felsen erreicht haben, auf ihn zielen und ihn liquidieren – wenn ihm nicht ganz schnell etwas einfiel. Aber was sollte er gegen einen bewaffneten Killer ausrichten? Leandro fing an zu zittern. Schweiß bedeckte seine Stirn und die Oberlippe. Er spürte förmlich, wie sein Herz gegen seine Rippen pochte. Blanke Panik ergriff ihn. Nur noch wenige Sekunden und er würde tot sein.

»Gott hilf mir!«, flüsterte er leise. »Ich, ... ich brauche dich!«

Doch dann schüttelte er den Kopf. Warum betete er? War er nicht immer stolz darauf gewesen, autonom zu sein? Religion? Das war nur etwas für Schwächlinge, die es nicht schafften, ihr Leben selbst in den Griff zu bekommen.

»Schwächling!«, verurteilte ihn direkt auch eine innere Stimme.

Leandro hörte die herannahenden Schritte seines Feindes. Der Hüne war höchstens noch etwa fünfzehn Meter von ihm entfernt. Gleich war alles vorbei. Leandro fröstelte bei dem Gedanken, alles verschwamm vor seinen Augen.

»Gott, hilf mir!«, wiederholte er sein stilles Gebet. »Herr! Wenn es dich wirklich gibt, dann hilf mir bitte!«

Wo war sein Stolz geblieben? Leandro verachtete sich selbst für das, was er betete, und zwar abgrundtief. Doch seinen negativen Gefühlen zum Trotz, ja nur aufgrund seiner großen Panik, wiederholte er:

»Gott, hilf mir! Ich brauche dich!«

Plötzlich ging so etwas wie ein Ruck durch ihn. Es war, als ob sich ein Dunstschimmer vor seinen Augen in Luft auflöste. Mit einem Mal sah er alles wieder ganz deutlich und kontrastreich vor sich. Und er konnte wieder klar denken.

Schnell zog er seine Jacke aus, ging in die Hocke und schrie laut:

»Keinen Schritt weiter, sonst erschieße ich Sie!«

Der Hüne blieb stehen; er zögerte:

»Leandro, Sie leben! Was für ein Glück! Ich komme zu Ihnen. Ich will sehen, ob es Ihnen gut geht.«

»Noch einmal, keinen Schritt weiter, sonst werde ich abdrücken!«

»Sie bluffen!«

»Ich meine es ernst!«

»Völlig unmöglich, Sie haben keine Waffe! Ich komme jetzt rauf.«

Leandro nahm einen Stein in die Hand, sprang auf und warf ihn seinem Gegner entgegen.

Der Mann hatte anscheinend mit so einem Angriff gerechnet und wich dem Stein erfolgreich aus. Dann zielte er auf Leandros Kopf und drückte ab. Die Kugel schlug auf den Felsen, wurde leicht abgelenkt und verfehlte Leandro nur knapp. Der ging schnell wieder in Deckung.

»War das alles, Leandro? Warum machst du es dir und mir so schwer? Du hast keine Chance! Komm raus, dann mache ich es kurz und schmerzlos.«

Unaufhaltsam setzte der Hüne seinen Weg fort. Doch er musste vorsichtig sein. Sein Opfer war zäh, und er wollte seinen Auftrag ohne eigene Verletzungen erfolgreich abschließen.

Plötzlich nahm er auf der linken Seite des Felsens eine Bewegung wahr: Die rechte Schulter von Leandro war zu sehen, anscheinend wollte er einen zweiten Stein werfen. Blitzschnell drückte er ab - und traf genau ins Schwarze! Sein Opfer schrie auf, fiel wie ein Sack zu Boden und blieb regungslos hinter einem Felsvorsprung liegen.

Stille.

Der Killer näherte sich vorsichtig dem Felsen. Tatsächlich, da lag jemand am Boden. Er ging näher heran und spürte plötzlich einen harten Schlag am Kopf. Alles um ihn herum wurde schwarz.

* * *

Leandro konnte es nicht glauben. Sein Trick hatte funktioniert. Nach dem ersten Steinwurf hatte sein Gegner wohl mit einem zweiten Angriff gerechnet und seinen Schritt verlangsamt - und ihm so wertvolle Zeit geschenkt, die er dazu nutzen konnte, seine Jacke mit den Überresten des Airbags auszufüllen. Die ausgefüllte Jacke bot ein hervorragendes Ziel. Und als er das rechte Schulterteil der Jacke hinter dem Felsen hervorschauen ließ, schoss der Auftragskiller wie erwartet darauf. Leandro stieß einen Schrei aus, so als ob er getroffen worden wäre. Im selben Moment schlug er mit einem Stein hart auf den Boden und täuschte so vor, zu Boden zu stürzen. Als sein Gegner den Felsen erreichte, hatte er das Überraschungsmoment auf seiner Seite und setzte ihn mit dem Stein außer Gefecht.

Leandro atmete auf. War der Killer tot?

Er warf einen Blick auf den am Boden liegenden Mann und fühlte seinen Puls: Der Hüne hatte zwar eine leicht blutende Kopfwunde, aber er atmete noch und sein Puls war deutlich zu spüren. Sogar ein leises Stöhnen war zu hören.

Jetzt war es wichtig, seinem Gegner die Waffe abzunehmen. Aber die war in eine Felsspalte gefallen. Sollte er sich die Mühe machen, sie mit zwei Stöcken herauszuangeln? Nein, die Geduld dazu hatte er nicht und vermutlich auch nicht die Zeit. Stattdessen lief er den Abhang hinunter. Er durfte jetzt nur nicht stolpern! Er musste den Porsche erreichen, bevor sein Gegner wieder zu sich kam.

Nach kurzer Zeit erreichte er die Straße, öffnete die Fahrzeugtür des Porsches, setzte sich auf den Fahrersitz und wollte das Fahrzeug starten – doch: Keine Schlüssel! Frustriert schlug er mit der Hand auf das Lenkrad.

Er stieg wieder aus und schaute zum Felsen hinauf. Der Hüne regte sich bereits wieder und versuchte aufzustehen, hatte aber noch Schwierigkeiten, das Gleichgewicht zu finden.

Leandro schwitzte, erneut stieg Panik in ihm hoch. Er malte sich aus, was jetzt passieren würde: Der Killer würde auf die Beine kommen, die Waffe aus der Felsspalte holen und die Verfolgung aufnehmen.

Aber welche Fluchtmöglichkeiten gab es für ihn? Die Straße nehmen?

Zu Fuß hatte er keine Chance! Sein Gegner würde ihn in kürzester Zeit mit dem Porsche einholen, stellen und töten. Die Straße verlassen?

Der Weg nach oben war abgeschnitten. Das Gelände nach unten war abschüssig und fiel dreißig Meter unterhalb des zerstörten Autowracks fast senkrecht ab. Selbst mit einer Bergsteigerausrüstung würde er auf diesem Weg niemals entkommen können und im Hang für den Killer die perfekte Zielscheibe sein.

War's das? War hier sein Leben zu Ende?

Das durfte nicht sein! Nein, Leandro wollte leben! Er hatte doch noch so viel vor. Und vor allem musste die Öffentlichkeit erfahren, welche finsteren Pläne in diesem geheimen Labor in die Tat umgesetzt wurden.

Ohne wirklich überzeugt davon zu sein, flüsterte er leise seine Lebensparolen, die ihm bisher in jeder Krise Flügel verliehen hatten:

»Niemals aufgeben! Weitermachen! Du schaffst das!«

Doch diese sonst so kraftvollen Sätze wirkten angesichts seiner jetzigen Situation schwach und erbärmlich. Sein bisheriges Lebenskonzept baute darauf, dass er alle Herausforderungen selbst meistern konnte, nur sich selbst vertraute. Sein ganzer Stolz war es, der Herr und Meister seines eigenen Lebens zu sein und keine höhere Macht - oder Gott - nötig zu haben oder zu akzeptieren. Und diese Überzeugung fiel in einem Augenblick in sich zusammen.

Und war es nicht erst wenige Minuten zuvor ein Gebet zu Gott gewesen, das ihm geholfen hatte?

Leandro schaute zum Himmel auf.

* * *

David blickte auf die Tankanzeige seines VW-Käfers. Wenn er jetzt umdrehte, würde er es so gerade eben noch zurück bis zur letzten Tankstelle schaffen, an der er eine Viertelstunde zuvor vorbeigefahren war. Sollte er umkehren? Was wollte er überhaupt hier auf dieser einsamen Bergstraße? Ergab das alles einen Sinn? Zweifel kamen auf.

Plötzlich sah er eine Bewegung vor sich. Er bremste scharf ab und stutzte. Ein Mann kam zu Fuß um eine Kurve herum und lief ihm mit ausgestreckten Armen entgegen.

»Bitte fahren Sie nicht weiter! Warten Sie! Bitte!«

David brachte den Wagen vollends zum Stehen.

Leandro lief zur Beifahrertür, öffnete die Tür und stieg ein:

»Schnell, bitte wenden Sie das Fahrzeug und bringen Sie uns in Sicherheit! Beeilen Sie sich! Ein Auftragskiller ist mir dicht auf den Fersen!«

KAPITEL 4

Basel – 14:30 Uhr

Lion war frustriert. »So ein Volltrottel!«

Nachdem der Beamte der Basler Polizei ihn am Telefon darum gebeten hatte, aufs Revier zu kommen, hatte dort ein anderer Polizeibeamter keinerlei Ambitionen gezeigt, etwas zu unternehmen, geschweige denn, ihn überhaupt ernst genommen. Stattdessen hatte er die Sache heruntergespielt.

»Herr Daniels, beruhigen Sie sich! Sie sehen das alles zu negativ. Klar, wir werden natürlich Ihren Hinweis überprüfen, aber machen Sie sich keine Sorgen - es wird mit dem Abtransport des Mädchens schon alles seine Richtigkeit haben! Eine Entführung war das mit Sicherheit nicht.«

»Das sehe ich anders - aber lassen wir es.«

Der Polizeibeamte Erwin Schmid grinste kaum merklich:

»Kluge Entscheidung. Wenn ich sonst noch irgendetwas für Sie tun kann?«

»Danke, nicht nötig.«

Lion hatte eingesehen, dass er von der Polizei oder zumindest von diesem diensthabenden Beamten nicht wirklich ernst genommen wurde, warum auch immer, und fasste daraufhin den Entschluss, die Angelegenheit selbst in die Hand zu nehmen. Und das tat er.

Zum Glück hatte er dieses kleine unauffällige Überwachungsgerät in Jackies Handtasche platziert. Um Batterie zu sparen und eine möglichst langfristige Betriebszeit zu ermöglichen, war der Minisender mit dem lustigen Namen MOSSY 7 nicht permanent online, sondern wählte sich alle zehn Minuten kurz in ein Mobilfunknetz ein und verriet so dem Empfänger seine jeweils aktuelle Position. Dabei spielte es keine Rolle, wo auf der Welt er sich befand, vorausgesetzt, ein Mobilfunknetz war in Reichweite. Man konnte ihn natürlich bei Bedarf auch auf permanente Überwachung umschalten, was die Betriebszeit jedoch beträchtlich verkürzte.

Lion hatte sowohl den Minisender als auch die dazugehörige Empfänger-App auf dem Smartphone von seinem Onkel zum Geburtstag geschenkt bekommen, der für seinen Bekanntenkreis einfach nur ein erfolgreicher Handelsvertreter auf großem Fuß war - doch Lion kannte die Geheimnisse seines Onkels sehr gut.

Mithilfe des Senders würde es ihm recht schnell und problemlos gelingen, Jackie zu lokalisieren. Er startete die App und blickte gebannt auf das Display. Leider war die Batterie seines Smartphones leer. Er musste es irgendwie aufladen. Und so fasste er einen Plan: Zunächst einmal würde er den Leihwagen abholen, den er Wochen zuvor reserviert hatte. Über den Zigarettenanzünder und einen Adapter konnte er sein Smartphone mit Strom versorgen, Jackie aufspüren und ihr folgen.

* * *

Gilbert Winter las die soeben hereinkommende WhatsApp-Nachricht von Jill:

»Lion Daniels keine Gefahr - Einsatzwagen ist unterwegs nach Norditalien - alles unter Kontrolle.«

Er lächelte zufrieden. Na, warum nicht gleich so?

Größere Sorgen machte ihm sein Kontaktmann in Colorado, der sich erst vor wenigen Minuten telefonisch bei ihm gemeldet hatte.

»Was!? Sie haben es vermasselt?!«, hatte Winter ihn angeschrien und hätte beinahe noch mehr gesagt und dabei jegliche sprachliche Vorsichtsmaßnahme vergessen.

Der Hüne hatte nur gestottert: »War nicht meine Schuld! Der Kerl hatte unverschämtes Glück – und Unterstützung von außen. Aber keine Sorge! Ich bin ihnen dicht auf den Fersen. Ich werde den Auftrag erfolgreich zu Ende bringen. Versprochen!«

* * *

David hatte auf Leandros Wunsch hin den VW-Käfer gewendet und sich während der Rückfahrt seine Geschichte angehört, war aber skeptisch: »Ich will ehrlich sein, was Sie mir erzählen, ist total abgefahren! Es klingt alles so unwirklich! Und Sie meinen wirklich, ein Killer folgt uns?«

»Das meine ich nicht nur, es ist Fakt! Übrigens, du brauchst mich nicht zu Siezen, das klingt komisch, wo wir beide gerade auf der Flucht vor einem Auftragsmörder sind. Ich heiße Leandro.«

»Und ich David!«

David schwieg einen Augenblick und schüttelte den Kopf: »Tut mir leid, aber die Story ist so abgefahren, dass ich von dir schon etwas mehr brauche als ein paar lose Behauptungen!«

»Sehe ich so aus, als ob ich Witze mache?! Da, schau auf das Autowrack auf der anderen Seite des Tals! Von hier aus sieht man es jetzt ganz deutlich. Das war mein heiß geliebter Ferrari! Und ich habe nur mit viel Glück überlebt! Und siehst du die Staubwolke dort hinten. Das ist der Porsche mit meinem Verfolger, der uns wahrscheinlich in ein paar Minuten eingeholt haben wird. Und wenn ich dir erzähle, woran ich die letzten Monate gearbeitet habe – falls ich dazu überhaupt noch kommen sollte –, wirst du keinen Zweifel mehr daran haben, dass meine Story wahr ist und wir uns in höchster Lebensgefahr befinden. Also David, wenn wir beide überleben wollen, musst du mir jetzt einfach glauben!«

David schaute auf das Wrack und anschließend auf den noch weit entfernten Porsche, der in einem irren Tempo die gefährlichen Kurven der Bergstraße nahm und ihnen tatsächlich zu folgen schien.

»Na gut, ich glaube dir!«

»Siehst du, wie schnell der Typ aufholt – gleich hat er uns! Wir sollten uns jetzt ganz schnell etwas einfallen lassen.«

»Oder beten!«

»Beten? Leider nicht mein Fachgebiet! Aber wenn du einen Draht zu dem da oben hast, beeile dich bitte damit! Ich will weiterleben!«

»Ich auch!«

Leandro schwieg und lauschte Davids Worten, der, während er das Fahrzeug steuerte, mit Gott so redete, als ob es sein bester Freund und Vertrauter wäre. Und er staunte auch über sich selbst – bisher hatte er Menschen wie David bestenfalls belächelt, meistens nur zutiefst verachtet. Doch nach den Ereignissen der letzten Stunden hatte sich bei ihm einiges verändert. Er konnte das Gefühl nicht genau einordnen, aber so etwas wie Ehrfurcht erfüllte ihn, während David laut mit Gott redete.

Der Porsche kam immer näher ...

* * *

Schweiz – kurz vor dem Gotthard-Pass

Während der Krankenwagen einem unbekannten Ziel entgegensteuerte, kam Jackie wieder zu vollem Bewusstsein. Instinktiv hielt sie jedoch die Augen geschlossen und tat so, als ob sie immer noch schlafen würde. Alles erschien ihr so komisch. Sie fühlte sich schwach, so bedingungslos ausgeliefert. Ein kalter Schauer überfiel sie. Und das Schlimmste war: Quälende Fragen drängten sich ihr auf und brannten auf ihrer Seele.

Wo war sie? Was wurde mit ihr gemacht? Und vor allem – wer war sie überhaupt?

Sie öffnete vorsichtig die Augen, warf einen Blick auf die Krankenschwester, die sich gerade mit dem Fahrer des Krankenwagens unterhielt, und dachte an die Sätze, die die Krankenschwester mit dem finnischen Akzent mantraartig heruntergeleiert hatte:

»Juliette, du hattest einen Unfall, der bei dir eine starke Amnesie ausgelöst hat. Wir wollen dir nur helfen! Vertrau uns.«

Juliette? Der Name löste bei ihr irgendwie überhaupt keine Gefühle aus. Er klang so kalt, so unbedeutend, so tot.

Hieß sie wirklich Juliette? Oder war ihr richtiger Name ein anderer? Vielleicht der, mit dem sie der gut aussehende junge Mann in Basel angesprochen hatte?

Jacqueline Arielle Bordeaux.

Als er diesen Namen ausgesprochen hatte, waren bei ihr sofort Gefühle aufgestiegen. Er klang irgendwie so vertraut.

»Lion Daniels!«, flüsterte sie tonlos.

Ein Lächeln überzog ihr Gesicht. Auch dieser Name, mit dem sich der hübsche Typ vorgestellt hatte, löste bei ihr ein warmes Gefühl aus.

Wem sollte sie trauen – der Krankenschwester oder dem jungen Mann, den sie nur so kurz gesehen und direkt abgewiesen hatte?

Jackie traf eine Entscheidung: Sie würde sich auf ihr Bauchgefühl verlassen.

Warum hatte sie diesen Lion Daniels einfach abblitzen lassen? Mehr noch, sie hatte ihm wehgetan. Ja, sie hatte die Beherrschung verloren, als er sich ihr näherte. Wie hatte sie ihn nur so behandeln können? Offenbar wusste er etwas über sie, wusste, wer sie war. Und mit ihrer eiskalten Abfuhr hatte sie wahrscheinlich alles vermasselt! Jackie bereute es von ganzem Herzen.

Wie gerne hätte sie ihn jetzt ausgefragt. Er wusste etwas über ihre Vergangenheit, oder war er sogar Teil dieser Vergangenheit?

Sie dachte zurück an sein Gesicht; und dazu rief sie sich das in ihrem Gedächtnis abgespeicherte Bild vor Augen: Wie er sie angestrahlt hatte – diese freundlichen Augen, dieser verliebte Blick.

Sie ärgerte sich zutiefst über sich selbst.

»Lionel, es tut mir so leid!«, seufzte sie.

Lionel? Wie kam sie auf den Namen? Der junge Mann hatte sich doch nur Lion genannt!

Plötzlich war es so, als ob sich der tiefe Schleier, der ihr Gedächtnis umhüllte, ein ganz kleines Stück anheben würde.

»Lionel«, flüsterte sie kaum hörbar. »Ich hoffe, wir sehen uns wieder!«

Dann überfiel sie erneut ein Schwächegefühl und sie schlief wieder ein.

* * *

Colorado

Der Porsche war nur noch etwa fünfhundert Meter von ihnen entfernt und schloss immer mehr auf.

Noch während David betete, schaute sich Leandro verzweifelt um. Irgendetwas mussten sie unternehmen!

Er sah auf dem Rücksitz alle möglichen Gegenstände ausgebreitet, Werkzeuge, Schrauben, Nägel und weitere nützliche Gegenstände, die ein Handwerker so brauchte, darunter auch ein breites Nagelbrett. Um die herausstehenden Nägel waren ordentlich Drähte, kleine Schläuche und Seile in unterschiedlichen Stärken gewickelt. Anscheinend war das Fahrzeug für David wie ein offener Werkzeugkasten.

Moment mal! Nagelbrett?

»Amen!«, sagte er laut und unterbrach David damit abrupt.

»Halt mal schnell hinter der scharfen Rechtskurve dort vorne an! Ich habe eine Idee!«

Ohne weiter nachzufragen, stoppte David das Fahrzeug direkt hinter der Kurve.

Leandro sprang heraus, schnappte sich vom Rücksitz das Nagelbrett und legte es auf die schmale Straße. Dann leerte er noch mehrere Boxen mit Nägeln und Reißnägeln auf der Fahrbahn aus und sprang zurück ins Auto.

»Fahr weiter!«

David trat aufs Gaspedal und fuhr davon, während sich Leandro wieder anschnallte.

»Du willst einen Reifenschaden beim Porsche verursachen?«

Ohne zu antworten, schaute sich Leandro um und sah, wie der Porsche um die Kurve schoss.

David schaute in den Rückspiegel und hoffte inständig, dass er über das Nagelbrett fahren würde.

Doch der Hüne war ein guter Fahrer und wich dem Nagelbrett geschickt aus. Mit hohem Tempo setzte er die Fahrt fort.

Der Abstand beider Fahrzeuge schmolz dahin; und kurz darauf war der Porsche direkt hinter ihnen. Nur Sekunden später rumste es und David hatte die größte Mühe, den Käfer auf Spur zu halten.

»Ist der Kerl verrückt?! Der versucht, uns von der Straße abzudrängen!«

In Davids Stimme war Panik zu hören. Verzweifelt versuchte er, dem Porsche irgendwie auszuweichen und davonzufahren. Plötzlich spürten sie einen zweiten Stoß. David trat instinktiv auf die Bremse, aber der Porsche schob sie von hinten an und nutzte dabei die volle PS-Zahl aus.

David verlor die Kontrolle über sein Fahrzeug, das von hinten direkt in Richtung des vor ihnen liegenden Abgrunds gedrängt wurde.

Plötzlich hatte David eine Idee: Er riss das Lenkrad nach rechts herum und gab gleichzeitig Gas. Sein Fahrzeug zog nach rechts und stellte sich quer. Dadurch drückte die Vorderfront des Porsches jetzt seitlich an den hinteren Kotflügel des Käfers, schob sich links an ihm vorbei und verursachte dadurch beim Käfer eine Drehung um 180 Grad, sodass dieser zwar seitlich eine Felswand berührte, kurz darauf jedoch entgegen der Fahrtrichtung zum Stehen kam.

Dieses Manöver überraschte den Fahrer des Porsches, der mit durchgedrücktem Gaspedal widerstandslos am Käfer vorbei in Richtung Abhang schoss. Mit einer Vollbremsung gelang es dem Killer, sein Fahrzeug gerade noch rechtzeitig zum Stehen zu bringen. Die Vorderreifen hingen bereits über dem Abgrund.

David wendete das Fahrzeug wieder, gab Gas und fuhr am Porsche vorbei.

Leandro klatschte begeistert in die Hände: »Wahnsinn! Was für ein Manöver! Mann, wo hast du das denn gelernt? Hammer! Und der Porsche bleibt tatsächlich liegen!«

»Ja, aber so wie ich den Typen einschätze, wird er das Fahrzeug schnell wieder auf die Straße zurückbringen und uns weiter verfolgen.«

»Glaube ich nicht!«, grinste Leandro. »So wie es für mich aussah, ist einer seiner Reifen platt. Der sitzt erst einmal fest.«

»Gott sei Dank!«

»Ja, Gott sei Dank! Trotzdem fühle ich mich auf dieser Straße nicht mehr wohl. Gibt es irgendeine Möglichkeit zum Abbiegen?«

»Ja, gibt es! Ich kenne mich hier in der Gegend gut aus. In zirka fünf Kilometern zweigt ein etwas versteckter Feldweg ab, der auf eine Hochebene hinaufführt. Der ist zwar etwas holprig, aber mein VW-Käfer wird das schon schaffen …«

»… und auf der Hochebene stehen bleiben.«

Leandro warf einen Blick auf die Tankanzeige: »Mit der Tankfüllung kommen wir nicht sehr weit!«

David stöhnte auf: »Ja, stimmt, daran habe ich gar nicht mehr gedacht. Bis zur nächsten Tankstelle wird es aber gerade noch reichen.«

Beide schwiegen.

»Und, wie geht es jetzt weiter?«, fragte David nachdenklich.

»Keine Ahnung!«, seufzte Leandro. »Der Killer wird wahrscheinlich alles dransetzen, mich doch noch zu schnappen. Ich muss irgendwo untertauchen, wo er mich nicht finden kann.«

»Du kannst gerne erst einmal bei mir übernachten.«

»Vergiss es! Das ist ein Vollprofi! Der findet schnell heraus, wo du wohnst, und dann bringt er uns beide um.«

David überkam ein fröstelndes Gefühl, obwohl das nicht klimatisierte Fahrzeug bei der sengenden Hitze nur wenig Anlass dazu bot. Worauf hatte er sich nur eingelassen?

Leandro spürte Davids Verunsicherung und meinte sarkastisch: »Am besten schmeißt du mich an der nächsten Tankstelle raus – dann überlebt wenigstens einer von uns.«

»Quatsch! Mitgefangen, mitgehangen. Der Killer wird mich trotzdem umbringen, auch ohne dich.«

Beide schwiegen.

Plötzlich hellte sich Davids Blick auf: »Ich habe eine bessere Idee!«

»Schieß los!«

»Ein Kunde von mir besitzt eine Blockhütte an einem einsamen kleinen See, nicht weit von hier. Ich soll für ihn das Dach reparieren und habe deshalb einen Schlüssel dabei.«

»Der wird begeistert sein! Kann mir nicht vorstellen, dass sich dein Kunde darauf einlassen wird, uns dort wohnen zu lassen!«

»Wegen meines Kunden brauchst du dir keine Sorge zu machen. Der ist für ein paar Monate in Asien. Und so lange ich mit der Reparatur des Daches beschäftigt bin, darf ich dort auch wohnen. Er hat mir sogar einen vollen Kühlschrank hinterlassen.«

»Guter Kunde! Handwerker sollte man sein!«

David fuhr fort: »Dort können wir uns dann in Ruhe überlegen, wie es weitergeht.«

Leandro nickte zustimmend. »Die Idee gefällt mir! Also auf zur Blockhütte!«

KAPITEL 5

Norditalien – 20:00 Uhr

Lion steuerte seinen Leihwagen, einen weißen Opel Adam, eine schmale Bergstraße hinauf und schaute aufs Display des Smartphones, das ihm eine Position in den Bergen oberhalb des Comer Sees anzeigte. Er hatte mithilfe des Peilsenders herausgefunden, wohin die Entführer Jackie gebracht hatten: Sie befand sich in Norditalien, in den Bergen, östlich von Como.

Soeben hatte er ein kleines Bergdorf erreicht und kam beim Durchfahren der schmalen Gassen ganz schön ins Schwitzen. Es war Millimeterarbeit, das Fahrzeug zwischen den engen Häuserwänden hindurchzuzwängen, immer mit dem Gefühl irgendwann einmal eingeklemmt zu werden.

»Jackie, wo haben die dich nur hingebracht?«, fragte er sich immer wieder.

Nachdem er unter Aufbietung all seiner Fahrkünste eine weitere elend schmale Gasse passiert hatte, steuerte er den Mietwagen in eine Einbuchtung, um ein entgegenkommendes Fahrzeug an sich vorbeizulassen. Der Fahrer des stark verbeulten Fiats raste an ihm vorbei, so als ob er alleine auf einer Schnellstraße unterwegs wäre.

Lion hielt sich entsetzt die Augen zu und atmete erleichtert auf, nachdem der Fiat, ohne Schäden an seinem Leihwagen zu hinterlassen, in der hinter ihm liegenden Gasse verschwunden war.

Bevor er weiterfuhr, überprüfte er noch einmal seine aktuelle Position und merkte, dass er einen Umweg über eine schmale Nebenstraße gefahren war. Gleich würde er wieder die nur wenig breitere Hauptstraße erreichen, und von dort war es nicht mehr weit bis zum Ziel. Doch wo war das Ziel? Oder besser gesagt: Was und wen würde er am Ziel antreffen?

Er fuhr an. Zum Glück war die Straße außerhalb der Ortschaft wieder breiter. Etwas später erreichte er eine Häusergruppe hoch oben auf dem Berg. Lion parkte den Opel Adam direkt vor einer kleinen Bergkirche, die sich neben einem Hotel befand, und atmete erleichtert auf, dass er, ohne Schrammen am Leihwagen verursacht zu haben, oben angekommen war. Ein Blick auf sein Smartphone verriet ihm, dass sich der Minisender ganz in der Nähe befinden musste. Nur wo?

Er wollte schon aussteigen, als plötzlich zwei schwarze Jeeps die Bergstraße hinaufkamen. Schnell erreichten sie den Parkplatz und fuhren in hohem Tempo an ihm vorbei, einem schmalen Weg folgend, der weiter den Berg hinaufführte und nur für Anwohner frei befahrbar war. Etwas weiter oberhalb öffnete sich vor ihnen ein Tor, das zu einer versteckten Villa führte. Sie fuhren hindurch; sofort schloss sich das Tor wieder.

Lion schaute erneut auf sein Smartphone und stellte fest, dass sich der in Jackies Handtasche liegende Sender genau in dieser Villa befinden musste. Bevor er ausstieg, setzte er eine Baseballkappe und eine Sonnenbrille auf, obwohl die Abenddämmerung bereits einsetzte. Doch er hatte irgendwie das Gefühl, sich verbergen zu müssen. In der Tat musste er vorsichtig sein und durfte auf keinen Fall die Aufmerksamkeit der hinter Jackies Entführung stehenden Leute auf sich ziehen; musste er doch damit rechnen, dass sie die Umgebung um die Villa beobachteten. Am besten verhielt er sich wie ein ganz normaler Tourist.

Er stieg aus und schlenderte zielstrebig zum neben der Kirche liegenden Hotel, das den verheißungsvollen Namen ›Paradize‹ trug, betrat eine dazugehörende Gartenwirtschaft und war überwältigt vom traumhaften Anblick, der sich ihm bot.

Weit unten im Tal lag der tiefblaue Comer See, der sich zwischen den, steil aufsteigenden, grün bewachsenen Bergen hindurchschlängelte. Wie hypnotisiert starrte Lion hinab:

»Atemberaubend!«, murmelte er ergriffen vor sich hin.

In diesem Augenblick hörte er hinter sich eine Stimme: »Buonasera! Kann ich Ihnen weiterhelfen?«

Lion drehte sich um und sah einen Hotelangestellten auf sich zukommen.

»Ich weiß nicht. Ich bin überwältigt von dem Blick, den man von hier oben hat!«

Der Hotelangestellte sprach in gebrochenem Deutsch: »Si, der Blick ist wirklich einzigartig. Möchten Sie sich in unsere Gartenwirtschaft setzen? Oder was kann ich sonst für Sie tun?«

»Ich würde gerne etwas zu Abend essen.«

Lion kam ein Blitzgedanke - das Hotel war der ideale Ausgangspunkt für eine spätere Erkundungstour.

»Haben Sie zufälligerweise noch ein Zimmer frei?«

»Si, Senior! Aber leider nur noch ein Doppelzimmer für zwei Nächte!«

Lionel Abraham Daniels war zufrieden: »Passt.«

* * *

Nach dem Abendessen holte Lion seinen Rucksack aus dem Wagen und checkte im Hotel ein. Eine halbe Stunde später - es war mittlerweile stockdunkel - verließ er das Hotel und machte einen Erkundungsspaziergang. Langsam näherte er sich der Villa, in der sich Jackie befinden musste. Die Villa war umgeben von einer hohen Mauer, die einen mit dichten Bäumen bewachsenen, parkähnlichen Garten umschloss. Dessen dichter Pflanzenbewuchs sorgte zusätzlich dafür, dass ein Blick auf das Gelände nicht möglich war, geschweige denn auf das Gebäude selber.

Lion hielt kurz an, marschierte aber sogleich weiter am Eingang der Villa vorbei, nachdem er eine auf die Straße gerichtete Sicherheitskamera entdeckt hatte. Zum Glück verdeckte die Baseballkappe sein Gesicht. Es war zwar unwahrscheinlich, dass Jackies Entführer ihn wiedererkannten, aber wer weiß - es war auch nicht ganz auszuschließen.

Lion beschloss, von hinten einen Blick auf die Villa zu erhaschen. Von vorne war es zwecklos. Und so lief er rechts an der Mauer entlang und stellte fest, dass sich direkt neben dieser Villa weitere mit Mauern umgebene Gebäude anschlossen. Von dieser Seite aus würde er nicht an die Hinterseite des Geländes kommen können. Das Sichtfeld der Kamera meidend, kehrte er um und versuchte, links herum zur Rückseite des Gebäudes zu gelangen. Und tatsächlich – auf der linken Seite gab es kein weiteres Grundstück, stattdessen fiel der Hang steil ab.

Lion hielt sich dicht an der Mauer, links neben ihm der Abhang. An einem hohen Baum blieb er stehen. Sein Blick folgte der Mauer bis zu einer Vertiefung, in die so etwas wie ein Balkon eingebaut war. Vielleicht war es möglich, über diesen Balkon aufs Gelände zu gelangen, überlegte er.

Aber Lion schlug sich die Idee sofort wieder aus dem Kopf. Ohne Hilfsmittel war so etwas auch hier nicht möglich. Stattdessen beschloss er, sich die Sache mal von oben aus genauer anzusehen. Dazu bot sich der Baum an. Er kletterte hinauf.

Aus etwa vier Metern Höhe sah er dann endlich die geheimnisvolle Villa vor sich, ein in die Jahre gekommenes Gebäude, das seine besten Zeiten schon lange hinter sich hatte. Dann schaute er auf den Balkon in der Mauer, und stellte fest, dass der Garten der Villa in diesen Balkon einmündete. Dieser Bereich des Gartens lag etwas abseits vom Gebäude und war durch eine Nadelbaumhecke vom Rest des Geländes abgeschirmt. Es war ein romantischer Freisitz, der einen fantastischen Blick auf das Tal und den Comer See ermöglichte. Der Mond kam kurz hinter einer dichten Wolke zum Vorschein und ermöglichte Lion eine klare Sicht auf zwei Steinbänke und mehrere Liegestühle; auf einem der Liegestühle hatte jemand ein Buch und eine Sonnenbrille liegen gelassen.

Lion stutzte. Die Sonnenbrille sah genauso aus wie die, die Jackie von ihm zum Geburtstag geschenkt bekommen hatte. Eine dichte Wolke verdeckte den Mond wieder und tauchte alles in Dunkelheit.

So wandte er sich wieder der Villa zu. Direkt vor dem Eingang parkten drei Fahrzeuge. Lion konnte zwei davon gut erkennen. Es handelte sich um die beiden Jeeps, die vorhin an ihm vorbeigerast waren. Etwas abseits, von einer fahlen Außenlampe angeleuchtet, befand sich noch ein größeres Fahrzeug.

Er nahm es ins Visier und sein Puls stieg an:

Zwar stand der Wagen so, dass man keines der Nummernschilder sehen konnte. Doch dass es sich tatsächlich um den Rettungswagen handelte, mit dem Jackie in Basel entführt worden war, erkannte er an der Beule am rechten Kotflügel.

Doch wo war sie? Wo war Jackie? Wie ging es ihr?

Dann sah er sie - Jackie!

Sie stand in einem beleuchteten Zimmer direkt neben einem verschlossenen Fenster, das mit Gitterstäben gesichert war. Wie es aussah, hatte sie geduscht und kämmte sich vor einem großen Spiegel gerade ihre langen, lockigen Haare, die noch etwas feucht waren. Dann schaltete sie das Licht aus, wandte sich zum Fenster, öffnete es und schaute durch die Gitterstäbe hindurch in die Dunkelheit in den teilweise durch Wolken verdeckten Sternenhimmel. Die Wolken ließen genügend Licht durch, sodass er ihr Gesicht sehen konnte.

Wie schön sie war! So gerne würde er sie in seine Arme nehmen! Sollte er sich bemerkbar machen?

Nein! Das war zu gefährlich! Und vor allem wusste er nicht, wie sie auf ihn reagieren würde, wenn er sich sehen lassen würde. In Basel hatte sie ihm ziemlich übel mitgespielt.

Vor allem hatte er durch diesen kleinen Ausflug schon viel mehr erreicht, als er zu hoffen gewagt hatte. Das weitere Vorgehen musste nun gut geplant werden.

Nach ein paar Minuten wandte sich Jackie wieder vom Fenster ab, verschloss es leise, schaltete die Lampe auf ihrem Nachttisch ein und legte sich ins Bett. Nach weiteren fünf Minuten schaltete sie das Licht aus.

Voller Sehnsucht flüsterte Lion leise: »Jackie, ich weiß nicht, was sie mit dir gemacht haben, aber ich hole dich da raus, das verspreche ich dir!«

Plötzlich hörte er ein Geräusch. Ein Fenster in einem etwas weiter von ihm entfernt liegenden Bereich der Villa wurde geöffnet und eine Frau blickte hinaus. Lion befand sich glücklicherweise nicht im direkten Blickwinkel dieses Fensters.

Es war die Krankenschwester aus Basel!

Dummerweise trat genau in diesem Augenblick auch der Mond wieder hinter der dichten Wolke hervor und erleuchtete alles in gespenstisch grellem Licht.

Lion erschrak, denn durch die neuen Lichtverhältnisse fühlte er sich auf diesem Baum jetzt wie auf dem Präsentierteller. Er trug zwar schwarze Kleidung, aber es gab keine Garantien.

Nur nicht bewegen!

Die Frau zündete sich eine Zigarette an und blies den Rauch genüsslich in die kühle Abendluft gen Himmel – dabei schweifte ihr Blick umher, so als ob sie nach etwas suchte. Plötzlich blickte sie genau auf seinen Baum und stutzte.

Lion klammerte sich stocksteif am Baumstamm fest und schwitzte. War er entdeckt worden?

* * *

Jill sah von ihrem Fenster aus auf einen großen Baum, der sich direkt hinter der Grundstücksmauer befand. Mit ihren scharfen Augen erkannte sie deutlich einen jungen Mann, der vom Baum aus zu ihr herüberschaute. Was wollte der Kerl dort? Der hatte hier nichts zu suchen! Sie musste sofort handeln! Dann dachte sie an das Nachtsichtgerät auf ihrem Scharfschützengewehr, das griffbereit neben dem Fenster stand.

Schnell nahm sie es in die Hand, legte es an und zielte auf ihn.

* * *

Lion starrte auf die Krankenschwester. Kein Zweifel, er war entdeckt worden! Hoffentlich erkannte sie ihn nicht.

Aber was war das!?! Entsetzt sah er, dass die Krankenschwester ein Gewehr mit Zielfernrohr in die Hand nahm und damit direkt auf ihn zielte.

Was hatte sie vor? Wollte sie ihn etwa erschießen?

Und jetzt schaltete sie das Zielfernrohr ein! In wenigen Sekunden würde sie ihn als sicheres Ziel im Visier haben! Und was war dann? Er erstarrte.

* * *

Jill schaute durch das im Scharfschützengewehr integrierte Nachtsichtgerät, zoomte den Baum mit dem jungen Mann heran und bemühte sich darum, das Bild scharf zu stellen. Auch wenn es sich wahrscheinlich nur um einen harmlosen Jugendlichen handelte, der einfach neugierig war und mal über die Mauer schauen wollte, musste sie die Sache ernst nehmen. Sie war an diesem Abend zuständig für die Sicherheit der Anlage, und es stand sehr viel auf dem Spiel.

Gleich würde sie mit der im Zielfernrohr eingebauten Digitalkamera das Gesicht des jungen Mannes erfassen und ein Foto machen, das sie mithilfe der zentralen Datenbank der Organisation abgleichen konnte. Beides, die Übertragung des Fotos und der Abgleich, würde vollautomatisch laufen, sodass sie während dieser Zeit das Zielobjekt ständig im Visier des Zielfernrohrs behalten konnte. Die Kamera verfügte über einen Funk-Chip und war über WiFi direkt mit dieser Datenbank verbunden.

Was die Zuverlässigkeit und Trefferquote der Gesichtserkennung anbetraf: Die in der Datenbank gespeicherten Personen umfassten mittlerweile die biometrischen Daten von fast 40 % der Weltbevölkerung. Um einiges besser war es, was Nordamerika, Australien und Europa anging: Mittlerweile waren mehr als 90 % der in diesen drei Kontinenten lebenden Menschen in der gigantischen Datenbank gespeichert. Und in der Regel wusste das TIER, so nannten sie dieses außergewöhnliche KI-Computersystem, alles über die darin gespeicherten Personen.

Die Gesichtserkennung und Identifikation der Person würde wahrscheinlich nur wenige Sekunden dauern, da war sie sich sicher. Und sollte es sich tatsächlich um eine sogenannte kritische Person handeln, gab es eine ganz klare Anweisung von oben, was zu tun war. Sie musste dann nur noch abdrücken. Um die Leiche brauchte sie sich nicht zu kümmern, der »Aufräumdienst« würde anschließend den Rest erledigen ...

* * *

Lion löste sich aus seiner Erstarrung und traf eine blitzschnelle Entscheidung. Er setzte an und sprang in die Tiefe.

* * *

Jill konnte es nicht glauben. Der Kerl war tatsächlich gesprungen! Aus über vier Metern Höhe!

»Hoffentlich verletzt du dich!«, fauchte sie wütend.

Nein, so einen Sprung konnte er nicht unbeschadet überstanden haben, vor allem, weil der Baum direkt neben dem Abhang stand und das Gelände daneben abschüssig war. Leider konnte sie es nicht überprüfen, denn die Mauer verdeckte die Sicht.

Schnell sprang sie auf und alarmierte den Sicherheitsdienst. Der würde sicher sofort ausrücken und die Verfolgung aufnehmen.

»Wir kriegen dich!«, rief sie in die Nacht.

* * *

Normalerweise hätte man sich bei einem so wagemutigen Sprung aus dieser Höhe alles Mögliche brechen müssen, das war Lion bewusst. Doch der Boden direkt unter dem Baum war glücklicherweise weich. Und als er aufkam, rollte er sich gekonnt ab, um damit die auf ihn einwirkenden Kräfte auf den ganzen Körper zu verteilen. Dabei wäre er fast über einen Felsen den Hang hinuntergestürzt, aber er konnte sich gerade noch an einer frei stehenden Wurzel festhalten.

Erleichtert stellte er fest, dass alle Knochen heil geblieben waren und er den Sprung unbeschadet überstanden hatte. Schnell raffte er sich auf und rutschte auf dem Hosenboden den Hang hinunter. An der Vorderseite der Villa durfte er sich jetzt nicht mehr sehen lassen.

* * *

Arturo, der Sicherheitschef der Anlage, schüttelte den Kopf:

»Jill, beruhige dich! Wir werden doch nicht mitten in der Nacht wegen eines neugierigen Jugendlichen gleich mit Hunden ausrücken!«

Jill ärgerte sich über Arturos Reaktion und zischte:

»Das ist unprofessionell! Du nimmst die Sache nicht ernst genug! Wir können den Kerl doch nicht einfach laufen lassen!«

Arturo schnitt ihr das Wort ab:

»Es wäre unprofessionell, wenn wir wegen dieses neugierigen Jugendlichen in Hysterie ausbrechen würden. Außerdem sollten wir möglichst vermeiden, Aufsehen zu erregen. Das können wir uns nicht leisten, Jill! Diese Anlage lebt davon, dass kaum jemand weiß, was hier vor sich geht.«

Die Finnin gab klein bei.

»Okay, dann beauftragen wir aber wenigstens Martinez damit, dass er sich die Aufzeichnungen aller Überwachungskameras in der Umgebung herunterlädt und alle Personen und Fahrzeuge überprüft, die sich in den letzten vierundzwanzig Stunden hier aufgehalten haben. Als bester Hacker Europas sollte er das ja wohl hinkriegen.«

»Mach, was du nicht lassen kannst! Ich sage dir, du übertreibst es mal wieder. Vermutlich handelt es sich um einen Jugendlichen, der auskundschaften wollte, was man bei uns alles stehlen kann.«

»Möglich!«

Arturo fuhr fort: »Und Ergebnisse bekommst du auf diese Art erst in etwa 24 bis 36 Stunden, unsere Experten sind gerade mit etwas anderem beschäftigt.«

»Ich weiß, aber wie gesagt, wir müssen auf Nummer sicher gehen!«

* * *

In einem großen Bogen, der ihn mehr als eine Stunde gekostet hatte, erreichte Lion schließlich das Hotel mit der Erkenntnis, dass mehr als nur ein gut ausgetüftelter Plan nötig war, um Jackie zu befreien.

Plötzlich fühlte er sich schwach und einsam. Erschöpft warf er sich auf sein Bett und zog sich erst einmal die Schuhe aus. Durstig öffnete er eine Flasche Mineralwasser und leerte sie in einem Zug.

Dann stand er auf, öffnete ein Fenster und schaute auf den tief unter dem Hotel liegenden, in Dunkelheit eingehüllten See, der von vielen hellen Lichtern umsäumt war. Was für ein Anblick! Lion schloss die Augen und saugte die kühle Bergluft in seine Lungenflügel auf.

Dann öffnete er entschlossen wieder die Augen. Alleine würde er es niemals schaffen. Nein, es war unmöglich, Jackie ohne Hilfe zu befreien. Er brauchte Unterstützung. Und dafür kam nur eine einzige Person infrage, und diese Person wohnte gar nicht weit weg von hier, und zwar am Lago Maggiore.

Lion griff zu seinem Smartphone und wählte eine Nummer, die nur er allein kannte.

KAPITEL 6

Colorado – 19:30 Uhr

Es dämmerte bereits, als David Grand und Leandro Bugatti auf einem schlecht ausgebauten Schotterweg auf einen malerisch gelegenen Bergsee im Herzen des Rocky Mountain National Park zusteuerten. Sie waren den ganzen Tag, seit dem Angriff in den frühen Morgenstunden, unterwegs gewesen. Zunächst hatten sie eine Tankstelle angefahren, Benzin nachgefüllt und sich mit dem Nötigsten an Essen und Trinken eingedeckt. Anschließend hatten sie die Hauptstraße verlassen und waren auf wenig befahrenen Straßen durch die National Forests gefahren. Über Mittag hatten sie das Auto unter Zweigen und Laub versteckt und sich in einer nahe gelegenen einsamen Wanderhütte etwas ausgeruht. Als die Benzinanzeige erneut rot aufleuchtete, war David mit mehreren Kanistern zur nächsten Tankstelle gelaufen, um neues Benzin zu besorgen. Denn so viel war klar: Über die Überwachungskameras an den Tankstellen konnten der Hüne und seine Auftraggeber sie leicht aufspüren, also versuchten sie, sich so unsichtbar wie möglich zu machen.

Und nun waren sie also endlich an der Hütte angekommen, in der David während der Reparaturarbeiten leben durfte. Ihnen knurrten die Mägen und nach der langen Fahrt im Auto, in der sie vor lauter Anspannung nur wenig miteinander gesprochen hatten, taten ihnen auch jegliche Muskeln und Knochen ihrer Körper weh.

»Wow! Ist das idyllisch! Der See liegt so versteckt in den Bergen, dass man ihn dort niemals vermuten würde«, staunte Leandro und versuchte durch Strecken und Dehnen seine Muskeln zu lockern.

»Ja, hier sagen sich tatsächlich Biber und Waschbär gute Nacht.«

»Du meinst Hase und Igel!«

»Die gibt es hier in dieser Höhe wohl nicht. Aber egal, hier findet uns niemand. Es ist ein ideales Versteck, an dem wir für ein paar Tage untertauchen können, bis uns klar geworden ist, wie es weitergeht. Du hast ja hoffentlich einen Plan.«

Leandro zog seinen Schuh aus und hielt ihn hoch: »Das hier ist der Plan. Alles hängt davon ab, wie ich das hier einsetzen kann.«

David starrte ihn verwundert an: »Ein Schuh? Willst du damit dem Killer eins überbraten?

»Natürlich nicht! Aber im Absatz dieses Schuhs befindet sich ein Speicherchip mit brisanten Daten. Ich habe dir ja während der Fahrt bereits erzählt, wo ich die letzten Monate gearbeitet habe.«

»Ja, in einem Laboratorium tief unter der Erde, an einem geheimen Projekt, das so was von geheim ist, dass du mir darüber bisher nichts verraten hast.«

»Du hast mich bisher ja auch noch nicht danach gefragt.«

»Witzbold! Ich wollte dich nicht zu irgendetwas drängen und es eigentlich dir überlassen, damit anzufangen.«

Leandro nahm Davids Taschenmesser zur Hand, öffnete den Absatz des Schuhs und holte ein kleines braunes Etwas heraus, das wie ein Stückchen Schokolade aussah.

David stutzte: »Was ist das? Sieht lecker aus!«

»Das ist der Speicherchip! Gibt es in der Blockhütte einen Computer?«

»Ich glaube schon. Das beantwortet aber noch keine meiner zahlreichen Fragen, die ich habe. Zum Beispiel – warum sieht dieser Speicherchip so seltsam aus?«

»Weil er nur aus organischen Materialien besteht.«

»Ich kann mir nicht vorstellen, wie so etwas möglich sein soll.«

»Kennst du dich in Biologie ein wenig aus?

»Ja, ich hatte im College mehrere Kurse.«

»Dann weißt du, was eine DNA ist?

Davids Gesicht hellte sich auf: »Klar! DNA ist die Abkürzung von Deoxyribonucleic Acid. Die DNA ist eine Kette von Aminosäuren und sozusagen das Informationszentrum jeder lebenden Zelle. Auf den Zeichnungen in meinem Biologiebuch sah die DNA aus wie eine Strickleiter.«

»Genau! Auf einer DNA sind alle Erbinformationen gespeichert. Dort findet die Zelle Baupläne und alle Angaben über ihre Aufgaben. Es ist total beeindruckend, wie viele Informationen auf so einer DNA auf engstem Raum abgespeichert sind. Dagegen ist jedes vom Menschen konstruierte Speichermedium nicht mehr als ein Steinzeitwerkzeug.«

»Und was hat das mit deinem USB-Stick zu tun?«

»Ich habe einen neuartigen USB-Speicherchip entwickelt, der wie eine DNA aufgebaut ist.«

David pfiff durch die Zähne: »Ein Speicherchip also, der nach dem Prinzip einer lebenden Körperzelle arbeitet? Deshalb besteht er nur aus organischen Materialien?«

»Na ja, an die DNA einer lebenden Zelle kommt er lange nicht ran; er ist zwar so ähnlich aufgebaut, aber lange nicht so komplex, also so klein und funktionstüchtig wie eine echte DNA!«

»Tja, hinter allem Leben steht ja auch der genialste Erfinder«, bemerkte David.

»Hä? Wen meinst du?«

»Gott!«

Leandro nickte: »Also ich kann gut nachvollziehen, dass du so etwas Geniales Gott zuschreibst. Denn es ist tatsächlich schwer vorstellbar, dass sich so etwas Fantastisches von alleine durch Zufall gebildet haben soll. Eine DNA ist unglaublich kompliziert aufgebaut und kann eine gigantische Menge an Informationen auf engstem Raum speichern – das sieht für mich eher aus wie Hightech-Ingenieursarbeit von einem anderen Stern als ein Produkt des Zufalls.«

Beide dachten darüber nach.

»Aber jetzt zurück zu meinem Speicherchip: Er besteht nur aus organischen Materialien, die von keinem Detektor aufgespürt werden können, sodass ich ihn am Sicherheitsdienst vorbei herausschmuggeln konnte. Und auf diesem DNA-Speicherchip ist alles gespeichert, was ich herausgefunden habe - hochbrisante Informationen, die ich über die Medien veröffentlichen werde. Denn eines hassen solche Leute wie mein ehemaliger Chef: Öffentlichkeit! Menschen wie er lieben die Dunkelheit. Und wenn ich die auf diesem Chip gespeicherten Daten und Fakten der Presse übergebe, dann mache ich der dahinterstehenden Organisation mit ihren finsteren Plänen einen Strich durch die Rechnung. Wenn bekannt wird, was sie vorhaben, dann können sie ihren Plan nicht mehr umsetzen.«

»Und was ist der Plan?«

»Manipulation! Totale Kontrolle! Aber lass uns reingehen. Ich werde dir mit ein paar Bildern und Filmen, die sich alle auf diesem Chip hier befinden, die Sache genau erklären.«

* * *

Zur gleichen Zeit: Basel – 04:30 Uhr

Gilbert Winter fluchte, drehte sich in seinem Bett von einer Seite auf die andere und presste das Smartphone ganz fest ans rechte Ohr:

»Es kann doch nicht so schwer sein, diesen Verräter aufzuspüren und das Problem zu beseitigen! Und vor allem gibt es überhaupt keinen Grund, mich mitten in der Nacht anzurufen! Was ist los in Colorado?«

»Wir glauben, wir haben herausgefunden, wo er sich befindet. Heute Vormittag hatten wir die Spur verloren, aber inzwischen kennen wir das Versteck des Verräters. Jetzt brauchen wir von Ihnen die Freigabe für Eskalationsstufe 5.«

Gilbert atmete tief durch - Eskalationsstufe 5? Das klang im ersten Moment hart, doch es bestand in der Tat die Gefahr, dass Leandro Bugatti über eine Internetseite die von ihm gesammelten Dokumente, Bilder, Videos und sonstigen Informationen irgendwo auf einer Online-Plattform speicherte oder dass er diese an die Presse weitergab. Daran musste er ohne Kompromisse gehindert werden, mit allen zur Verfügung stehenden Mitteln!

Winter fauchte verärgert: »Glauben oder wissen? Mit Glauben kann ich bekanntlich nichts anfangen!«

»Wir warten eigentlich nur noch auf die ausgewerteten Ergebnisse, die uns der Satellit liefern wird. In wenigen Minuten wissen wir es! Haben wir die Genehmigung?«, fragte die Stimme am anderen Ende der Leitung.

»Ja, genehmigt! Sobald ihr die Bestätigung habt, macht diesen Kerl platt! Ich will, dass das Problem spätestens innerhalb von einer Stunde gelöst ist! Und hinterlasst keine Spuren!«

* * *

David saß gespannt vor einem knisternden Kaminfeuer, das er innerhalb kürzester Zeit entfacht hatte, und wartete darauf, dass Leandro ihm endlich die versprochenen Informationen gab.

Der durchsuchte verzweifelt seine Gürteltasche, die gemessen an der Größe unglaublich viele Seitentaschen besaß und allen möglichen Krempel beinhaltete:

»Mist! Ich brauche zum Einlesen des Chips in den Computer ein ganz spezielles Lesegerät.«

»Das liegt vielleicht noch im Auto! Hab dich beobachtet, wie du etwas ins Handschuhfach gelegt hast«

»Nein, das war mein Ausweis. Deiner liegt übrigens auch dort.«

»Ach dort ist er! Hatte ihn schon gesucht! Aber jetzt zurück zu diesem Gerät – hast du eine Ahnung, wo es sein könnte?«

»Ja.« Leandro ließ die Arme hängen und seufzte. »Es lag in meinem Ferrari und ist wahrscheinlich verbrannt!«

David zog die Stirn kraus: »Und jetzt?«

»Ich habe noch eins in meiner Wohnung versteckt – da komme ich aber jetzt nicht dran. Ich könnte zwar relativ schnell eins nachbauen – dazu bräuchte ich allerdings ein paar Materialien, die dein Gastgeber wohl kaum hier auf Lager hat. Also, im Augenblick kann ich dir leider keine Bilder und Filme zeigen.«

David grinste verschmitzt: »Ich brauche keine Bilder oder Filme! Hock dich neben mich und erzähl mir einfach, was du rausgefunden hast! Ich werde dir bestimmt gut zuhören.«

»Alles klar, dann halt dich mal fest. Ich habe die letzten Monate in einem geheimen Forschungslabor unter der Erde gearbeitet. Die Bezahlung war hervorragend und meine Kollegen gehörten zu den Besten der Besten in ihrem Fachgebiet.«

David unterbrach ihn: »Du bist doch bestimmt nicht älter als ich!«

»Ich bin 21 Jahre alt, wieso?«

»Wie kannst du in unserem Alter schon zu den Besten gehören?«

»Auf das Alter kommt es bei so etwas nicht an. Ich habe einen sehr hohen IQ und hatte meinen Highschool-Abschluss bereits mit 14 Jahren in der Tasche. Durch ein Stipendium wurde mir dann ein Studium an einer Elite-Universität bezahlt, wo ich mit meinen Forschungsergebnissen alles bisher Dagewesene in den Schatten gestellt habe.«

David grinste: »Also an Selbstbewusstsein mangelt es dir auf jeden Fall nicht! Welches Fachgebiet?«

»Biochemie. Um es kurz zu machen: Mir ist bereits in meinem vierten Praxissemester ein sensationeller Durchbruch gelungen, der Schlagzeilen gemacht hat.«

»Wow! Und wie kamst du dann in das Labor?«

»Daraufhin ist dieser Gilbert Winter auf mich aufmerksam geworden und hat mich mit dem Laborleiter Maxime Bineaux bekannt gemacht. Und anscheinend haben die beiden mir so viel zugetraut, dass sie mich noch während meines Studiums fest eingestellt haben.«

»Und woran habt ihr gearbeitet?

»An Viren!«

»Computerviren?«

»Nein, an richtigen Viren!«

»Also so etwas wie Grippeviren? Wollen die in diesem Labor etwa eine Epidemie auslösen?«

»Nein! Darum ging es in unserem Forschungsprojekt nicht. Ganz im Gegenteil, wir haben daran gearbeitet, mit ...«

David unterbrach ihn: »Sag mal, hörst du das auch?«

»Was meinst du?«

»Dieses Geräusch!«

Beide lauschten.

»Ja! Da ist was! Hört sich wie ein Brummen an!«

David hatte ein ganz seltsames Gefühl. Da stimmte etwas nicht. Irgendwie spürte er, dass Gefahr im Verzug war. Er schloss die Augen und betete. Er hatte es sich angewöhnt, Gott in alle Situationen seines Lebens mit einzubeziehen und ihn konkret um Rat zu fragen, wenn er den Eindruck hatte, dass Gott ihm etwas sagen wollte.

»Raus hier!«

David packte Leandro an der Hand und zog ihn zum Hintereingang der Hütte, die direkt auf einen Steg zum See führte. Sie stürzten durch die Tür hinaus.

Plötzlich hörten sie hinter sich ein zischendes Geräusch und dann eine ohrenbetäubend laute Explosion. Die Hütte flog in gleißendem Licht eines Feuerballs auseinander; eine ungeheure Druckwelle entstand hinter ihrem Rücken.

Ohne zu zögern, sprangen David und Leandro kopfüber ins kalte Wasser und tauchten ab. Durch die Wasseroberfläche hindurch sahen sie über sich nur noch grelles Licht - ein gleißendes Inferno breitete sich vor ihren Augen oberhalb der Wasseroberfläche aus.

* * *

In den Bergen von Como – Hotel Paradize – Mitten in der Nacht

Lion wachte auf - ganz plötzlich. Irgendetwas hatte ihn geweckt.

Da war es wieder!

Mit einem Mal war Lion hellwach. Er setzte sich auf und blickte erschrocken zur Tür seines Hotelzimmers, von wo er die Geräusche vermutete, die ihn geweckt hatten.

Jemand versuchte einzudringen!

Er sprang auf, nahm einen Stuhl in die Hand und stellte sich direkt neben die Tür. Diesmal knackte es im Türschloss und der Konus gab seine Blockade frei. Lions Herz raste.

Die Tür glitt auf und ein schwarz gekleideter Mann trat ein.

Lion, der den Stuhl kopfüber in Position gebracht hatte, rammte diesen mit voller Wucht nach unten, mit dem Ziel, den Eindringling dadurch auszuschalten. Aber der zeigte eine blitzschnelle Reaktion, rollte sich nach vorne ab und entging nur knapp dem auf dem Boden aufschlagenden Stuhl, der sofort auseinanderbrach. Schnell raffte sich der Eindringling wieder auf. Mit einer unglaublich schnellen Fußbewegung, die auf Lions Beine gezielt war, zog er Lion die Beine unter dem Körper weg, sodass dieser mit dem Gesäß auf den Boden knallte. Glücklicherweise verletzte er sich dabei nicht. Doch der Eindringling warf sich sofort auf ihn und drückte ihn mit roher Kraft jetzt vollends zu Boden. Lion wollte laut aufschreien, aber sein Gegner hielt ihm den Mund zu.

KAPITEL 7

Colorado – 20:35 Uhr

Leandro und David tauchten etwa zur gleichen Zeit auf, nachdem sie unterhalb der Wasseroberfläche eine möglichst große Entfernung zu der brennenden Blockhütte zurückgelegt hatten:

»Puh, länger hätte ich es nicht ausgehalten!«, prustete Leandro.

Auch David rang nach Luft: »Ja, ich dachte auch, ich ersticke gleich.«

Beide schwammen zu einem Busch am Ufer, etwa hundert Meter von der Blockhütte entfernt, und zogen sich triefend nass und erschöpft an Land. Dann schauten sie auf die lichterloh brennende Hütte, in der sie kurz zuvor noch nichtsahnend am Kamin gesessen hatten, nicht fähig, das auszudrücken, was soeben geschehen war.

Über der Hütte kreiste ein Hubschrauber, der mit einem hellen Lichtstrahl bereits die Umgebung der Hütte absuchte.

»Anscheinend hat sich der Killer Verstärkung geholt. Und jetzt überprüfen sie, ob es Überlebende gegeben hat!«, flüsterte David, während er sich mit den Fingern das Wasser aus den Augen rieb. »Ich frage mich nur, wie sie uns so schnell aufspüren konnten.«

Leandro ging nicht darauf ein, sondern packte David am Oberarm: »Schnell, wir müssen hier weg, sonst kriegen sie uns!«

Beide rafften sich auf und schleppten sich in geduckter Haltung hinter ein paar dichte Büsche, die sich etwa zehn Meter abseits vom Ufer befanden.

Der Helikopter landete und fünf schwer bewaffnete Männer sprangen heraus.

David stöhnte: »Die wollen wirklich auf Nummer sicher gehen und uns den Rest geben, sobald sie uns vor die Flinte bekommen. Wir müssen uns besser verstecken.«

Leandro nickte: »Ja, aber es gibt da was, das mir dabei noch mehr Angst macht; schau, das ist ein Militärhubschrauber. Ich kenne das Modell. Er verfügt nicht nur über Nachtsichtgeräte, sondern auch über Infrarot-Wärmebildkameras. Sobald das Feuer etwas nachgelassen hat, werden sie diese wahrscheinlich auch einsetzen. Und dann können wir uns verstecken, wo wir wollen – die werden uns als hell leuchtende rote Punkte überall finden.«

»Also müssen wir möglichst schnell große Distanz zwischen uns und den Heli bringen. Nur so haben wir eine Chance.«

»Richtig!«

»Worauf warten wir noch? Komm!«

Beide sprangen auf und liefen zunächst einmal kopflos immer tiefer in den dichten Nadelwald hinein.

»Stopp!«, rief Leandro. »So geht das nicht! Ohne einen Plan werden wir hier niemals mit heiler Haut herauskommen. Wo laufen wir eigentlich hin?«

»Keine Ahnung, weg von der Hütte – das war doch der Plan!«

»Ja, aber sobald der Militärhubschrauber aufsteigt und die ganze Gegend großflächig mit seinen Wärmebildkameras absucht, werden sie uns entdecken. Und dann Gnade uns Gott!«

David kam eine Idee: »Etwa fünfhundert Meter Luftlinie von hier, am anderen Ende des Sees gibt es eine kleine ausgebaute Höhle, eingelassen in einen Berg. Der Besitzer der Blockhütte lagert dort unter anderem seine Jagdausrüstung. Wenn wir es schaffen, dorthin zu kommen, sind wir durch den massiven Felsen vor dem Zugriff der Wärmebildkameras geschützt. «

»Das hört sich an, als sei es unsere einzige Chance. Also los!«

»Ja, dort geht es lang.«

* * *

In den Bergen von Como – Norditalien

Der Eindringling hielt Lion fest am Boden. Doch dann hörte er eine vertraute Stimme über sich:

»Lion, beruhige dich! Ich bin es, Ariel!«

Im selben Moment lockerte er auch seinen Griff und gab Lions Mund wieder frei.

Überrascht schaute dieser dem nächtlichen Überraschungsgast in die Augen, die durchs Fenster hindurch vom schwachen Mondlicht beleuchtet wurden, und stöhnte: »Onkel Ariel! Mit dir habe ich nun überhaupt nicht gerechnet!«

Ariel Goldberg blickte auf den hinter ihm liegenden zerstörten Stuhl: »Hab ich gemerkt.« Er ließ seinen Neffen los.

Der setzte sich wütend auf: »Warum klopfst du nicht einfach!?! Stattdessen dringst du hier ein wie ein Einbrecher!«

Ariel stand auf, verschloss erst einmal die Tür und schaltete das Licht ein: »Ich wollte dich nicht wecken!«

»Das ist dir ja wirklich bestens gelungen! Und wenn wir hier noch weiter so einen Krach machen, wecken wir noch dazu alle Hotelgäste und das Personal.«

Plötzlich klopfte es.

Sofort stellten sich beide neben den Eingang, Lion bewaffnet mit dem zweiten Stuhl in der Hand: »Hallo, wer ist da?«

»Ja ... Hallo, ich gehöre zum Personal des Hotels und wollte nachfragen, ob bei Ihnen alles in Ordnung ist. Ich habe gerade einen lauten Knall gehört.«

»Tut mir leid, das war total ungeschickt von mir. Ich schlafwandle manchmal und bin dabei im Dunkeln zu Boden gestürzt und habe einen Stuhl kaputt gemacht.«

»Geht es Ihnen gut?«

»Ja, alles in Ordnung.«

»Na, das ist die Hauptsache! Über den kaputten Stuhl können wir ja dann morgen reden. Ihnen eine gute Nacht!«

»Ja, gute Nacht!«

Ariel grinste, nahm seinem Neffen den Stuhl aus der Hand und setzte sich mit den Armen über die Lehne gebeugt drauf: »Du hast anscheinend einen leichten Hang zur Gewalttätigkeit.«

»Reine Vorsichtsmaßnahme! Aber jetzt zurück zu dir. Ich hab wirklich nicht mit dir gerechnet!«

Ariel schaute seinem Neffen verwundert in die Augen: »Na, wer hat mich denn gestern Abend ganz spät angerufen und darum gebeten, dass ich sofort kommen soll? Ich glaube, das war ein gewisser Lionel Daniels, der sich da in ein Abenteuer gestürzt hat, das ihm jetzt anscheinend über den Kopf wächst.«

Lion grinste: »Du kämpfst noch genauso wie damals, als du beim israelischen Geheimdienst, dem Mossad, warst. Ich dachte, du bist jetzt im Ruhestand.«

»Ein Geheimagent kennt keinen Ruhestand.« Ariel Goldberg blickte an sich hinab: »Ich halte mich weiter fit!«

»Klar, Onkel!«

»Und nenn mich nicht immer Onkel! Keiner darf wissen, dass wir beide verwandt sind. Das ist ein wohlgehütetes Geheimnis.«

»Stimmt, weder Daddy noch meine kleine Schwester wissen davon ...«

Lion musste daran denken, welches Geheimnis Ariel und seine Mutter mit sich herumtrugen, in das nur er alleine mit eingeweiht war.

Seine Mutter, Amelie Daniels, war die Halbschwester von Ariel. Die beiden hatten zwar einen gemeinsamen Vater – Abraham Goldberg – jedoch zwei verschiedene Mütter. Ariel war der rechtmäßige Sohn von Abrahams Frau, Lions Mutter Amelie hingegen nur die uneheliche Tochter aus einer seiner heimlichen Affären.

Abraham hatte zeit seines Lebens dafür gesorgt, dass niemand von seinem ›peinlichen‹ Geheimnis erfuhr, und hatte Amelies Mutter monatlich ein hohes Schweigegeld gezahlt, mit der Auflage, die Affäre mit ihm und die Existenz seiner unehelichen Tochter für immer geheim zu halten. Außerdem verschaffte er ihr einen Platz in einem Kibbuz, in dem keine Fragen gestellt wurden.

Doch Ariel fand das Geheimnis seines Vaters irgendwann heraus und nahm sofort Kontakt mit seiner Halbschwester Amelie auf. Beide verstanden sich auf Anhieb, einigten sich aber darauf, das Geheimnis ihres gemeinsamen Vaters für sich zu behalten.

Beide hielten sich strikt daran. Sogar als Amelie mit neunzehn Jahren das Kibbuz verließ, in dem sie aufgewachsen war, einen Amerikaner heiratete und zu ihm nach Amerika zog, behielt sie das Geheimnis ihrer Eltern für sich, sogar vor ihrem Ehemann und später auch vor ihren Kindern, Lion und Alina.

Durch seine Scharfsinnigkeit kam Lion aber als Einziger dahinter, dass es in dem Leben seiner Mutter einen weiteren Mann geben musste. Daraufhin setzte er seine Mutter so lange unter Druck, bis sie ihr Geheimnis endlich preisgab: Dass es tatsächlich einen anderen Mann in ihrem Leben geben würde, allerdings keine Affäre, wie Lion zunächst dachte, sondern dass sie noch einen Bruder habe, von dessen Existenz jedoch niemand in ihrer Familie wüsste. Es dauerte noch eine Weile, bis sie Ariel Lion endlich vorstellte; der Anfang einer einzigartigen Freundschaft zwischen Lion und seinem Onkel.

»Weißt du eigentlich, dass mich mein Bekanntenkreis für einen langweiligen Handelsvertreter ohne Verwandtschaft hält, der sein Geld mit guten Geschäften macht?«

Lion grinste: »Du und ein Handelsvertreter - das passt ja gar nicht! Aber dass du dir von deiner Rente als Ex-Agent eine teure Luxusvilla am Lago Maggiore leisten kannst, würde dir sowieso niemand abnehmen. Bleiben wir also lieber bei dem langweiligen Handelsvertreter.«

Ariel lachte verschmitzt: »Über Geld redet man nicht!«

»Jetzt mal ehrlich - über welche dunklen Kanäle bist du zu deinen Millionen gekommen?«

»Wie meinst du das? Ich war weder bestechlich noch korrupt. Ein reicher Onkel von mir ist gestorben und mir hat er alle seine Bitcoins vererbt, also virtuelles Geld - diese Kryptowährung halt, von der heute alle sprechen. Ich habe diese Bitcoins lange Jahre nicht beachtet, sie aber irgendwann auf einen Insider-Tipp hin zum richtigen Zeitpunkt ganz schnell zu Geld gemacht, also in Euro gewechselt und konnte es nicht glauben: Meine Bitcoins waren tatsächlich über dreißig Millionen Euro wert! Ein schlummerndes Vermögen also.«

»Hammer! Und dann?«

»Ich hatte Glück, wenige Tage später wären die Bitcoins, die mir mein Onkel vererbt hat, nur noch die Hälfte wert gewesen. Bei Spekulationsgeschäften mit virtuellem Geld kann man einen Haufen Geld verlieren, das sage ich dir! Und weil ich damals offiziell auf den Fidschi-Inseln meinen Wohnsitz angemeldet hatte, musste ich nicht einmal Erbschaftssteuern bezahlen, sondern konnte das ganze Geld komplett einstreichen. Als ich die Kohle dann auf meinem Konto hatte, habe ich gleich beim Mossad gekündigt.«

Beide schwiegen.

»Doch lass uns von etwas anderem reden als von Geld.«

»Ja gerne! Ich bin echt froh, dass du da bist. Gestern nach unserem Gespräch hatte ich eigentlich nicht mehr damit gerechnet, dass du hier wirklich auftauchen würdest.«

»Ich auch nicht. Es ist ja auch total verrückt, was du vorhast. Eigentlich sollte ich dir sofort den Hintern versohlen und dich in die Klapsmühle einliefern.«

»Du weißt, dass ich die Sache durchziehen werde, mit oder ohne deine Hilfe.«

»Ich weiß! Du bist ein genauso großer Dickkopf, wie ich und deine Mutter. Ich bin auch nicht gekommen, um dich davon abzuhalten, im Gegenteil.«

»Und, was hat deine Einstellung dazu geändert?«

Ariel blickte ihm geheimnisvoll in die Augen: »Ich habe Erkundigungen eingezogen.«

»Mossad-Freunde?«

Ariel nickte.

»Was hast du herausgefunden?«

»Nichts Gutes. Jackie ist anscheinend in die Hände einer skrupellosen Organisation geraten, die hier in den Bergen von Como eines ihrer dubiosen Forschungslabore betreibt. Wenn es stimmt, was mein Kontakt vermutet, dann werden hier Menschen gegen ihren Willen als Testobjekte festgehalten. Worum es dabei geht, konnte mir niemand sagen. Aber es werden Versuche durchgeführt, bei denen die Testpersonen draufgehen können.«

Lion schaute ihn entsetzt an: »Und warum unternimmt niemand etwas gegen diese illegalen Machenschaften?«

»Der Mossad mischt sich in so etwas nicht ein. Und ansonsten kann man diesen Kerlen auch nichts nachweisen. Offiziell ist es ein Sanatorium für Patienten, die an schwerer Amnesie leiden. Die Organisation, die dahintersteckt, hat nahezu unbegrenzte Geldmittel zur Verfügung und ist so einflussreich, dass ihnen niemand etwas anhaben kann. Es fließt da sehr viel Geld in dunkle Kanäle, und die örtliche Polizei verhält sich passiv und hat auch keinerlei Interesse, sich mit ihnen anzulegen.«

»Aber das geht doch nicht! Ist die Polizei etwa korrupt?«

»Es geht hier nicht um Korruption, sondern für die Polizisten geht es vielmehr ums nackte Überleben! Erst vor fünf Monaten sind zwei übereifrige Beamte, die ihnen in die Suppe spucken wollten, auf mysteriöse Weise ums Leben gekommen. Seitdem herrscht Waffenstillstand und die Organisation kann ungestört weiterarbeiten. Lion, die Sache ist total heiß und eigentlich ein paar Nummern zu groß für uns.«

»Eigentlich?«

»Ja, eigentlich, denn ich weiß, was Jackie dir bedeutet. Sie scheint ein ganz besonderes Mädchen zu sein, für das es sich lohnt, alles zu riskieren. Und Fakt ist: Wenn du sie da nicht rausholst, dann wird sie das höchstwahrscheinlich nicht überleben oder als menschliches Wrack enden; und du wirst sie für immer verlieren, das ist sicher. Aber wenn wir uns mit ihnen anlegen, ist das wie David gegen Goliath!«

»Na ja, als ehemaliger Agent des israelischen Geheimdienstes setzt du ja wohl vorzugsweise auf David!«

»Klar, nur dass wir keine Steinschleuder zur Verfügung haben!«

»Kann uns da nicht dein alter Geheimdienst etwas unterstützen?«

»Nein, die wollen mit der Sache nichts zu tun haben. Weißt du, da stecken in irgendeiner Weise die Amis mit drin - genauer gesagt einflussreiche Leute vom amerikanischen Geheimdienst - wie, das weiß ich nicht. Und zwischen uns Israelis und den Amis gibt es so etwas wie einen Nichteinmischungspakt. Deshalb darf ich mich auch auf keinen Fall sehen lassen, sonst glauben die, der Mossad will da mitmischen.«

»Aber du gehörst doch nicht mehr zum Mossad, Onkel!«

»Einmal Mossad - immer Mossad! Es gibt für einen ehemaligen Geheimagenten keinen wirklichen Ruhestand. Für die anderen Geheimdienste gehöre ich immer noch zum Mossad - bis an mein Lebensende. Also, wie lautet dein Plan?«

Lion legte los.

* * *

Zwanzig Minuten später nickte Ariel zustimmend, nachdem sein Neffe ihm seinen Plan ausführlich beschrieben hatte.

»Einfach und effektiv – das könnte funktionieren, vorausgesetzt, Jackie hält sich genau dort auf, wo du es glaubst! Die Kletterausrüstung und meine Hightech-Drohne, wonach du gestern gefragt hast, habe ich übrigens dabei. Und wie ich dich kenne, werde ich beides wahrscheinlich nicht mehr wiederbekommen.«

»Wenn alles gut geht, bekommst du zumindest die Drohne wieder!«

»Es gibt bei deinem Plan aber immer noch drei Schwachstellen!«

»Welche?«

»Du baust darauf, dass du mit Jackie zusammen in deinem Opel Adam unbehelligt entkommen kannst. Was ist, wenn man dir auf den schmalen Bergstraßen den Weg abschneidet? Sobald sie nämlich blicken, dass Jackie fort ist, werden sie alle Hebel in Bewegung setzen und hier oben alles abriegeln. Da ist mit einem Auto kein Durchkommen mehr.«

»Und die zweite Schwachstelle?«

»Wo taucht ihr unter, wenn du sie befreit hast. Die werden nämlich nach der Befreiungsaktion ganz schön hinter euch her sein, das ist sicher.«

»Ich werde bei einem alten Freund in der Nähe von München untertauchen und dann weitersehen.«

»Funktioniert nicht! Wenn dir diese Organisation auf der Spur ist, darfst du auf keinen Fall irgendwelche Kontakte von früher nutzen, weil sie dir nämlich genau dort auflauern werden. Du musst dir etwas Besseres einfallen lassen!«

Lion schluckte:

»Und was ist die dritte Schwachstelle?

»Weiß ich noch nicht, aber irgendeine wird es da schon noch geben!«

»Witzbold! Na, dann konzentrieren wir uns mal auf die ersten beiden Schwachstellen, bis dir die dritte eingefallen ist. Hast du Vorschläge?«

»Ja! Ich werde dir eines meiner geheimen Appartements zur Verfügung stellen, wo ihr unterkommen könnt. Die Adresse gebe ich dir rechtzeitig.«

Ariel kramte sein Smartphone hervor, lud eine detaillierte Karte der Gegend und zeigte auf einen ganz bestimmten Punkt unterhalb der Villa, in der sich Jackie gerade aufhielt.

»Als Fluchtfahrzeug nimmst du mein Motorrad. Du kannst doch Motorradfahren?«

Lion schaute ihn belustigt an: »Du weiß doch, wir Texaner haben schon solche Dinger unterm Hintern, noch bevor wir richtig laufen können.«

Ariel grinste: »Ihr Amerikaner seid wirklich verrückt! Na gut, ich platziere es genau hier, an dieser Stelle. Es ist eine Yamaha Yz250f-Motocross-Maschine. Mit der kannst du auch über schmale Waldpfade entkommen.«

»Und was mache ich mit meinem Leihwagen?«

»Den fahre ich samt Gepäck hinunter nach Como und gebe ihn bei einer Rückgabestation am Bahnhof ab. Außerdem besorge ich dir bei einer anderen Autovermietung unter falschem Namen ein neues Fahrzeug, natürlich mit ordentlich Zunder dahinter. So gehen wir auf Nummer sicher, dass man dich nicht zurückverfolgen kann. Das neue Fahrzeug stelle ich dir unten am See ab, und zwar genau hier, auf der gegenüberliegenden Seeseite in der Nähe von Como in Tavernola.«

Er zeigte auf einen ganz bestimmten Punkt der Karte.

»Die Schlüssel hängen mit Knete fixiert unter dem linken Kotflügel des Fahrzeugs.«

Ariel machte eine Gedankenpause und fuhr fort: »Ach noch eins – du solltest dir gut überlegen, auf welcher alternativen Route du mit dem Motorrad von hier entkommen willst, falls man dir den Weg abschneidet. Präg dir jeden noch so kleinen befahrbaren Pfad genau ein.«

»Wie soll ich das machen? Ich hab keine gescheite Karte dabei!«

»Du bekommst von mir über Bluetooth eine detaillierte Karte vom italienischen Militär auf dein Smartphone. Da ist alles drauf!«

Lion aktivierte die Bluetooth-Funktion seines Smartphones und koppelte sein Gerät mit dem von Ariel.

»Läuft!«

»Ist Jackie schon mit dir auf so einer Maschine gefahren?«

»Auf etwas Ähnlichem, ja. Alles hängt sowieso davon ab, dass sie kooperiert, also dass sie überhaupt bereit ist, mit mir mitzukommen.«

»Stimmt! Denn was du mir über sie und eure Begegnung in Basel erzählt hast, klang überhaupt nicht gut. Du musst damit rechnen, dass sie ähnlich abweisend reagieren wird wie da. Überlege dir also gut, wie du dich dann aus der Affäre ziehst.«

»Wann fährst du los?«

»Sobald wir hier mit der Vorbereitung fertig sind!«

»Alles klar! Dann legen wir los!«

* * *

In den Bergen von Colorado – 20:45 Uhr

Leandro und David erreichten schnaufend am anderen Ende des Bergsees die Stelle, an der sich nach Davids Auskunft die Höhle befinden sollte.

Leandro stutze: »Und? Wo soll hier eine Höhle sein?«

David schob ein paar Zweige eines Nadelbaums auseinander.

»Hier hinein!«, keuchte er hastig, nachdem er mit einem Blick zurück zur Blockhütte festgestellt hatte, dass ihnen nicht mehr viel Zeit blieb. Der Hubschrauber war gerade aufgestiegen, während vier der fünf uniformierten Männer mit ihren Nachtsichtgeräten systematisch auf beiden Seiten des Bergsees das Ufer absuchten und der fünfte bei der zerstörten Blockhütte blieb.

David und Leandro schlüpften durch die Zweige hindurch und standen vor einer Tür.

»Hätten auch um die Bäume herumlaufen können! Wäre einfacher gewesen!«, bemerkte Leandro und drückte den Türgriff der schweren Holztür nach unten: »Leider verschlossen! Was machen wir?«

David suchte bereits die Felswand ab, fand eine Felsspalte, fuhr mit seinen Fingern hinein und holte einen Schlüssel hervor. »Aufschließen!«, antwortete er triumphierend.

Er steckte den Schlüssel ins Schloss und öffnete die Tür nur einen Spaltbreit, da sie ein laut knarrendes Geräusch von sich gab. Beide zwängten sich hinein. Sofort schlossen sie die Tür wieder und verriegelten sie.

»Also in Sicherheit sind wir hier auch nicht!«, gab Leandro ermüdet zu

Bedenken. »Ich traue es den Söldnern durchaus zu, dass sie diese Höhle finden werden.«

David strich sich mit den Fingern durch das nasse halblange braune Haar: »Hoffentlich ist die Hütte so doll zerstört, dass sie nicht feststellen können, dass da zwei Leichen fehlen.«

»Ich vermute mal, dass man das sowieso erst morgen früh feststellen kann, wenn die Glut etwas nachgelassen hat.«, entgegnete Leandro.

Plötzlich hörten sie einen ohrenbetäubenden Knall.

»Ein Gewehrschuss«, hauchte Leandro aufgeregt. »Direkt hier bei der Höhle!«

Beide lauschten gebannt und verkrochen sich im hintersten Winkel der Höhle.

Stille.

Dann hörten sie deutlich Stimmen – nur ein paar Meter von der Höhle entfernt.

»War nur ein Tier, Mike! Glaub mir! Dieses Inferno hat niemand überlebt. Und die Zeit läuft uns davon! Wir müssen umkehren!«

Leandro und David hörten, wie eine andere Stimme offenbar in ein Funkgerät sprach: »Hier Alpha fünf – alles sauber! Wir kommen zurück!«

Die Stimmen entfernten sich. Danach hörten sie nichts mehr. Trotzdem verharrten sie noch mehrere Minuten still in ihrer Position, bevor sie sich trauten, sich zu bewegen.

Beide atmeten erleichtert auf, und Leandro fand als Erster die Worte.

»Und, was machen wir jetzt?«

»Gott danken!«

Ohne auf eine Reaktion von Leandro zu warten, fing David an, mit Gott zu reden und ihm zu danken.

Leandro hörte zu und war erstaunt, mit welch einfachen, ehrlichen Worten David genau die Empfindungen ausdrücken konnte, die er selber in diesem Augenblick empfand, aber niemals hätte so in Wort fassen können. Was ihn außerdem wieder einmal total faszinierte: David sprach mit Gott so, als ob dieser wirklich existieren würde, was er ja selbst bisher immer bezweifelt hatte, und er sprach in einer Weise, als ob dieser Gott sein bester Freund wäre, der gerade neben ihm stehen würde.

Als David mit Beten fertig war, schaute ihn Leandro freundlich an: »So, und jetzt sollten wir überlegen, wie es weitergeht.«

David lächelte und hielt einen Schlüssel hoch: »Das hier ist der Plan!« Dann zog er an einer verstaubten Abdeckplane direkt hinter sich, bis der Blick auf ein in die Jahre gekommenes Gelände-Quad frei wurde.

»Wenn der Hubschrauber verschwunden ist, können wir damit über einen Gebirgspass ins nächste Tal gelangen. Dort sehen wir dann weiter.«

* * *

In den Bergen von Como – 07:00 Uhr

Direkt nach dem Frühstück packte Lion Ariels Drohne aus und war begeistert. Die Drohne war winzig klein, verfügte aber dennoch über beeindruckende Flugeigenschaften. Damit war sie perfekt geeignet für das, was Lion vorhatte.

Auch die Bedienung war genial: Man konnte sie manuell steuern, doch sobald man losließ, übernahm automatisch die Smartphone-App ihre Steuerung und brachte das Hightech-Gerät heil herunter.

Lion las die Gebrauchsanweisung und stellte fest, dass auch die Programmierung der Koordinaten sehr einfach gehalten war.

Nach ein paar kurzen Flugversuchen programmierte er die exakten Koordinaten der Mauer von der Villa ein, wo er die Drohne platzieren wollte. Es war wichtig, sich einen Überblick zu verschaffen und zu wissen, was in der Villa gerade lief. Die eingebaute Kamera lieferte ihm dazu über Funk erstklassige Bilder auf sein Smartphone-Display.

Er startete die Drohne. Sie flog auf direktem Weg vom Hotel, immer entlang des steil abfallenden Hangs, auf die Villa zu, wobei sie sich permanent in Deckung hielt. Lion konnte den Flug live mitverfolgen und so gegebenenfalls die Flugbahn neu bestimmen. Aber das war nicht nötig. Erst als er die Mauer an der gewünschten Stelle direkt vor Augen hatte, musste er einen Landepunkt eingeben. Die Kunst dabei war, einen Punkt zu finden, an dem die Drohne alles sehen konnte, selbst aber nicht gesehen wurde. Kurz darauf wurde er fündig und markierte im Bild den gewünschten Landepunkt, versteckt zwischen ein paar Efeuzweigen. Die Drohne gehorchte und landete sanft. Lion war zufrieden. Die schwenkbare Kamera lieferte ihm ein gestochen scharfes Bild sowohl vom Freisitz als auch vom Rest des Villa-Geländes.

Nun war er an der Reihe. Er setzte seine Baseballkappe und Sonnenbrille auf, nahm die in eine Stofftasche gepackte Kletterausrüstung seines Onkels mit, verließ das Hotelzimmer und machte sich auf den Weg, um sofort vor Ort zu sein, sobald Jackie im Garten der Villa auftauchte, um weiter in ihrem Buch zu lesen.

* * *

In den Bergen von Colorado – 23:15 Uhr

Es war sehr kalt geworden und die nasse Kleidung klebte nach wie vor unangenehm an Leandros und Davids Haut. Am ganzen Körper frierend, erreichten sie auf dem Quad eine Passhöhe weit oberhalb des Tals, nachdem sie sich zuvor gleich mehrmals verfahren hatten und so viel länger als geplant unterwegs waren.

David stoppte das Fahrzeug und drehte sich zu Leandro um: »Ich weiß nicht, wie es dir geht, aber ich bin völlig unterkühlt, total fertig und todmüde!«

Der Angesprochene zitterte wie Espenlaub und nickte frustriert, unfähig, einen Ton herauszubringen.

Beide schauten zurück ins hinter ihnen liegende Tal. Vom Pass aus hatten sie einen guten Blick auf den See, der vom hellen Mondlicht beleuchtet geheimnisvoll weit unter ihnen lag. Die Flammen hatten sich gelegt, aber zwischen den Trümmern der völlig zerstörten Hütte konnten sie selbst aus dieser Entfernung die schwelende Glut sehen. Rote Punkte, die immer wieder von ein paar dichten Rauchschwaden, die wie ein unheimlicher Nebel über der Brandstätte und dem See schwebten, verdeckt wurden.

David rieb sich mit seinen Händen die Oberarme, um durch Reibung Wärme zu erzeugen, und hauchte leise: »Meinst du, der Hubschrauber kehrt zurück?«

Leandro schüttelte den Kopf und stammelte: »Nein, ich denke wir haben lange genug gewartet, um sicherzugehen, dass sie wirklich weg sind. Sie werden erst wiederkommen, wenn die Glut abgekühlt ist und sie nach den Leichen suchen können. Zu dumm nur, dass es in der Höhle keine Klamotten zum Wechseln gab. Wir brauchen ganz dringend trockene Kleider und ein Dach über dem Kopf, sonst überleben wir die Nacht nicht!«

Beide schwiegen bedrückt, bis David die Stille unterbrach: »Vier Kilometer von hier befindet sich eine Holzhütte. Dort wohnt ein alter Indianer, ein ganz komischer Kauz, der seit Jahren so gut wie keinen Kontakt mehr mit der Außenwelt hatte.«

»Und? Warum hast du das nicht gleich gesagt? Das hätte mich die Kälte etwas leichter ertragen lassen.«

»Na ja, der Kerl riecht alle Eindringlinge kilometerweit und schießt auf jeden, der sich seiner Hütte unerlaubt mehr als hundert Meter nähert. Und glaub mir – der trifft!«

»Tolle Aussichten! Aber dann doch lieber ein Ende mit Schrecken als ein Schrecken ohne Ende! Also, worauf warten wir noch?«

David startete den Motor und steuerte das Geländefahrzeug einen steilen Bergpfad ins andere Tal hinunter.

* * *

Comer See – 08:15 Uhr

Ariel hatte den Opel Adam abgegeben und lud gerade Lions Rucksack in das PS-starke neue Fahrzeug um, als sich plötzlich sein Smartphone meldete.

»Ja?«

»Herr Goldberg, ich habe mitbekommen, dass Sie sich gestern bei einem meiner Mitarbeiter nach dieser Villa erkundigt haben! Sie setzen sich mal wieder über alle Anweisungen hinweg, die wir bei Ihrer Entlassung vereinbart hatten!«

Ariel schwieg. Sein ehemaliger Chef vom Mossad sprach weiter: »Mir gefällt auch nicht, was dort läuft, aber wir müssen uns unbedingt raushalten.«

»Und warum? Stecken da mal wieder hochrangige CIA-Leute dahinter, mit denen wir es uns nicht verscherzen dürfen? Ich habe dieses ganze Gehabe so was von satt! Warum nicht einmal das Richtige tun?«

»Ariel, Sie sind nicht in der Position zu beurteilen, was hier richtig oder falsch ist! Wenn Sie sich nicht ganz schnell aus dem Staub machen, hat das für sie Konsequenzen! Wir können nicht riskieren, dass man uns in irgendeiner Weise mit der Sache in Verbindung bringt! Habe ich mich klar genug ausgedrückt?«

»Ja, habe verstanden.« Ariel legte auf.

* * *

Colorado – kurz nach Mitternacht

David stoppte das Quad und zeigte auf eine Baumgruppe, die sich direkt an einem Bergbach befand.

»Hinter den Bäumen versteckt befindet sich die Hütte.«

»Na, im Augenblick sieht ja noch alles ganz friedlich aus.«

»Das täuscht! Wir müssen vorsichtig sein. Der Kerl ist dafür bekannt, dass er zuerst schießt und dann fragt.«

Zitternd vor Kälte und völlig erschöpft stieg Leandro als Erster ab, doch seine gefühllos gewordenen Beine knickten ein, sodass er zu Boden sackte. Plötzlich und ohne Vorwarnung schlug direkt über seinem Kopf eine Kugel in eine Felswand hinter ihm, genau in der Höhe, wo sich noch drei Sekunden zuvor sein Kopf befunden hatte.

Leandro und David warfen sich blitzschnell hinter das Quad flach auf den Boden und schrien gemeinsam so laut sie konnten:

»Nicht schießen! Wir sind in friedlicher Absicht hier!«

Es folgten zwei weitere Gewehrschüsse, die dicht neben Davids Bein in den Boden einschlugen. Schnell zog er es vollends hinter das Quad.

Dann hörten sie von der Hütte her eine Stimme: »Verschwindet von hier! Die nächste Kugel trifft!«

David schickte ein Stoßgebet zum Himmel - dann schrie er voller Frust: »Warum schießen Sie auf uns? Gehören Sie etwa auch zu dem Killertrupp, der das Blockhaus unten im Tal in die Luft gejagt hat, um uns zu töten? Warum wollen uns alle umbringen? Was haben wir Ihnen denn getan?«

Stille.

David fuhr fort: »Wir haben heute Nacht nur ganz knapp den zweiten Mordanschlag innerhalb von 24 Stunden überlebt, unsere Kleidung ist durchnässt, und wir sind kurz davor zu erfrieren. Wir sind völlig fertig und am Ende! Wenn Sie auch zu dieser Bande gehören, dann machen Sie es bitte kurz und schmerzlos! Wenn nicht, dann sollten Sie uns lieber helfen, statt auf uns zu schießen!«

Stille.

Dann hörten sie wieder die Stimme: »Steht auf, die Hände hinter dem Kopf verschränkt. Ich muss euch auf Waffen überprüfen.«

Leandro stöhnte: »Und woher sollen wir jetzt wissen, dass das kein Trick ist? Wenn wir aufstehen, haben sie ein leichtes Ziel!«

»Wenn ich euch hätte erschießen wollen, wärt ihr schon längst tot!«

»Nein, wenn ich nicht zufälligerweise gestolpert wäre, dann wäre ich tot!«, entgegnete Leandro. »Ihre Kugel schlug nur wenige Zentimeter über mir in den Felsen ein!«

»Nein, der Schuss wäre auch ohne Stolpern genau zwei Zentimeter über deinem Kopf an dir vorbeigegangen! Auf meinen Bärentöter kann ich mich verlassen! Und jetzt steht auf, oder wollt ihr die ganze Nacht dort verbringen? Ich muss euch in die Augen sehen!«

David und Leandro gehorchten, die Hände hinter ihrem Kopf verschränkt. Sofort wurden sie von einem starken Lichtstrahl geblendet.

»Die Hände oben lassen!«

Der Einsiedler kam mit der Waffe im Anschlag bis auf etwa fünf Meter heran und veränderte den Lichtkegel seiner Lampe, sodass er beiden im Wechsel tief in die Augen sehen konnte.

Es herrschte eine angespannte Stille. Wie würde die Sache ausgehen?

Dann senkte er seine Waffe und brummte:

»Kommt mit ins Haus!«

Ohne weitere Worte zu verlieren, drehte ihnen der Alte seinen Rücken zu und schritt schnurstracks in Richtung Holzhütte.

Leandro und David konnten es nicht glauben. Mit so einer Wendung hätten sie niemals gerechnet. Sie folgten ihm unsicher.

* * *

Como – 08:20 Uhr

Ariel war klar, dass der Mossad ernst machen würde. Wenn er den Anweisungen seines ehemaligen Chefs nicht folgte, hatte das ernsthafte Konsequenzen für ihn: Er würde vielleicht den Rest seines Lebens irgendwo in einem dunklen Gefängnis verschwinden.

Traurig, aber entschlossen griff Ariel zum Telefon und wählte, wie immer über eine eigens vom Mossad entwickelte End-zu-End-Verschlüsselung, Lions Nummer.

»Lion! Tut sich was?«

»Nein, Jackie hat sich bisher nicht sehen lassen. Sind die Fluchtfahrzeuge startklar?«

»Ja, alles erledigt! Aber, ... Lion ... es fällt mir schwer, das zu sagen ...« Ariel schluckte bedrückt: »... Sorry, ich muss mich hier jetzt leider ausklinken. Du wirst die Sache alleine durchziehen müssen!«

Lion stöhnte: »Moment mal, heißt das etwa, dass ich von jetzt an auf mich allein gestellt bin?! Onkel, das kannst du doch nicht machen! Ohne dich schaffe ich das nicht!«

Ariel kämpfte mit sich, antwortete aber nicht.

»Bitte lass mich nicht im Stich!«

»Lion, es tut mir leid, aber mir sind die Hände gebunden. Ich muss aussteigen, sonst ...«

Lion schnaufte: »Sonst was?«

»Meine Vergangenheit holt mich gerade ein. Ich erkläre es dir ein anderes Mal! Du schaffst das!«

Lion wusste, dass sein Onkel so eine Entscheidung nicht leichtfertig treffen würde, sondern triftige Gründe hatte und dass jedes Nachfragen und jede weitere Diskussion zwecklos war.

»Verstehe! Einmal Mos...«

Ariel schnitt ihm abrupt das Wort ab: »Lassen wir das! Viel Glück!«

KAPITEL 8

In den Bergen von Como – 08:30 Uhr

Jackie schaute nachdenklich durch das Gitterfenster ihres Zimmers nach draußen. Warum hatte sie kein Gedächtnis mehr? Wer war sie überhaupt? Und warum befand sie sich in einer sogenannten Spezialklinik irgendwo in den Bergen?

Fragen über Fragen quälten sie – und weil sie sich an rein gar nichts aus ihrer eigenen Vergangenheit erinnern konnte, hatte sie beschlossen, nur noch ihr Herz sprechen zu lassen und ganz logisch an die Sache heranzugehen, um die richtigen Schlüsse zu ziehen.

Nachdem sie in Basel diesen geheimnisvollen jungen Mann, Lion Daniels, getroffen hatte, der sie ›Jackie‹ beziehungsweise ›Jacqueline Arielle Bordeaux‹ genannt hatte, hatte sie nun endgültig den festen Entschluss gefasst, diesen Leuten, die sich eigenen Angaben nach ›doch so liebevoll um sie kümmerten‹, nicht mehr zu vertrauen.

Und je mehr sie darüber nachdachte, umso mehr Gründe fand sie auch dafür.

Warum hatte man sich nicht die Mühe gemacht, sie mit Personen oder Elementen ihrer Vergangenheit zu konfrontieren, zum Beispiel mit ihren Eltern oder diesem Lion Daniels? Stattdessen hielt man sie über alles im

Unklaren und gab keinerlei Informationen weiter, die helfen konnten, ihr Gedächtnis wiederzuerlangen.

Und um die Heilung zu »unterstützen«, musste sie täglich zwei Tabletten schlucken. Doch Jackie hatte das Gefühl, dass diese das genaue Gegenteil bewirkten. Ja, sie übten eher eine stark beruhigende Wirkung auf sie aus und beeinträchtigten das klare Denken, als dass sie halfen.

Eins stand fest: Wenn man diesen Leuten nicht trauen konnte, dann musste sie alles hinterfragen, was sie taten. Und das bedeutete, dass sie auch die Einnahme dieser Tabletten verweigern musste. Ein nicht ganz problemloses Vorhaben, denn diejenigen, die sie ihr verabreichten, standen immer direkt neben ihr und achteten penibel darauf, dass Jackie sie auch herunterschluckte.

Doch mit einem Trick hatte sie die Krankenschwester, die sich Jill nannte, gestern hinters Licht führen können. Sie hatte einfach nur so getan, als ob sie sich die Tablette in den Mund legte und herunterschluckte. Tatsächlich hatte sie diese aber heimlich in einer ihrer Taschen verschwinden lassen.

Der Effekt war, dass sie sich bereits heute Morgen besser fühlte und sogar schon etwas klarer denken konnte. Doch in wenigen Minuten würde die Schwester wiederkommen und ihr die erste Tablette an diesem Tag geben wollen. Jackie war klar, dass sie den Trick vom Vorabend nicht ein zweites Mal anwenden konnte. Deshalb hatte sie die nicht eingenommene Kapseltablette vom Vorabend geöffnet, den in der Kapsel befindlichen Wirkstoff ausgeleert, stattdessen Zucker hineingefüllt und anschließend alles wieder verschlossen.

In diesem Moment betrat Jill unvermittelt Jackies Zimmer.

»So, du musst deine Medizin nehmen! Mund aufmachen!«

Jackie schüttelte den Kopf und streckte ihr die linke Handfläche entgegen: »Nein, das kann ich selbst! Ich bin doch kein kleines Kind mehr und fühle mich auch schon viel besser als gestern«, Jackie atmete tief durch, »dank der Tabletten natürlich.«

Die Krankenschwester grinste hämisch und legte ihr die Kapsel in die flache Hand.

Jackie nahm die Tablette mit der linken Hand auf, tauschte sie aber bei der Übergabe in die rechte Hand geschickt durch die mit Zucker präparierte aus, legte diese gut sichtbar auf ihre Zunge und schluckte sie mit reichlich Wasser herunter. Die Kapsel mit dem Wirkstoff ließ sie unbemerkt in der Hosentasche verschwinden.

»Zufrieden?«

»Ja!«

Jackie räusperte sich: »Ich brauche frische Luft und gehe jetzt in den Garten.«

»Meinetwegen, aber leg dich nicht in die Sonne! Arturo wird dich begleiten.«

Jackie schaute sie argwöhnisch an: »Wenn's sein muss!«

»Es muss sein!«

* * *

Nachdem Lion mithilfe einer Kletterausrüstung, die ihm sein Onkel überlassen hatte, das Gelände betreten hatte, um dort etwas für die Flucht vorzubereiten, versteckte er sich in einem dichten Busch, der so hoch gewachsen war, dass er bequem auf der Mauer sitzen konnte und dennoch vollständig von Ästen und Blättern verdeckt wurde. Lion hatte das Gelände trotz Überwachungskameras nur deshalb unbemerkt betreten können, weil sein Onkel noch in der Nacht die dort platzierte Kamera mit einer Portion »Taubenmist« so verschmiert hatte, dass es einen »toten Winkel« gab, der nicht mehr überwacht werden konnte. Außerdem hatte er mehrere Bewegungssensoren an der Mauer deaktiviert, sodass beim Betreten des Geländes kein Alarm ausgelöst werden konnte. Ariel war einfach genial, arbeitete in höchstem Maße professionell und überließ nichts dem Zufall.

Es hatte Lion schwer getroffen, dass er nun nicht mehr auf die Unterstützung seines Onkels zählen konnte.

Von Zweifeln geplagt wartete er in der Nähe des Freisitzes ungeduldig darauf, dass sich endlich etwas tat. Hatte er überhaupt eine Chance? Vielleicht sollte er dieses Himmelfahrtskommando stoppen und einfach nach Hause gehen.

Aber dann dachte er an Jackie. Wenn er die Sache abbrach, würde er sie wahrscheinlich niemals wiedersehen. Sie brauchte ihn! Er war ihre einzige Chance!

Plötzlich wurde der Monitor des Smartphones über einen in der Drohnen-Kamera integrierten Bewegungssensor aktiviert.

Lion richtete sich auf und schaute gebannt auf das kleine Bild.

Da war sie, Jackie! Sie schlenderte durch den Garten direkt auf den Freisitz zu und legte sich auf einen Liegestuhl.

Endlich! Jackie war genau dort, wo er sie haben wollte. Jetzt konnte er ungestört Kontakt mit ihr aufnehmen.

Doch seine Freude währte nicht lange, denn eine halbe Minute später erschien ein Wachmann auf der Bildfläche, setzte sich auf eine der Steinbänke und las in einer Zeitung.

Lion ärgerte sich. So lange Jackie nicht alleine war, ging gar nichts. Aber Ariel und er hatten damit gerechnet, dass sie nicht ohne Begleitung dort sitzen würde, und sich darauf vorbereitet.

* * *

Jackie schaute sehnsüchtig in die Ferne.

Dann setzte sie die Sonnenbrille auf, die sie am Tag zuvor auf dem Liegestuhl vergessen hatte und - stutzte. Was war das?

Sie setzte die Sonnenbrille wieder ab und entdeckte einen Aufkleber auf der Innenseite des linken Glases. Sie schaute sich diesen Aufkleber genauer an und entdeckte darauf winzig kleine gedruckte Schriftzeichen:

»Jackie, steck den Stöpsel in dein Ohr –
du findest ihn unter der rechten Lehne.«

Der Wachmann setzte die Zeitung ab und schaute misstrauisch zu Jackie hinüber: »Ist irgendetwas?«

Jackie schüttelte verunsichert den Kopf: »Äh, nein. Ich habe nur gerade gemerkt, dass meine Sonnenbrille nicht ganz sauber ist.«

Schnell nahm sie ein Taschentuch hervor, putzte die Brille, setzte sie sich wieder auf, klappte den Liegestuhl in eine horizontale Position und legte sich gemütlich hinein, so als ob sie sich entspannen wollte. Dabei griff sie unauffällig unter die rechte Lehne ihres Liegestuhls und entdeckte tatsächlich einen kleinen Stöpsel. Vermutlich handelte es sich um einen Funk-Ohrhörer. Jetzt wurde es spannend.

Nach einer kurzen unauffälligen Inspektion ließ sie diesen in ihrer Hand verschwinden, um ihn dann wenig später in das vom Wachmann abgewandte Ohr zu stecken. Gespannt wartete sie, was geschehen würde.

Der Wachmann blätterte wieder in seiner Zeitung.

Plötzlich hörte sie eine Stimme im Ohrhörer. Sie stutzte.

»Jackie! Wenn Du mich hörst, hebe mal kurz deinen linken Arm und lege ihn sofort wieder auf die Lehne!«

Jackie folgte der Anweisung und hob ihren linken Arm.

»Sehr gut! Und wenn du mich gut hören kannst, dann fasse jetzt mit der rechten Hand an deine Nase!«

Jackie fasste sich an die Nase. Das war ja höchst geheimnisvoll! Wer sprach da wohl mit ihr?

Diese Frage wurde sogleich beantwortet durch die Stimme, die ihr irgendwie vertraut vorkam.

»Jackie – oder Jacqueline Arielle Bordeaux – ich bin's, Lion Daniels.«

Bei diesem Namen überkam Jackie sogleich ein Glücksgefühl. Er war da! Lionel Daniels, dieser gut aussehende junge Mann aus Basel war da – er, der sie aus irgendeinem Grund gut zu kennen schien, hatte sie gefunden! Wie war das möglich? Und sie hatte ihm in Basel so übel mitgespielt!

Am liebsten wäre sie sofort aufgesprungen, um ihm alle ihre brennenden Fragen auf einmal zu stellen. Aber sie blieb ruhig und lauschte gespannt auf die Stimme in ihrem Ohr.

»Bitte lass dir auf keinen Fall anmerken, dass ich mit dir rede und höre mir erst einmal zu. Fasse jetzt mit deiner rechten Hand an deine linke Augenbraue, wenn du damit einverstanden bist.«

Jackie fasste sich an die linke Augenbraue.

»Sehr gut! Jackie, ich weiß leider nicht, was sie mit dir gemacht, geschweige denn was diese Entführer mit dir vorhaben.«

Entführer?! Jackies Augen weiteten sich. Sie hatte dieses Wort vorher nicht aussprechen wollen, nicht einmal in Gedanken. Aber jetzt fiel es ihr wie Schuppen von den Augen: Ja, sie war entführt worden! Welchen anderen Grund gab es sonst, dass sie hier gefangen gehalten wurde?

Gebannt lauschte sie weiter der sympathisch klingenden Stimme:

»Ich weiß auch nicht, warum du mich in Basel wie einen Fremden behandelt und mir vors Schienenbein getreten hast. Vermutlich hattest du einen guten Grund. Keine Ahnung, ...« Lion schluckte bedrückt. »Aber ich hoffe, dass es nichts Persönliches gegen mich war. Wir wollten uns gestern doch treffen – in Basel – wir hatten das während der Abschlussfeier in der Black Forrest Academy in Kandern so ausgemacht. Ich habe sehnsüchtig ein Jahr auf dich gewartet und bin, wie verabredet, von Paris nach Basel gekommen, aber du hast mich wie einen Störenfried behandelt!«

Jackie atmete tief durch. Das klang wie tiefer, ehrlicher Frust – so etwas konnte man nicht vorspielen. Auch wenn sie sich an rein gar nichts von dem erinnern konnte, was er sagte. Ihr Herz klopfte aufgeregt, und ja, irgendwie fühlte sie, dass alles, was dieser junge Mann behauptete, stimmen musste.

Lion fuhr fort: »Jackie, du bist in großer Gefahr! Ich bin hier, weil ich dich befreien möchte.«

Lion ließ seine Worte auf sie wirken und sprach weiter: »Jackie, ich weiß nicht, was du jetzt denkst und ob du das alles auch wirklich willst, aber ich liebe dich. Sehr!«

Jetzt war es raus und Lion sprach weiter: »Ich will nicht, dass diese Verbrecher dich spurlos verschwinden lassen und ich dich vielleicht niemals wiedersehe. Ich habe aber Angst, dass du mich, wie in Basel, wieder abweist. Bitte gib mir ein Zeichen, dass du mir glaubst, indem du mit dem rechten Daumen nach oben zeigst.«

Jackie wurde etwas schwindelig vor Augen. Es fiel ihr schwer, die Gedanken zu ordnen. Wie sollte sie reagieren? Sie musste jetzt eine Entscheidung treffen, auch wenn sie diese in ihrem momentanen Zustand rational eigentlich gar nicht treffen konnte.

Dann überwand sie den inneren Widerstand. Sie wollte Lion einfach vertrauen!

Sanft formten ihre Lippen lautlos die Worte, welche sie am liebsten laut herausgeschrien hätte:

»Ja, ich vertraue dir, Lion Daniels, restlos.«

Dann hob sie deutlich sichtbar den rechten Daumen in die Höhe.

»Danke, Jackie! Das macht mich sehr froh! Und jetzt pass gut auf! Folgendes ist mein Plan.«

* * *

Jackie wartete, wie mit Lion besprochen, eine halbe Stunde im Liegestuhl und tat so, als ob sie lesen würde.

Plötzlich war eine Explosion zu hören.

Erschreckt sprang Arturo auf und schaute verwirrt in Richtung Villa, dann zu Jackie.

»Du bleibst hier! Ich muss nachschauen, was da los ist.«

Sie nickte.

Er warf die Zeitung auf die Bank und lief los. Sekunden später war er durch die Hecke verschwunden.

Von der anderen Seite der Mauer war eine Stimme zu hören: »Schnell Jackie, wir sind unbeobachtet! Es geht los!«

Sie sprang auf, lief geradewegs auf den in die Mauer eingebauten Balkon zu und schaute über das Geländer hinunter. Zuerst sah sie Lions Kopf, dann Lion selbst, der an einem Seil hing, das mit einem Karabinerhaken an einem Baum seitlich der Mauer befestigt war. Er reichte ihr über das Geländer ein zweites Seil mit einem Gurt, den sie ohne zu zögern um ihre Taille schnürte.

»Es kann losgehen«, flüsterte sie.

»Alles klar! Klettere zunächst einmal über das Balkongeländer und halte dich von außen daran fest. Pass aber auf, dass du das Gleichgewicht nicht verlierst und herunterfällst«, antwortete Lion.

Jackie gehorchte, kletterte über das Geländer, während Lion dafür sorgte, dass das Seil straff blieb.

»Und jetzt legst du dich fast horizontal ins Seil, sodass du senkrecht an die Mauer gedrückt wirst, und läufst die Mauer rückwärts hinunter, während ich immer mehr Seil nachgebe. Mach es so, wie wir das letztes Jahr zusammen geübt haben. Vertrau mir, du kannst das gut!«

Jackie wollte widersprechen, denn sie konnte sich an rein gar nichts aus ihrer Vergangenheit erinnern, aber nach kurzem Zögern überwand sie ihre Angst, gehorchte und staunte über sich selbst, wie leichtfüßig ihr der Abstieg auf diese Weise gelang. Lion hatte recht, anscheinend beherrschte sie das Klettern gut. Erleichtert erreichte sie den Boden, und kurz darauf stand auch schon Lion neben ihr.

Lion legte zur Begrüßung herzlich seinen Arm um ihre Schulter und sie ließ es gewähren: »Hallo Jackie! Schön dich zu sehen!« Während er weitersprach, löste er die Seile aus der Halterung über ihnen. »Aber los, komm! Wir haben wenig Zeit, um von hier zu verschwinden!«

»Was war das eigentlich für ein Knall?«

»Och, nur ein überhitzter Benzinkanister, der mithilfe eines unauffälligen Fernzünders direkt vor dem Eingangstor der Villa explodiert ist! Ich vermute, das Eingangstor brennt lichterloh. Verschafft uns die nötige Zeit, um abzuhauen.«

Jackie nickte unsicher und folgte Lion, der sofort einen ziemlich direkten Weg den Abhang hinunter auf ein unterhalb der Villa liegendes Nachbarhaus wählte. Jackie rutschte mehrmals aus, konnte sich aber an Lion festhalten, der mit dem Abstieg überhaupt keine Probleme zu haben schien und ihr einen sicheren Halt bot.

Wenig später erreichten sie die Mauer des Nachbargrundstücks, liefen an ihr entlang, bis sie auf einen Weg stießen. Zielstrebig kreuzte Lion den Weg und schritt direkt auf einen dichten Busch zu. Ohne Worte zu verlieren zog er die von Ariel dort versteckte Geländemaschine hervor, setzte sich drauf und raunte Jackie zu: »Spring auf!«

Ohne zu zögern setzte sie sich direkt hinter Lion und legte ihre Arme um seine Taille.

Lion startete den Motor der Maschine, und los ging es.

* * *

Jill fauchte Arturo an: »Bist du etwa wahnsinnig geworden? Wie kannst du nur die wichtigste Person in dieser Villa unbeaufsichtigt im Garten lassen?!«

»Ich wollte schauen, was los ist.«

»Und wenn uns der Himmel auf den Kopf fällt. Deine Aufgabe ist es, Jacqueline zu beaufsichtigen! Vor allem nach dem Vorfall von heute Nacht!«

Arturo ärgerte sich: »Spar dir deine Belehrungen und sag mir lieber, was passiert ist.«

Die Finnin antwortete nicht, sondern rannte wutentbrannt zum Freisitz. Arturo folgte ihr.

Als sie durch die Hecke kamen, fluchte sie erneut: »Sie ist weg! Die Explosion des Benzinkanisters war nur ein Ablenkungsmanöver, um so einen Stümper wie dich von Jacqueline wegzulocken!«

Arturo wollte widersprechen, doch Jill hielt Arturo ihr Smartphone dicht vor die Nase und zeigte ihm ein Foto: »Schau! Ich habe mittlerweile herausgefunden, wer der nächtliche Besucher war!«

»Wer ist das?«

»Lion Daniels!«

»Du meinst der achtzehnjährige Bengel aus Basel?«

»Genau der!«

Arturo pfiff durch die Zähne und schüttelte ungläubig den Kopf: »Ich kann es nicht glauben! Wie hat er uns gefunden?«

»Keine Ahnung! Als wir in Basel losfuhren, hat er zunächst einmal eine Polizeiwache aufgesucht. Hatte nicht einmal ein Auto zur Verfügung, der Junge!«

»Wer ist dieser Daniels? Doch sicher nicht der, für den wir ihn gehalten haben!«

»Was weiß ich, wer er ist und für wen er arbeitet? Vielleicht für die Liebe. Keine Ahnung. Fakt ist: Wir haben ihn völlig falsch eingeschätzt und müssen die Sache irgendwie wieder in Ordnung bringen.«

Jill schaute über das Geländer des Freisitzes die Mauer hinab und deutete auf ein paar von oben sichtbare Spuren, die Lion und Jackie hinterlassen hatten. »Schau, dort sind sie den Berg hinuntergelaufen!«

»Zu Fuß kommen die nicht weit!«

»Der hat die Sache gut durchgeplant. Hat sicherlich ein Fahrzeug zur Verfügung.«

»Damit fährt er vermutlich gerade auf einer engen Bergstraße nach Como hinunter. Wir werden ihm den Weg abschneiden! Der weiß nicht, mit wem er sich anlegt!« Arturo krempelte seine Ärmel hoch, bereit, alles zu tun, um seinen peinlichen Fehler wiedergutzumachen.

»Unterschätze ihn nicht! Ich traue ihm zu, dass er eine Geländemaschine zur Verfügung hat und die Straßen meidet!«

Arturo, dessen Bruder kein Geringerer als der oberste Boss der örtlichen Mafia war, nahm hämisch grinsend sein Smartphone zur Hand: »Und du solltest den alten Arturo nicht unterschätzen! Eine Geländemaschine ist kein Problem. Wir riegeln hier jeden auch noch so kleinen Schleichweg ab! Ich setze die Kavallerie in Bewegung. Und glaub mir: Meine Leute kennen diese Gegend wie ihre Westentaschen.«

* * *

Nur wenig später wurden in den umliegenden Ortschaften Motoren gestartet. Schwarz gekleidete Motorradfahrer starteten ihre Maschinen, schwärmten überall aus und riegelten sofort alle strategischen Punkte der Umgebung ab.

* * *

Ariel hatte sich nach getaner Arbeit in Como ein Motorboot gemietet. Bevor er verschwand, wollte er noch die Drohne zurückholen. Dazu brauchte er nicht in die Berge zurückkehren. Stattdessen war er mit dem Boot auf den Comer See hinausgefahren; sein Ziel: ein Berghang tief unterhalb der Villa.

Doch eine Sache beunruhigte ihn zutiefst. Soeben hatte er ein Gespräch zwischen Jill und Arturo mithilfe des an der Drohne befindlichen Richtmikrofons abgehört. Und das verhieß nichts Gutes.

Nachdem die beiden zum Haus zurückgegangen waren, drückte er den Rückholknopf. Leise startete das Fluggerät und landete ein paar Minuten später direkt neben ihm auf dem Bootsdeck. Schnell packte er es in den Koffer und griff aufgeregt zum Handy:

»Lion?«

»Ariel! Schön, deine Stimme zu hören. Ich dachte du bist fort!«

Ariel ging nicht darauf ein: »Wo bist du gerade?«

»Die Befreiungsaktion von Jackie war erfolgreich! Ich bin mit ihr jetzt zusammen unterwegs auf einem Pfad, der zum Comer See hinunterführt. Die Maschine läuft einwandfrei und Jackie macht sich als Beifahrerin gut. Aber was ist los?«

Ariel atmete schwer: »Es gibt Probleme!«

»Welche?«

»Jackies Entführer haben beste Kontakte zur örtlichen Mafia.«

»Und, was heißt das?«

»Sie suchen bereits nach dir! Sind gerade dabei, den kompletten Berg abzuriegeln!«

»Sollen sie nur! In knapp zehn Minuten bin ich unten in Sicherheit!«

»Lion, die kennen hier jeden Winkel! Du hast keine Chance, mit dem Motorrad zu entkommen! Lass dir was einfallen, sofort!«

Ariel stutzte, denn plötzlich hörte er ein Geräusch hinter sich. Erschreckt schaute er sich um und sah ein Schnellboot, das mit hoher Geschwindigkeit auf ihn zuraste. Binnen weniger Sekunden erreichte es ihn, an Bord zwei schwer bewaffnete Männer mit Maschinengewehren im Anschlag.

Lion schrie in den Freisprecher seines Smartphones hinein:

»Was ist los?«

Ariel aber antwortete ihm nicht mehr, sondern ließ das Smartphone fallen und erhob seine Hände.

* * *

Colorado – 01:15 Uhr

David und Leandro saßen zwar müde, aber zum ersten Mal seit Stunden entspannt an einem massiven Holztisch in der Blockhütte des Einsiedlers, schlürften genüsslich einen frisch gebrauten heißen Pfefferminztee und aßen gegrilltes Bratenfleisch, das nach Auskunft des Alten direkt aus der Lende eines Bären stammte, den er am Tag zuvor geschossen hatte. Frische trockene Kleidung und ein offenes Kaminfeuer sorgten zusätzlich für ihr Wohlbefinden.

»Vielen Dank, dass Sie uns aufgenommen haben!«, sagte Leandro genüsslich schmatzend. »Und das Bärenfleisch schmeckt total lecker!«

David schloss sich ihm an: »Ja, vielen Dank!«

Der Alte grinste verschmitzt. »Lasst es euch schmecken! Hab schon lange keinen Besuch mehr gehabt.«

Dann verfinsterte sich seine Miene. »Wer sind die Männer, die euch töten wollten?«

Leandro, der gerade an einer dicken knusprigen Keule knabberte, legte diese auf den Teller zurück, wischte sich mit dem Ärmel den Mund ab und runzelte die Stirn.

»Das ist eine komplizierte Geschichte. Bevor ich aushole und alles von Anfang an erzähle, eine Information vorab: Es sind Auftragskiller, die mich zum Schweigen bringen sollen, weil ich etwas herausgefunden habe, was nach Meinung der Hintermänner auf keinen Fall an die Öffentlichkeit gelangen darf. Es ist eine ganz große Sache; und wenn herauskommt, dass ich noch lebe, dann werden sie mich und mit mir auch David bis ans Ende der Welt jagen.«

»Dann leg mal los, junger Mann! Ich bin gespannt!«

»Wir haben in einer geheimen Forschungseinrichtung in Colorado daran gearbeitet, kontrollierbare Viren herzustellen, also Viren, die genau das tun, was man von ihnen möchte, und zwar mit nanotechnischen Mitteln.«

Der Alte nickte. »Ich verstehe zwar nicht, was du mir da gerade erzählst, aber ich hatte schon öfter mal mit Grippeviren zu tun. Ihr habt also an Viren gearbeitet?«

»Ja, an kontrollierbaren Viren, die man sozusagen fernsteuern kann – an Viren, die genau das machen, was man möchte. Also, wenn wir mal bei Grippeviren bleiben – die haben ja die Eigenschaft, dass sie Zellen kapern können, um sich darin zu vermehren, was letztendlich zur Zerstörung der Körperzellen führt.«

»Wie Piraten, die ein anderes Schiff entern, um es auszurauben und zu zerstören?«, fragte der Alte nach.

»Ja, der Vergleich ist gut! Unsere Viren nutzen zwar diese Fähigkeit, Zellen zu kapern; allerdings zerstören sie diese nicht, sondern sie bewirken stattdessen etwas Positives. Man kann die Viren zum Beispiel so programmieren, dass sie ausschließlich krankes Zellgewebe vernichten, also zum Beispiel Krebszellen abtöten. Es eröffnen sich unbegrenzte Möglichkeiten, vorausgesetzt, man kann diese Viren wirklich 100 % kontrollieren. Durch die Kombination von Virologie und Nanotechnik – also Viren in Kombination mit der Nutzung von superkleinen Maschinen, die man mit bloßem Auge fast nicht mehr sehen kann – ist uns das tatsächlich gelungen. Die von uns geschaffenen Viren sind also so etwas wie organische Kleinstroboter, die alle positiv nutzbaren Eigenschaften von Viren in sich verkörpern.«

»Und was ist daran so schlimm?«, fragte David nach.

»Daran überhaupt nichts! Deshalb war ich ja auch mit Leib und Seele bei der Sache und habe mit meinen Kollegen tatsächlich einen Durchbruch erzielt. Doch dann bin ich den wahren Motiven meiner Auftraggeber auf die Schliche gekommen. Das Ziel unseres Projekts ist nicht, mit diesen Viren irgendwelche Krankheiten zu bekämpfen - das war alles nur ein Vorwand oder manchmal sogar ein positiver Nebeneffekt - nein, diese Viren sollen ausschließlich für einen anderen Zweck eingesetzt werden. Aber davon später, lasst mich erst einmal weitererzählen!«

Leandro trank einen Schluck Tee und fuhr fort: »Nachdem wir den Grundtyp an kontrollierbaren Viren selektiert hatten, wurden Arbeitsgruppen gebildet, die sich auf unterschiedliche Körperbereiche konzentrierten.«

»Und für welchen Bereich des Körpers warst du zuständig?«, wollte David wissen.

»Wie die meisten Wissenschaftler, mit denen ich zusammengearbeitet habe, hab ich mich auf das Gehirn konzentriert. Meine Aufgabe war es, mit den von uns programmierten Viren Bereiche im Hirn zu kapern und umzufunktionieren. Wir haben so zum Beispiel chronische Phantomschmerzen ausschalten können.«

»Ich verstehe rein gar nichts mehr! Kannst du mir das mal genauer erklären?«, nörgelte der Alte.

»Klar! Stellt euch vor, jemand hat bei einem Unfall sein Bein schwer verletzt, sodass es amputiert, also abgeschnitten werden muss. Dann kann es passieren, dass das Gehirn, den Schmerz irgendwo abgespeichert hat, weil die Schmerzen so stark waren. So etwas nennt man auch chronische Schmerzen. Das Verrückte dabei ist: Das Bein tut dann auch noch nach der Amputation weh, obwohl es ja gar nicht mehr da ist, einfach, weil der Schmerz im menschlichen Gehirn konserviert wurde! Weil es aber Phantomschmerzen sind, helfen in diesem Fall auch keine Schmerztabletten mehr.«

»Ja, so etwas habe ich auch schon gehört«, stimmte David zu, »und weiter?«

»Ich habe an einem Projekt gearbeitet, das mithilfe der programmierten Viren diese sogenannten Schmerzzellen im Hirn kapern sollte, um sie umzuprogrammieren und so den Schmerz auszuschalten! Ein halbes Jahr mehr, und ich hätte es geschafft.«

»Wahnsinn! Aber was war das Problem für dich, dort weiterzumachen?«

»Der Charakter meiner Ex-Chefs! Wie schon gesagt, sie hatten von Anfang an etwas ganz anderes im Sinn, als Krankheiten zu bekämpfen. Sie nutzten meine Lösungen und die der anderen Wissenschaftler für ein geheimes Projekt. Als sie alleine nicht weiterkamen, zogen sie mich von meinem Projekt ab, und ich musste an etwas anderem arbeiten. Ich sollte auf das Hirn einer Ratte zugreifen und sie dazu bringen, andere Ratten zu töten.«

»Und? Ist es dir gelungen?«

»Ja! Ich habe tatsächlich Zugriff auf das Hirn der Ratte bekommen, mit dem Ergebnis, dass die Ratte alle anderen Ratten im Käfig getötet hat!«

David pfiff durch die Zähne: »Jetzt verstehe ich, was du meinst. Deine Chefs wollen die Forschungsergebnisse missbrauchen, um die Kontrolle über andere Lebewesen zu bekommen und diese zu steuern.«

»Korrekt! Und das ist noch nicht alles. Das eigentliche Ziel ist es, Menschen gegen ihren Willen zu kontrollieren, sie zu manipulieren und sie für die eigenen Ziele zu missbrauchen. Dabei wird zunächst einmal das Bewusstsein des Menschen lahmgelegt – die Testperson wird also in eine Art Trance-Zustand versetzt, sodass das Bewusstsein die Fremdsteuerung nicht mehr verhindern kann. «

»Ach was! Und wurden bereits Tests an Menschen durchgeführt?«

»Ich kriege ja nicht alles mit. Aber – ja, ich habe Gespräche mitgeschnitten, in denen Herr Bineaux und Herr Winter sich unter anderem auch über missglückte Versuche an Menschen unterhalten haben.«

»Das ist ja schrecklich!«

»Das kannst du laut sagen! Deshalb habe ich mich dazu entschieden, auszusteigen und die Sache der Presse zu übergeben, damit die Öffentlichkeit über die finsteren Pläne informiert wird.«

Mit großen Augen schauten ihn beide an; David schüttelte ungläubig seinen Kopf.

»Wir müssen damit an die Presse! Es muss jeder wissen, was die vorhaben!«

»Das ist ja das Dilemma! Ich habe dir die schlechte Nachricht noch nicht erzählt, David! Der Speicherchip lag in der Blockhütte mit dem Computer zusammen auf dem Tisch und ist verbrannt.«

»So ein Elend! Und was machen wir jetzt?«

»Darauf warten, dass sie uns finden und umbringen!«, antwortete Leandro sarkastisch.

»Können wir denen nicht sagen, dass wir keine Beweise mehr gegen sie in der Hand haben?«, fragte David nach. »Vielleicht lassen die uns dann laufen.«

»Richtig, und der Weihnachtsmann kommt durch den Kamin zum Frühstück und bringt uns allen tolle Geschenke mit! Auch wenn es wahr ist, das werden sie uns niemals glauben. Die werden nicht ruhen, bis wir tot sind.«

Jetzt schaltete sich der Einsiedler in das Gespräch ein: »Werden sie auch hierherkommen?«

Leandro zuckte mit den Schultern: »Möglich, aber vorerst sind wir hier sicher, weil sie im Augenblick noch glauben, dass wir tot sind. Doch wenn sie in der Blockhütte keine Leichen finden, werden sie die Verfolgung wieder aufnehmen. Wir wollen Sie nicht in die Sache mit hineinziehen und werden deshalb noch heute Nacht von hier aufbrechen!«

Der Alte schlug entschlossen mit der Faust auf den Tisch: »Nein! Ihr seid meine Gäste und steht unter meinem persönlichen Schutz!«

David schüttelte den Kopf: »Das ist sehr freundlich von Ihnen, aber Sie werden uns mit Ihrem Gewehr vor diesen Männern nicht schützen können. Leandro hat recht, wir sollten schnellstmöglich aufbrechen und von hier fort!«

Der Alte schaute nachdenklich auf das knisternde Kaminfeuer, das eine wohltuende Wärme verbreitete; niemand sagte etwas.

Nach einer kleinen Weile grinste der Einsiedler schelmisch: »So schnell lässt sich der alte Sam nicht unterkriegen! Ich habe einen Plan.«

KAPITEL 9

In den Bergen von Como – 09:20 Uhr

Lion stoppte das Motorrad hinter einer Scheune. Sein Herz klopfte wie wild.

Jackie tippte ihm auf die Schulter: »Was ist los?«

»Ich habe gerade einen Anruf von meinem Kontakt bekommen. Die Typen, die hinter uns her sind, riegeln alles ab. Anscheinend ist die Mafia mit im Spiel – mein Kontakt meinte, wir hätten keine Chance zu entkommen.«

»Und? Wie geht es jetzt weiter?«

Lion zeigte auf die Scheune. »Wie wär's, wenn wir uns erst einmal hier verstecken und dann überlegen, wie es weitergeht.«

Jackie stieg ab, öffnete das Tor und schaute in die Scheune hinein.

»Na ja, nicht gerade gemütlich hier! Landwirtschaftliche Geräte, überall herumliegende Plastikfolien, ein Traktor, ganz viel Heu und eine Reparaturgrube. Meinst du wirklich, dass es eine gute Idee ist, sich hier zu verstecken?«

Lion schaute sie mit trüber Mine an. »Wir haben keine Wahl! Wenn wir weiterfahren, schnappen sie uns. In der Scheune haben wir bessere Chancen.«

Jackie gab auf und betrat das Gebäude, wenn auch widerwillig. »Na, wenn's sein muss.«

Lion folgte ihr, schob die Yamaha hinein. Jackie verschloss sofort das Tor hinter ihm, während Lion die Maschine an einer der Außenwände abstellte. Dann legte er eine der herumliegenden Plastikfolien darüber und fing an, Motorrad samt Folie mit Heu zu bedecken.

»Los, hilf mir mal! Bevor wir uns selbst ein Versteck suchen, müssen wir das Motorrad verstecken.«

Nach gut fünf Minuten sah man nur noch einen großen Heuhaufen.

Plötzlich waren von draußen dröhnende Motorengeräusche zu hören.

Jackie lauschte: »Hörst du das auch?«

Lion lief zum Tor zurück und blickte durch einen schmalen Spalt nach draußen: »Ein Motorrad! Es kommt zur Scheune. Nein, es fährt vorbei.«

Jackie, die ebenfalls hinausschaute, unterdrückte einen Aufschrei. »Oh nein! Der Fahrer kehrt um und kommt zurück!«

Lion packte Jackie am Arm. »Los, wir müssen uns verstecken!«

Verzweifelt sahen sich die beiden um und blickten auf den großen Heuberg, hinter dem sich bereits das Motorrad verbarg.

* * *

Arturo nahm seinen Helm ab, öffnete das Tor und schaute in die Scheune hinein. Er trat ein und schaute sich sorgfältig jeden Winkel an. Sein Gefühl sagte ihm, dass etwas nicht stimmte.

Ja, es lag ungewöhnlich viel Staub in der Luft, so als ob jemand erst vor kurzem Heu bewegt hätte.

Er ging auf den Heuberg zu und sagte forsch: »Kommt heraus! Ich weiß, dass ihr hier seid!«

Stille.

Arturo zog seine Pistole.

»Ich zähle jetzt bis drei. Wenn ihr dann nicht rausgekommen seid, verpasse ich euch eine Ladung Blei.«

Keine Antwort.

Arturos Stimmlage gewann an Schärfe: »Ich meine es ernst! Kommt raus!«

Stille.
»Eins.«
Nichts.
»Zwei.«
Immer noch keine Antwort.
»Drei!«

* * *

Basel – 09:30 Uhr

Gilbert Winter schlürfte genüsslich seinen exquisiten Kaffee, während ein Mitarbeiter der Konferenz am Whiteboard die jüngsten Erfolge der Organisation präsentierte.

»Gute Nachrichten gibt es auch bei unserem Projekt MINDSTORM. Unsere neuesten Filmproduktionen dominieren jetzt auch in Europa die Kinos und sind allesamt Kassenschlager. Millionen junger Leute haben die Filme gesehen und wurden durch die sich ständig wiederholenden versteckten Filmsequenzen erfolgreich einer Gehirnwäsche unterzogen.«

Winter setzte die Kaffeetasse ab.

»Und zeigen die von uns eingearbeiteten Geheimbotschaften auch Wirkung? Gibt es nachweisbare Erfolge?«

Der Projektleiter, Jake Smith, ein etwa dreißigjähriger junger Mann mit nach hinten gestylten, schwarzen Haaren und einer typischen Managerbrille, die perfekt zu seinem aalglatten Gesicht passte, stand auf und lächelte selbstsicher.

»Wir konnten bereits im Mai bei einem groß angelegten Feldversuch die Wirksamkeit nachweisen.«

»Und wie?«

Gilbert Winter beugte sich ein wenig nach vorne.

»Bei einem europäischen Song-Contest ist es uns gelungen, die Massen dahingehend zu steuern, dass unser Song in jedem Land abgeräumt hat, außer in Israel, Russland und Ungarn. Wenn man bedenkt, dass der von uns gestellten Band vorher keinerlei Chancen eingeräumt wurden, ist das beachtlich.«

»Lächerlich, dass sie das MINDSTORM zuschreiben! Das kann doch auch Zufall gewesen sein. Wo bleiben die Beweise?«

»Wir haben ganz bewusst eine Band ausgewählt, die nicht einfach durch Zufall hätte gewinnen können.«

»Ich bin skeptisch, Herr Smith. Und verglichen mit meinem Projekt in Colorado klingt das alles sehr schwach und stümperhaft!«

Ein älterer Herr, der bis dahin geschwiegen hatte, schüttelte ärgerlich den Kopf.

»Herr Winter! Ihr eigenes Projekt in Colorado in Ehren - es wird sich zeigen, ob Sie damit Erfolg haben werden. Doch anscheinend ist Ihnen nicht bewusst, dass es auch andere Projekte als Ihr eigenes gibt, die im Augenblick sogar um einiges erfolgreicher sind und bessere Resultate liefern. Ist Ihnen die Funktionsweise vom Projekt MINDSTORM überhaupt bekannt?«

»Selbstverständlich, Herr Trichet.«

»Dann erläutern Sie uns doch bitte das Projekt MINDSTORM, Herr Winter!«

Dann schaute er mit einem überheblichen Grinsen in die Runde und fuhr fort: »Ich bin gespannt, ob Sie das können!«

Gilbert Winter hielt nur mühsam seinen Ärger zurück, denn dieser ältere Herr, der sich gerade über ihn lustig machte, stand in der pyramidalen Hierarchie der Organisation ganz weit oben, ja, um genau zu sein, eine Stufe über ihm, und er war bestens vernetzt. Es war wichtig, es sich mit ihm nicht zu verscherzen.

»Ich möchte Sie nur ungern langweilen, Herr Trichet! Die Wirkungsweise ist uns allen doch bestens bekannt!«

»Aber keineswegs, Herr Winter! Nicht alle hier im Raum wissen im Detail, was hinter der Operation MINDSTORM steckt. Und ich bin mir nicht einmal sicher, ob Sie es selber wissen. Bitte erklären Sie es uns doch!«

Nach kurzem Zögern willigte der Deutsche ein.

»Na dann! Es ist bekannt, dass wir seit Jahrzehnten mit unseren Fernsehsendungen, Computerspielen, Musiksendungen, Kinofilmen und so weiter weltweit den Ton angeben und dass es uns damit gelungen ist, der Weltgemeinschaft immer mehr mit unserer Denkweise bekannt zu machen. Ja, wir haben mittlerweile überall an den zentralen Schalthebeln der Macht unsere Leute sitzen, auch in den Medien. Mit der Operation MINDSTORM gehen wir jetzt einen Schritt weiter und greifen direkt an, und zwar ins Zentrum des menschlichen Denkens. Wir machen dabei genau das, was bereits seit Jahrzehnten von der Werbebranche genutzt wird, um einen Verbraucher zum Kauf eines vom Verkäufer gewünschten Produkts zu manipulieren. Besonders bei jungen, vor allem weiblichen, Menschen funktioniert so etwas blendend, wie es uns die Modebranche seit Jahrzehnten demonstriert.«

Gilbert Winter schaute spöttisch auf die modisch gekleideten weiblichen Konferenzteilnehmer, was ein unterschwelliges Gelächter bei den Männern auslöste, und fuhr fort: »MINDSTORM hat diese bereits bewährte Methode aufgegriffen und perfektioniert. Wir haben dazu versteckte Botschaften, also ultrakurze, geheime, hypnotisch wirkende Sequenzen in unsere Computerspiele, Kino- und Fernsehfilme sowie Musikvideos eingebaut, die vom Zuschauer nicht aktiv wahrgenommen werden können. Das Kleinhirn eines Menschen ist nicht in der Lage, diese Manipulations-Sequenzen zu verarbeiten, dafür aber das Großhirn, das ja unter anderem für unser Unterbewusstsein zuständig ist. Um es einfach auszudrücken: Diese geheimen Botschaften gelangen unbemerkt und ungefiltert direkt ins menschliche Unterbewusstsein. Gefühle und Entscheidungen der Zuschauer werden gefügig gemacht. Ja, mehr als das: Das sogenannte Bauchgefühl der Betroffenen wird überschrieben und manipuliert.«

Gilbert Winter triumphierte innerlich. Diesem Schweizer, Trichet, konnte er es zeigen. Er wusste bestens über das Projekt Bescheid, wie er gerade bewies.

»Das Ergebnis ist, dass sie anschließend exakt so ticken, wie wir das wollen. Die von uns Manipulierten treffen danach Entscheidungen, von denen sie meinen, sie seien ihre eigenen. Aber in Wirklichkeit tun sie genau das, was sie unseren Plänen nach tun sollen.«

Winter setzte grinsend zum Finale an: »Man könnte das Ganze auch Gehirnwäsche nennen, weshalb die Organisation den Namen MINDSTORM gewählt hat. Fakt ist: Falls wir damit erfolgreich sind, verändern wir langfristig die komplette Denkweise und das Gefühlsleben der MINDSTORM ausgesetzten Personen. Und wir sind mittlerweile in der Lage, so gut wie jeden mit MINDSTORM zu erreichen; nur ist im Augenblick noch unklar, wie effektiv die Massen damit manipulierbar sind und ob sie von uns dann auch tatsächlich aktiv steuerbar sind, was ja langfristig unser Ziel ist.«

Gilbert ließ seine Worte auf die Zuhörer wirken. Dann zuckte er lässig mit den Schultern:

»Schön, das Projekt zu haben, aber, wenn Sie mich fragen, ist die Wirkungsweise von MINDSTORM zu lasch. Mein eigenes Projekt ist da viel eff...«

Herr Trichet unterbrach ihn und fing spöttisch an zu lachen: »Danke Herr Winter, das haben Sie uns ganz nett erklärt. Ich werde mir überlegen, ob ich Sie zum Oberstudienrat befördere!«

Ein lautes Gelächter folgte. Gilbert Winter wurde kreidebleich; ihm wurde vor Wut speiübel.

Er wurde hier regelrecht vorgeführt von einem, der leider noch über ihm stand. Und er konnte nichts dagegen machen. Wilde Gedanken schossen ihm durch den Kopf. Diese Demütigung durfte nicht ungestraft bleiben!

Nach außen hin ignorierte er das Gespött, blieb kalt und klar und wandte sich als Vorsitzender dieser Konferenz wieder direkt an Jake Smith. »Um zurück zu meiner Frage zu kommen: Gibt es Beweise dafür, dass sie mit MINDSTORM einen elementaren Durchbruch erzielt haben? Und zwar einen Durchbruch, der alles bisher Dagewesene in den Schatten stellt?«

Jake Smith blickte ihm selbstsicher in die Augen.

»Ja. Wir haben nach dem Song-Contest bei Fernsehzuschauern, die unseren Song gewählt haben, eine Umfrage durchgeführt. Bei achtzig Prozent von ihnen bekamen wir die Antwort, dass sie eigentlich einen ganz anderen Musikgeschmack hätten, dass ihr Bauchgefühl sie aber irgendwie zu dieser Wahl getrieben hätte; sie wüssten auch nicht, warum.«

Winter hakte weiter nach: »Klingt meiner Meinung nach dennoch ziemlich vage. Gibt es darüber hinaus noch andere Tests, bei denen Probanden zum Beispiel aktiv zu einer aggressiven Handlung manipuliert werden konnten?«

Der Projektleiter nickte.

»Ja, wie Sie wissen haben wir erst vor Kurzem mithilfe der Medien einen widerspenstigen Politiker zum Rücktritt von allen seinen Ämtern gezwungen. Letzte Woche hat er sich dazu geäußert und Fakten auf den Tisch gelegt, die beweisen, dass er unschuldig ist und dass es sich eindeutig um ein Komplott gegen ihn gehandelt hat.«

Jake Smith grinste spöttisch und fuhr fort: »Was ja auch tatsächlich stimmte. Denn er ist in der Tat unschuldig! Alles wurde von uns eingefädelt. Mithilfe von MINDSTORM ist es uns dann gelungen, Tausende von Internetusern dazu zu bewegen, einen Shitstorm gegen diesen Politiker loszulassen, der es in sich hatte. Und noch viel besser! In mehreren großen Städten gab es spontan, trotz klarer Beweise, Demonstrationen gegen diesen Politiker. Und ein Mob von zweihundert Jugendlichen hat sogar vor seinem Privathaus randaliert und ihm mit lautstarken Buhrufen die Leviten gelesen. Die Medien waren danach erstaunlich wohlwollend gegenüber diesem Mob eingestellt und zeigten viel Verständnis für die Handlungen dieser Jugendlichen.«

Winter schaute ihn skeptisch an.

»Fast zu schön, um wahr zu sein! Woher können wir wissen, dass MINDSTORM die Jugendlichen dazu gebracht hat, das zu tun und nicht die allgemeine Stimmungslage gegen den Politiker?«

Das Grinsen des jungen Projektleiters wurde breiter.

»Die Gruppe randalierender Jugendlicher war aufgrund spezieller psychischer Eigenschaften von uns ausgewählt worden. Alle haben einen Tag zuvor einen von uns präparierten Kinofilm gesehen, bestückt mit ultrakurzen Manipulations-Sequenzen – mentaler Sprengstoff der Gewalt, der zum gewünschten Zeitpunkt nur noch gezündet werden musste. Nach der Aktivierung der Botschaften in ihrem Hirn, ausgelöst durch einen speziell dafür produzierten Videoclip auf ihren Smartphones, wurden sie am Tag darauf zu einem unkontrollierbaren Mob.«

Trichet klatschte anerkennend.

»Wirklich beeindruckend, Herr Smith! Das sind Ergebnisse, die sich wirklich sehen lassen können.«

Dann wandte er sich an Gilbert Winter.

»Im Gegensatz zu dem, was Sie derzeit zustande bringen, Herr Winter! Mir ist zu Ohren gekommen, dass es bei Ihrem wichtigsten Projekt in Colorado gerade erst ein Fiasko gegeben hat!«

»Wir haben alles unter Kontrolle!«, entgegnete dieser. »Wir konnten den abtrünnigen Mitarbeiter aus dem Verkehr ziehen.«

Trichet schaute ihn finster an.

»Alles unter Kontrolle?! Sie mussten eine Spezialeinheit einsetzen, die sehr viel Staub aufgewirbelt hat. Nichts ist unter Kontrolle, und die Bestätigung der Eliminierung lässt auch noch auf sich warten! Und bei Ihrem zweiten Projekt im Testlabor am Comer See leiden Sie anscheinend auch unter Kontrollverlust, oder wie soll ich die Flucht der wichtigsten Probandin des Labors dort anders bezeichnen?«

Winter schnaufte und stützte sich hilfesuchend auf den Konferenztisch.

»Wir sind dran.«

»Wir sind dran!«, äffte Trichet ihn nach. »Nichts als heiße Luft ist das! Bringen Sie endlich Ihren Saustall in Ordnung, Herr Winter! Sonst erleide ich selbst bald auch einen Kontrollverlust und werde dafür sorgen, dass Sie für immer weg vom Fenster sind! Und glauben Sie mir, der Meister in Illinois schaut Ihnen bereits ganz genau auf die Finger! Sie wissen, was das heißt?!«

Gilbert Winter schwieg und machte gute Miene zum bösen Spiel; aber tief in seinem Inneren fasste er bereits einen Plan. Er würde Trichet, seinen ärgsten Kontrahenten, aus dem Weg räumen. Ein kleiner Unfall, mit tödlichem Ausgang, den er anschließend nach außen hin in tiefer Ergriffenheit traurig kommentieren würde.

* * *

Zur gleichen Zeit in den Bergen von Como

Drei!

Arturo feuerte mit seiner Pistole mehrere Schüsse ab.

Nichts regte sich. Bildete er es sich nur ein, dass hier vor Kurzem jemand war? Nein, der Staub in der Luft sprach für ihn eine eindeutige Sprache. Aber blindlinks seine Kugeln in das Heu zu feuern, ergab keinen Sinn; vor allem riskierte er damit, den Heuschober in Brand zu setzen. Das würde ihm der Besitzer sehr übel nehmen, der im Augenblick ja mit ihm zusammenarbeitete und versuchte, an anderer Stelle die Flüchtenden aufzuspüren.

Arturos Blick fiel auf eine mit Holzbrettern abgedeckte Arbeitsgrube. Was, wenn sich die beiden dort versteckten?

* * *

Lion und Jackie zitterten vor Angst, während sie von der Reparaturgrube aus durch einen Spalt direkt über sich den Eindringling sahen. Gerade waren sie noch froh gewesen, dass sie sich doch nicht in dem Heuberg bei dem Motorrad versteckt hatten, und stattdessen in allerletzter Sekunde in die Reparaturgrube geklettert waren. Doch dieses Glück schien nun nur von kurzer Dauer gewesen zu sein. Jackie, die sofort das Gesicht von Arturo erkannte, war nahe dran, die Nerven zu verlieren und aufzuschreien. Nur mit Mühe und Not konnte Lion sie daran hindern, indem er ihr mit beiden Händen so lange ihren Mund zupresste, bis sie sich wieder gefangen hatte.

Plötzlich sahen sie, wie Arturo sich bückte und versuchte, eines der Bretter über ihnen zu lösen, um in die Grube hineinzuschauen. Lion wurde aschfahl und hatte größte Mühe seine zitternden Gliedmaßen im Zaum zu halten, während Jackie mittlerweile so unter Schock stand, dass sie einfach nur noch still war.

Aber Arturo hatte Probleme: Das Brett klemmte und war anscheinend ohne Hilfsmittel nicht zu bewegen. Er versuchte sein Glück bei einem zweiten Brett – aber auch das saß genauso fest.

Lion wusste, dass sich das nächste Brett jedoch problemlos anheben lassen würde. Es gab jetzt kein Entrinnen mehr. Sie saßen in der Falle.

* * *

Arturo hob das nächste Brett an und starrte gespannt in die Grube.

Es war dunkel da unten. Um etwas zu sehen, musste er weitere Bretter abdecken. Er fasste das nebenliegende Brett an. Plötzlich meldete sich sein Funkgerät:

»Hier Delta 5 – wir haben die Zielobjekte in Planquadrat C gesehen. An alle mobilen Suchtrupps – konzentriert eure Suche sofort auf Planquadrat C und setzt Wärmebildkameras ein. Die stationären Einheiten riegeln weiterhin den kompletten Berg ab!«

Arturo schüttelte irritiert den Kopf. Er ließ das Brett wieder in die Versenkung fallen. Hatte er sich da nur in etwas hineingesteigert?

Nein, sein Gefühl sagte ihm, dass die Flüchtenden sich nicht in Planquadrat C aufhielten, sondern hier sein mussten.

Dennoch verließ er unverrichteter Dinge die Scheune, setzte sich auf sein Motorrad und machte sich auf den Weg zur soeben genannten Position, die sich etwa einen Kilometer östlich seines jetzigen Standorts befand. Er würde sich dort eine Wärmebildkamera besorgen und dann mit Verstärkung wiederkommen.

Wenn die Flüchtenden hier waren, konnte man sie mit der Wärmebildkamera leicht aufspüren! Und mit ihrem Motorrad würden sie nicht weit kommen.

* * *

Nach einer längeren Schweigepause fand Lion als Erster die Worte wieder.

»Das war knapp! Aber er ist tatsächlich weg, ich kann es kaum glauben!«

Jackie schwieg, sie stand noch immer unter Schock.

Lion hob von unten das Brett an und schlüpfte durch den sich auftuenden Spalt hindurch nach oben. Dann schaute er zu Jackie hinunter.

»Du bleibst erst einmal dort! Ich schaue nur, ob die Luft rein ist.«

Nachdem er sich vergewissert hatte, dass Arturo wirklich fort war, rief er Jackie zu.

»Du kannst rauskommen! Er ist weg und hat uns nicht gefunden! Hier sind wir also erst einmal in Sicherheit und können vorerst bleiben!«

Jackie kletterte aus der Reparaturgrube heraus und begann endlich wieder zu sprechen: »Was ist hier nur los? Kannst du mir das mal verraten?«

»Wir werden verfolgt!«

»Das meine ich nicht! Woher soll ich wissen, dass ich dir trauen kann, Lion?«

»Hä? Was meinst du damit?«

»Na, ich habe den Eindruck, du weißt weder, was du tust, noch, in welchem Zustand ich mich gerade befinde!«

Schweigen.

»Weißt du Lion, als du mir gestern in Basel begegnet bist, warst du ein Fremder für mich. Ich hatte keine Ahnung, wer du bist. Und ich weiß es auch heute noch nicht!«

Lion schaute sie mit großen Augen an.

»Kannst du mir das genauer erklären?«

Lion bemerkte, wie sich Jackies Augen langsam mit Tränen füllten.

»Eben, ich kann dir rein gar nichts erklären. Für mich bist du ein Fremder, dem ich aber aus irgendeinem Grund vertraue - sonst wäre ich vorhin nicht mit dir mitgekommen.«

»Machst du Witze?«

»Ganz und gar nicht! Es ist so: Meine Betreuer behaupten, ich hätte eine vollständige Amnesie erlitten - deshalb war ich bei ihnen in einer Spezialklinik in der Nähe von Freiburg. Und wirklich, ich kann mich an rein gar nichts aus meiner Vergangenheit erinnern. Da ist irgendwie ein dunkler Schleier, der alles bedeckt. Ich weiß nicht einmal, wer ich selber bin.«

Jackie schluchzte.

Eine Welle von Mitleid überkam Lion. Wie viel Kummer, Trauer und Leid in Jackie steckten! Wie gerne würde er ihr Trost spenden. Ob sie es diesmal zulassen würde? Vorsichtig nahm er sie liebevoll in den Arm.

Jackie wusste nicht warum, aber aus irgendeinem Grund fühlte sich die Nähe zu diesem geheimnisvollen Lionel Abraham Daniels gut an.

* * *

»Das erklärt wohl auch dein Verhalten mir gegenüber in Basel.«

Lion warf sich seitwärts ins Stroh und schaute Jackie mit funkelnden Augen an. Sie ließ sich neben ihn fallen, sodass ihre langen Haare Lions Beine bedeckten. Nachdenklich starrte sie auf die morschen Planken der Scheunendecke:

»Ja, für mich warst du nichts anderes als ein lästiger Fremder, der versuchte, mich anzubaggern - ich kann mir vorstellen, dass es für dich schwer zu verstehen ist.«

»Ja, ich war total überrumpelt und konnte dein Verhalten überhaupt nicht einordnen.«

»Lion, es tut mir wirklich leid, aber bitte versteh mich – ich durchlebe ein totales Gefühlschaos – mir kommt es so vor, als ob ich über dem Nichts hänge.«

Jackie hielt die Tränen zurück.

»Es fühlt sich alles so schrecklich an.«

»Und wie kommt es, dass du mir plötzlich vertraust?«

»Du hast mich in Basel Jackie genannt; und ein zweites Mal nanntest du mich Jacqueline Arielle Bordeaux. Das hat Gefühle in mir geweckt, wenn auch erst hinterher, etwas verzögert; und irgendwie kam mir deine Stimme bekannt vor. Auf der anderen Seite haben meine Betreuer sich nicht gerade so benommen, dass ich ihnen vertrauen konnte. Letztendlich habe ich mich dazu entschieden, meinen Gefühlen zu vertrauen. Einerseits bist du wie ein Fremder für mich, andererseits scheine ich Gefühle für dich zu haben. Es ist so, als ob wir beide uns schon ganz lange kennen würden.«

Lion lächelte: »Das ist doch schon mal ein Anfang!«

»Also, nachdem ich überhaupt nichts zur Aufklärung der Sache beisteuern kann, wäre ich echt froh, wenn du mir dabei helfen könntest, meine Vergangenheit wiederzufinden. Warum warst du in Basel?«

»Bevor ich dir die Frage beantworte, würde ich gerne noch wissen, warum du genau zur richtigen Zeit am Bahnhof warst.«

»Genau zur richtigen Zeit?«

»Ja, genau zur vereinbarten Zeit. Wir hatten uns dort, in dem Café, verabredet.«

Jackie setzte sich auf und stützte sich mit ihren Armen auf das leicht nachgebende Stroh.

»Ach ja, das war so: Ich habe in meiner Handtasche einen Zettel gefunden, den ich nicht einordnen konnte.«

Sie griff an die Ferse ihres Schuhs, zog seitlich einen Zettel heraus, den sie dort versteckt hatte, und hielt ihn mit leuchtenden Augen Lion entgegen.

Der setzte sich ebenfalls auf, grinste und holte aus seiner Hosentasche einen exakt gleich aussehenden Zettel, mit demselben Inhalt.

Jackie staunte: »Du hast den gleichen Zettel, wie ich!«

»Ja, du hast den Text darauf vor einem Jahr selbst geschrieben – und aufgrund dieses Zettels bin ich nach Basel gekommen, um dich zu treffen. Aber warum warst du in Basel? Du konntest doch von unserem Treffen gar nichts wissen. Und wie war es möglich, dass du ohne Betreuer ganz alleine unterwegs sein konntest?«

»Ich war in so einer dubiosen psychiatrischen Privatklinik in der Nähe von Freiburg untergebracht. Und diese Krankenschwester, die sich Jill nennt, hing wie eine Klette an mir – ich hatte so gut wie keine Privatsphäre. Ich war verzweifelt, weil ich nicht wusste, wer ich war – so eine Amnesie ist einfach furchtbar. In meiner Verzweiflung habe ich jeden Winkel meiner Klamotten abgesucht, in der Hoffnung, irgendeinen Hinweis über meine Vergangenheit zu finden. Dann habe ich diesen Zettel in einem Geheimfach meiner Handtasche gefunden. Immer wenn ich alleine war, habe ich diesen geheimnisvollen Zettel gelesen, auf dem ja nur ein Datum, eine Uhrzeit und das Starbucks Coffee House in Basel als Treffpunkt vermerkt waren. Ich wollte unbedingt herausfinden, was es damit auf sich hatte. Und weil mir klar war, dass diese finnische Tussi niemals zulassen würde, dass ich dort hinging, habe ich meine Flucht aus der Klinik sorgsam vorbereitet. Dabei musste ich aufgrund meiner Amnesie von null anfangen, denn ich wusste ja am Anfang gar nichts, nicht einmal wo Basel lag. Du kannst dir nicht vorstellen, wie sehnsüchtig ich dem Datum auf dem Zettel entgegengefiebert habe. Als es endlich so weit war, bin ich durch ein nicht verschlossenes Fenster getürmt und ohne Fahrschein mit einem Zug zuerst nach Freiburg und dann nach Basel gefahren. Nachdem ich in Basel ausgestiegen war, wurde ich dort von zwei betrunkenen Fußballfans auf übelste Weise angemacht.«

Jackie schaute Lion gequält an.

»Ich war total genervt! Als du mir nur wenige Minuten danach begegnet bist und mich einfach ohne zu fragen umarmt hast, ist mir die Sicherung durchgeknallt ...«

Lion schnitt ihr das Wort ab: »... und ich habe den Stromschlag mit voller Wucht abbekommen.«

»Tut mir total leid, Lion! Ich habe mich hinterher über mich selbst schwarzgeärgert.«

»Ist schon in Ordnung!«

»Aber was mich noch immer wundert: Obwohl ich keine Spuren hinterlassen habe und eigentlich niemand wissen konnte, wo ich hingefahren bin, haben mich Jill und ihre Komplizen in Basel im Nu wieder aufgespürt. Doch anstatt mich zurück zur Klinik zu bringen, haben sie mich von Basel aus mit einem Krankenwagen hier in die Berge von Como gebracht. Das ist die ganze Geschichte.«

Lion stand auf.

»Na gut, dann bin ich jetzt wohl dran. Also, du heißt Jacqueline Arielle Bordeaux und wirst von allen kurz Jackie genannt.«

Jackie lehnte sich an einen herumliegenden Heuballen und lächelte, als sie diesen vertraut klingenden Namen hörte.

»Und wie alt bin ich?«

»Sechszehneinhalb also ziemlich genau zwei Jahre jünger als ich! Als ich dich kennenlernte, hattest du gerade das zweite Mal eine Klasse übersprungen. Über deine Vergangenheit weiß ich allerdings so gut wie nichts, weil du niemandem etwas preisgeben wolltest und ein Geheimnis daraus gemacht hast. Wir beide waren bis vor einem Jahr in einer Schulklasse zusammen in der Black Forest Academy, also einer christlichen englischsprachigen Schule im Schwarzwald in Kandern, und haben dort zusammen den Abschluss gemacht. Und wir beide waren ...«

Lion zögerte, weiterzusprechen.

Jackie grinste verschmitzt: »... waren ineinander verliebt – das willst du doch sagen?«

Lion wurde rot und lächelte verlegen.

»Ja, so in etwa. Das wollte ich sagen. Und nach meinem Empfinden waren wir kurz davor, ein Paar zu werden; nur kam schon viel zu früh die Abschlussfeier. Du warst dir anscheinend nicht sicher, ob das mit uns beiden wirklich Zukunft haben würde, vielleicht auch, weil du dich damals mit deinen fünfzehn Jahren einfach noch zu jung gefühlt hast für eine Beziehung. Und deshalb hast du dieses seltsame Treffen vorgeschlagen, genau ein Jahr später.«

»Ein Jahr später?«

»Ja, ein Jahr später! Der Vorschlag kam von dir, und nichts konnte dich umstimmen.«

Lion runzelte die Stirn.

»Es war hart für mich, das zu akzeptieren und ein Jahr auf dich warten zu müssen, ohne sicher zu wissen, ob ich dich dann auch treffen würde.

Denn eins war klar: Wenn gestern einer von uns gefehlt hätte, wäre es das gewesen und ich hätte dich niemals wiedergesehen. Für mich war also klar, dass ich um alles in der Welt pünktlich dort sein musste. Und als ich dich dann genau zum richtigen Zeitpunkt in Basel sah, war ich der glücklichste Mensch der Welt – zumindest für einen kurzen Augenblick.«

Jackie hörte weiter zu.

»Nachdem du mich abgewiesen hast, bin ich dir heimlich gefolgt und habe beobachtet, wie du entführt wurdest. Zum Glück haben die Entführer deine Handtasche liegen lassen. Ich habe darin schnell einen Peilsender platziert, dafür gesorgt, dass deine Entführer die Handtasche mitnahmen und bin euch dann mit einem Leihwagen gefolgt.«

»Wo hattest du denn den Peilsender her?«

Lion wollte Jackie nicht von seinem Onkel erzählen und wechselte schnell das Thema.

»Das erzähle ich dir ein anderes Mal. Und wie geht es jetzt weiter mit uns?«

Jackie schaute ihn freundlich an.

»Bitte hab Geduld mit mir. Auch wenn ich für dich Gefühle habe, so ist das alles für mich total neu. Ich muss dich doch erst einmal kennenlernen.«

Lion konterte: »Dann werde ich dich einfach neu erobern!«

Jackie musste lachen.

»Ich bin gespannt, wie du das machen willst. Ich bin nämlich eine ganz harte Nuss!«

Lion grinste wieder: »Ich weiß!«

Jackie sprang auf.

»Genug geredet, Lion! Hast du einen Plan, wie wir hier wieder wegkommen?«

Lion wandte sich von ihr ab und fing an, das Heu vom Motorrad zu entfernen.

»Wir nehmen einfach wieder das Motorrad. Komm, hilf mir mal!«

Beide entfernten das Heu, bis die Geländemaschine freigelegt war.

Jackie stutzte.

»Hier riecht es ziemlich stark nach Benzin! Ich hoffe, das liegt nicht daran, woran ich gerade denke!«

Lion sah das Dilemma zuerst, öffnete den Tank und sah hinein.

»Mist! Der Kerl hat den Tank der Maschine getroffen, sodass das Benzin fast komplett ausgelaufen ist.«

»So ein Unglück! Aber wenigstens ist der Tank nicht in die Luft geflogen!«

»Ja, nur ohne Benzin kommen wir hier nicht weg. Ich fürchte, wir sitzen fest!«

Jackie trat entschlossen einen Schritt zurück.

»Dann müssen wir beten!«

Lion stutzte.

Beten? Wie kam Jackie darauf? Sie war doch ganz und gar nicht religiös, und beten passte seiner Meinung nach auch überhaupt nicht zu ihr. Sie war während der Schulzeit immer so aufgeklärt und nüchtern gewesen und hatte für einen Gott, den man nicht sehen konnte, nichts übriggehabt.

Und was ihn selbst betraf – es war lange her, seitdem er das letzte Mal gebetet hatte – um genau zu sein, ein Jahr zuvor an der Abschlussfeier der Black Forest Academy. Damals hatte er darum gebetet, dass Jackie und er zusammenkommen würden. Seitdem hatte er Gott aber links liegen gelassen.

Ja, in der Black Forest Academy hatten sich die Lehrer sehr darum bemüht, ihren Schülern den Glauben an Jesus Christus vertraut zu machen. Manche von ihnen wirkten auf Lion etwas aufdringlich; teilweise waren sie aber auch sehr überzeugend und authentisch. Doch Lion hatte große Schwierigkeiten damit, sich darauf einzulassen. Irgendetwas hielt ihn davon ab, sich vertrauensvoll an diesen Gott zu wenden, der nach Aussage ihres Lieblingslehrers ihr Schöpfer war, sie von ganzem Herzen liebte und eine persönliche Beziehung zu ihnen haben wollte.

»Jackie, was meinst du mit beten?«

»Wie ich es gesagt habe!«

»Also du meinst, dass wir Gott um Hilfe bitten sollten?«

»Ja! Oder erinnerst du dich nicht an die Notrufnummer 5015, also Psalm 50, Vers 15?«

Lion schaute Jackie mit großen Augen an.

»Könnte es vielleicht sein, dass du dich gerade an etwas aus deiner Vergangenheit erinnerst?«

Jackie überlegte.

»Vermutlich, ja – keine Ahnung, wo das herkommt, aber mir kam ganz plötzlich dieser Psalm 50, Vers 15 in den Sinn.«

Lion half ihr auf die Sprünge: »Wir haben den Vers in einer der letzten Religionsstunden in der Black Forest auswendig lernen müssen: Rufe mich an in der Not, so will ich dich erretten, und du sollst mich preisen.«

Beide schwiegen.

»Unser Lehrer sagte damals, dass das eine Verheißung von Gott sei, die er auf jeden Fall erhören würde«, fügte Lion hinzu.

Jackie lächelte.

»Daran kann ich mich zwar nicht erinnern, aber das klingt richtig gut, findest du nicht? Wenn das mit dem Erhören wirklich stimmt, sollten wir es auf jeden Fall tun und zusammen beten!«

Lion wollte sie nur ungern bremsen und nickte verlegen.

»Also gut! Dann setzen wir uns jetzt gemeinsam wieder auf den Boden und beten erst einmal. Danach schauen wir weiter.«

KAPITEL 10

Colorado – 01:45 Uhr

Leandro schaute den Einsiedler entgeistert an, nachdem er ihnen soeben ausführlich seinen Plan ausgebreitet hatte.

»Also, wenn ich sie richtig verstehe, dann sieht Ihr Plan so aus, dass sie uns beiden je zwei Backenzähne ziehen, diese Zähne mit ein paar Knochen und fellfreien Hautfetzen des Bären zusammen in ihrem Ofen verbrennen, sodass die Knochen und Hautfetzen nahezu unkenntlich gemacht werden, und dass wir anschließend alles zusammen noch heute Nacht werbewirksam in der zerstörten Blockhütte platzieren, damit morgen unsere menschlichen Überreste, von wem auch immer, dort gefunden werden können. Ist das richtig?«

Der Alte nickte.

David schaute Leandro fragend an.

»Aber wozu braucht er von uns Zähne? Reichen nicht die Bärenknochen und Hautfetzen aus?«

Der erklärte es ihm:

»Bei so einem Inferno bleibt eigentlich nichts übrig, außer feuerfestes Material. Zähne bestehen zum großen Teil aus kalkhaltigem Material, sind nicht brennbar und eignen sich hervorragend dazu, selbst vollständig verbrannte Menschen eindeutig zu identifizieren.«

David war noch immer skeptisch – vor allem wollte er keinen seiner Zähne opfern, wenn es nicht unbedingt sein musste.

»Und wie soll das mit der Identifizierung gehen?«

»Sie werden unsere beiden Ausweise finden, die sich ja noch immer im Handschuhfach deines Käfers befinden, und unsere Zähne. Und weil sie vermuten, dass wir bei dem Inferno in der Hütte verbrannt sind, werden sie die Zähne nehmen und bei deinem und meinem Zahnarzt nachfragen. Und beide Zahnärzte werden ihnen anhand der Röntgenbilder bestätigen können, dass es unsere ...«

David unterbrach ihn: »Stopp! Woher willst du wissen, dass ich in den letzten Jahren beim Zahnarzt war und der irgendwelche Informationen über meine Zähne besitzt, geschweige denn Röntgenaufnahmen?«

Der Einsiedler fasste sich an den Kopf und gab für Leandro die Antwort: »Mach mal das Maul auf und schau dir deine Goldkronen im Spiegel an!«

David grinste: »Gut beobachtet!«

Leandro fuhr mit seiner Erklärung fort: »Und mit der Bestätigung durch unsere Zahnärzte haben unsere Verfolger den gewünschten Beweis, dass wir tot sind.

Der Alte kicherte: »Genau. So einfach geht das!«

David gab auf, öffnete seinen Mund und zeigte hastig auf zwei dunkel gefärbte Zähne in seinem Mund.

»Aber bitte ziehen Sie mir diese da, ganz hinten. Die haben Karies und müssten sowieso behandelt werden.«

Der alte Sam grinste und hielt eine verrostete Zange in die Luft.

»Na, dann sind wir uns jetzt ja wohl alle einig!«

* * *

In den Bergen von Como – 09:50 Uhr

Jackie setzte sich ratlos auf eine Holzkiste und schaute Lion erwartungsvoll an.

»Also, mein lieber Lionel Daniels, was machen wir, um von hier fortzukommen? Was ist dein Plan?«

Lion hielt einen Helm und einen Rucksack in der Hand, die er beide unter einer der herumliegenden Folien gefunden hatte.

»Weißt du, was das hier ist?«

»Ein Helm und ein Rucksack.«

»Richtig, und zwar ein Flugsporthelm und ein Gleitschirmrucksack. Und schau, dort an der Wand an einem Haken hängen Schleppklinken, Beinstecker und weiteres Zubehör eines Gleitschirms. Nur wo ist der Gleitschirm selber?«

»Warum ist das jetzt so wichtig?«

»Steh mal auf!«

»Nein, ich habe mich gerade erst hingesetzt.«

»Bitte steh auf; ich muss mal einen Blick in die Kiste werfen!«

Jackie stand auf und Lion öffnete die Holzkiste. »Bingo! Da ist er!«

Jackie schaute mit großen Augen in die Kiste hinein.

»Da ist tatsächlich ein Gleitschirm drin! Woher wusstest du das?«, fragte sie ihn ehrlich erstaunt.

Lion antwortete nicht, sondern hob vorsichtig etwas aus der Kiste heraus und stieß einen Freudenschrei aus: »Yeah! Das ist ein Nova-Phantom-Gleitschirm mit Zubehör. Das Feinste vom Feinsten, wenn du mich fragst! Und darunter liegt sogar noch ein Tandem-Gleitzeug!«

Jackie schaute Lion schräg an. »Du willst dich doch nicht mit diesem Teil da den Berg hinunterstürzen – so verrückt kann man doch nicht sein.«

»Noch verrückter, denn du kommst mit!«

»Das ist Kamikaze!«, wehrte sich Jackie.

»Nein, das ist saumäßig cool, wenn du mich fragst!«

»Bist du so ein Teil überhaupt schon mal geflogen?«

»Aber sicher, und zwar schon oft. Im Schwarzwald hatte ich reichlich Gelegenheit dazu, und du hast mich damals sogar einmal begleitet!«

»Das kann jeder behaupten!«

Lion verschränkte trotzig die Arme vor der Brust: »Beweis mir das Gegenteil!«

»Du glaubst also ernsthaft, dass ich mitkomme?«

»Klar, wir machen einen Paragliding-Tandemsprung von hier! Außerdem, du hast keine andere Wahl!«

»Das ist ja der blanke Horror!«

Lion ging nicht darauf ein, sondern trug die komplette Ausrüstung nach draußen und fing an, den Gleitschirm flugfähig zu machen. Jackie, die ihm gefolgt war, kaute nervös an ihren Fingernägeln und schaute ihm gleichzeitig voller Bewunderung zu. Anscheinend wusste Lion ganz genau, was er tat; jeder Handgriff saß. Und tatsächlich – in rekordverdächtiger Zeit hatte er einen flugfähigen Tandem-Gleitschirm zusammengebaut.

»Fertig! Jetzt müssen wir uns nur noch das Gurtzeug anlegen und können starten. Vorher erkläre ich dir noch, worauf du zu achten hast.«

»Du bringst mich noch um!«, stöhnte Jackie.

»Also, die ganze Sache läuft so.«

* * *

Arturo hatte, was er wollte – eine Wärmebildkamera und Verstärkung von zwei Motorradfahrern, die ihn begleiteten. In fünf Minuten würde er zurück an der Scheune sein.

* * *

»Oh nein, ich habe meine Sonnenbrille in der Scheune gelassen. Ich muss sie unbedingt holen!«

»Das lässt du schön bleiben, Jackie. Ich habe das Gefühl, dass wir gleich Besuch bekommen werden.«

Jackie schaute ihn entsetzt an: »Wie meinst du das?«

»Hörst du nicht auch das Dröhnen oberhalb von uns im Wald? Ich befürchte das Schlimmste.«

»Na gut, dann lass uns starten!«

Jackie und Lion liefen, so schnell es ging, zu einem Waldstück, das sich hervorragend zum Starten für einen Paragliding-Flug eignete. Lion vermutete, dass der Besitzer dieser Ausrüstung den Streifen extra dafür gerodet hatte.

»Bist du bereit?«

»Ja!«, ächzte Jackie. »Jetzt wird's ernst!«

Jackie stand direkt vor Lion, der Schirm lag auf dem Boden hinter ihnen. Und dann ging es los. Im Gleichschritt liefen sie an in Richtung Tal. Durch den Talaufwind begünstigt, entfaltete sich der Gleitschirm recht zügig über ihnen und nach wenigen Metern hoben sie ab.

Anders als sonst versuchte Lion nicht, möglichst schnell an Höhe zu gewinnen – im Gegenteil. Diesmal steuerte er den Schirm ganz bewusst so, dass sie den stetig wehenden Wind gut nutzen, schnell viel Abstand zur Lichtung und zur Scheune bekamen und nicht mehr direkt gesehen werden konnten. Dazu flog er eine enge Spirale. Danach achtete er darauf, dass sie sich zügig vom Berg entfernten, von dem aus sie gerade gestartet waren. Das bedeutete aber auch, dass sie direkt auf den Comer See hinaus flogen.

* * *

Drei Motorradfahrer stoppten vor der Scheune. Während einer der Fahrer die Umgebung sicherte, betraten die anderen mit Pistolen im Anschlag das Gebäude und durchsuchten es von oben bis unten.

Lucio wandte sich an Arturo: »Hier ist niemand! Du musst dich geirrt haben.«

Der Angesprochene stand neben Lions Motorrad, hielt Jackies Sonnenbrille hoch und widersprach: »Nein, diese Brille gehört dem Mädchen und die Geländemaschine war vorhin noch versteckt – wahrscheinlich unter dem Heuhaufen, auf den ich geschossen habe. Ich frage mich nur, warum sie das Teil hiergelassen haben.«

Er schnüffelte und schaute sich die Maschine genauer an.

»Ah, hier sind Einschusslöcher im Tank und an den Leitungen. Das Gerät ist nicht mehr zu gebrauchen. Sind die jetzt etwa zu Fuß unterwegs?«

Tomaso, der dritte Mann, starrte in eine geöffnete Holzkiste, die leer war: »Was auch immer da drin war – sie haben es mitgenommen!«

Lucio schaute Arturo und Tomaso entsetzt an.

»Diese Scheune gehört Lorenzo. Und ich weiß, dass er in dieser Kiste seinen Gleitschirm aufbewahrt.«

Arturo schlug sich ungläubig an den Kopf.

»Das heißt, dass dieser Lion Daniels Lorenzos Gleitschirm entwendet hat und damit wahrscheinlich gerade den Berg hinuntersegelt? Der Kerl hat Nerven wie Drahtseile! Los, wir müssen die anderen informieren!«

* * *

Jackie begann langsam, den Flug zu genießen: »Ist das schön! Warum hab ich so was bloß vorher noch nicht gemacht?«

Lion lachte.

»Hast du doch – im Schwarzwald, mit mir als Piloten. Du kannst dich nur leider nicht mehr daran erinnern.«

»Doch! Irgendwie kommt mir das Gefühl beim Fliegen bekannt vor. Schade, dass ich diese blöde Amnesie habe.«

»Wir sind mittlerweile mitten über dem See. Eigentlich sollten wir zum Ufer umkehren, aber das scheint mir unter den gegebenen Umständen nicht ratsam. Wenn wir dort landen, dann schnappen sie uns vielleicht.«

»Und, was hast du vor?«

»Siehst du das Motorboot, das dort mitten auf dem See still im Wasser liegt?«

»Ja, sind vielleicht ein paar Urlauber, die auf dem Boot die Sonne genießen.«

»Genau! Ich versuche, auf dem Deck zu landen; aber höchstwahrscheinlich werden wir nass.«

»Du hast Nerven! Schaffen wir es nicht auf die andere Seite des Sees?«

»Nein, dazu reicht die Thermik nicht aus. Da hätte ich gleich vom Start an erst einmal Höhe machen müssen; aber das erschien mir zu risikoreich, so hätten uns womöglich unsere Verfolger sofort vor die Linse bekommen.«

»Soll das heißen, dass wir im Wasser aufsetzen werden?«

»So sieht es aus, aber ich versuche möglichst nah an das Boot heranzukommen. Achtung! Jetzt wird es ernst!«

Sie kamen dem Wasser immer näher; dabei wurde Jackie auch nicht durch die Tatsache getröstet, dass das Boot ebenfalls immer näher kam.

Auf dem Boot befanden sich zwei Personen, ein Mann und eine Frau, die auf ihren Liegestühlen lagen, sich sonnten und dabei Bücher lasen.

Doch als die beiden den Gleitschirm auf sich zukommen sahen, sprangen sie entsetzt auf.

»Donald, schau mal, der Kerl kommt direkt auf uns zu!«

»Nein, der will im Wasser landen! Ist der verrückt geworden? Die werden absaufen! Marianne, wir müssen ihnen irgendwie helfen!«

Geistesgegenwärtig schnappte er sich den Rettungsring und warf ihn gezielt an die Stelle, wo Lion und Jackie soeben aufsetzten.

Tatsächlich legte sich der Gleitschirm kurze Zeit später direkt über Jackie und Lion. Aber dank des Rettungsrings konnten sie sich über Wasser halten.

Sofort griffen Donald und Marianne nach dem Schirm und zogen diesen an Deck. Anschließend halfen sie Jackie und Lion an Bord.

* * *

Von einem Schnellboot aus wurde der Vorgang mit einem Profi-Fernglas genau beobachtet. Ein Mann mit langen blonden Haaren und einer Sonnenbrille auf dem Kopf, der von seiner etwas dunkleren Hautfarbe her eher südländisch wirkte, setzte das Fernglas ab und schüttelte ungläubig den Kopf. Er ahnte, wer dieser Bruchpilot war.

Plötzlich meldete sich ein Smartphone in seiner linken Jackentasche. Der Blonde nahm es in die Hand – über WhatsApp kam soeben eine Nachricht herein.

»Zielobjekte versuchen, mit Lorenzos Gleitschirm zu entkommen und sind irgendwo unterhalb der Villa im Bereich des Sees gelandet. Bitte sofort Landungsstelle herausfinden und Flüchtige gefangen nehmen.«

Der Blonde steckte das Smartphone zurück in die Jackentasche, setzte das Fernglas wieder an und grinste. Die Landung hatte er soeben live miterlebt.

* * *

Lion und Jackie warfen sich völlig durchnässt und erschöpft erst einmal auf Deck und Lion krächzte kaum hörbar: »Vielen Dank! Sie haben uns das Leben gerett...«

Marianne schnitt ihm ärgerlich das Wort ab: »Das war unverantwortlich, was du da gemacht hast! Du hättest dich und deine hübsche Begleiterin beinahe umgebracht!«

»Ganz meine Meinung!«, pflichtete ihr Donald bei. »Anfänger wie du sollten sich lieber ein leichteres Fluggebiet aussuchen und vor allem nicht an dieser Stelle über dem Comer See fliegen!«

Lion krächzte: »Ich …«

Aber Donald ließ ihn nicht zu Wort kommen: »Junge, Junge – das war total fahrlässig von dir! Bist du vom Kurs abgekommen, oder was ist passiert?«

»Wir wollten eigentlich auf einem anderen Weg herunterkommen«, antwortete Lion kleinlaut. »Es ist aber etwas Unvorhersehbares dazwischengekommen, sodass ich mitten auf dem See notlanden musste. Ich bin eigentlich ein sehr erfahrener Gleitschirmflieger …«

»Papperlapapp!«, unterbrach ihn Donald verärgert. »Ein Stümper bist du! Ich mache selbst Paragliding! Das war totaler Leichtsinn von dir, hier zu fliegen. Wenn man es nicht kann, sollte man es lieber sein lassen! Ein erfahrener Gleitschirmflieger wüsste, dass es hier im Uferbereich Talabwinde geben kann und es darüber hinaus so gut wie keine Landungsmöglichkeiten gibt!«

Donald erhob seinen Zeigefinger: »Leute wie dich sollte man …«

Marianne, die sich mittlerweile wieder etwas beruhigt hatte, bremste ihren Mann: »Jetzt lass es mal gut sein, Donald! Wir waren auch mal jung und leichtsinnig! Und wir haben auch unsere Fehler gemacht! Denk mal an unser erstes Treffen, als du vor mir den Helden spielen wolltest und dabei das Auto deines Vaters geschrottet hast.«

Donald runzelte die Stirn, als bekäme er augenblicklich Kopfschmerzen.

»Erinnere mich bitte nicht daran!«

Dann wandte er sich an Lion und Jackie: »Na gut, wo sollen wir euch absetzen?«

»Am liebsten da vorne in Tavernola!«

Donald nickte. »Machen wir!«

Nachdem sie den Gleitschirm vollständig aus dem Wasser gefischt hatten, startete Donald das Motorboot und hielt direkt auf das Ufer von Tavernola zu, das dem Berg gegenüberlag, von dem sie gestartet waren.

Lion atmete auf. Sie hatten es geschafft! Und in Tavernola stand das von Ariel besorgte Fluchtfahrzeug für sie bereit, mit dem sie zunächst einmal nach München fahren würden.

* * *

Der Blonde schaute auf die Maschinengewehre, die auf Deck lagen, dann auf die beiden gefesselten und geknebelten Männer. Sie saßen in der Ecke und schauten ihn von der Fahrerkabine aus mit finsteren Blicken an.

Ariel war froh, dass er sich heute Morgen für diese Verkleidung entschieden hatte. Es war eigentlich ganz einfach gewesen. Eine Perücke mit langen Haaren, etwas Rouge im Gesicht, an Armen und Beinen und eine spiegelnde Sonnenbrille sorgten dafür, dass er wie ein typischer italienischer Mafioso aussah, dem man lieber nicht zu nahe kommen wollte.

Als die beiden Männer mit dem Schnellboot aufkreuzten und ihn mit Maschinengewehren bedrohten, konnte er darauf bauen, dass sie ihn nicht als Ariel Goldberg identifizierten.

Sein ehemaliger Mossad-Chef hatte ihn mehr als deutlich gewarnt, dass er, was die Machenschaften am Comer See anging, sich nicht einmischen, geschweige denn sich dort sehen lassen sollte. Bei einem Verstoß drohten ihm harte Konsequenzen. Und Ariel nahm diese Warnung sehr ernst.

Nachdem die beiden Mafiosi sein Boot betreten hatten, wusste er, dass es keine Profis waren, sondern nur Handlanger, die auf Honorarbasis für die Organisation arbeiteten. Und so war es für ihn ein Leichtes gewesen, sie zu entwaffnen und zu überwältigen.

Ariel wandte sich seinen beiden Gefangenen zu:

»So, und jetzt zu euch, ihr beiden Greenhorns! Was habt ihr euch eigentlich dabei gedacht, Mario Rinaldi, die rechte Hand vom großen Silvio Moretti aus Varese, um seinen wohlverdienten Urlaubstag auf dem Comer See zu bringen? Am besten kippt man so einen Abschaum wie euch in den Gulli und gießt reichlich Wasser nach. Oder ich verpasse euch gleich hier und jetzt zwei Kugeln und versenke euch unauffällig dort, wo es am tiefsten ist. Oder habt ihr einen besseren Vorschlag?«

Mit großen Augen schauten ihn die beiden an. Einer von ihnen stöhnte, so als ob er etwas sagen wollte. Ariel nahm ihm den Knebel aus dem Mund.

»Bitte tun Sie uns nichts! Wir haben nur Befehle ausgeführt! Wir sind gerade auf der Suche nach zwei Flüchtigen und wollten nur ihr Boot kontrollieren. Wir wussten doch nicht, dass sie Mario Rinaldi sind.«

Ariel schaute die beiden streng an.

»Na, eure Machenschaften hier gehen mich nichts an. Ihr lasst uns in Ruhe und wir euch. Aber wenn ich eurem Paten Lorenzo Carusi erzähle, dass ihr Mario Rinaldi aus Varese belästigt habt, dann wäre es vielleicht sogar besser für euch, wenn ich mit euch gleich kurzen Prozess mache.«

»Bitte nicht!«

Ariel tat so, als würde er sich seine nächsten Worte gut überlegen. »Na gut, ich schlage euch einen Deal vor: Wenn ihr niemandem verratet, dass ihr mich hier gesehen habt und mich an meinem freien Tag nicht weiter belästigt, lasse ich es hiermit gut sein. Wenn nicht, wird das für euch Volltrottel Konsequenzen haben. Ist das klar?«

»Va bene, Signore Rinaldi.«

»Ich setze euch auf der Isola Comacina ab. Wie ihr von dieser Insel wieder fortkommt, ist euer Problem. Euer Schnellboot lasse ich hier an Ort und Stelle liegen. Wenn ihr es geschickt anstellt, erfährt niemand etwas von diesem peinlichen Vorfall.«

»D'accordo, Signore!«

Ariel startete den Motor seines Boots und fuhr mit den gefesselten Männern an Bord in Richtung Norden.

Er war froh, dass es Lion und Jackie geschafft hatten. Leider konnte er den beiden vorerst nicht weiter behilflich sein. Aber so, wie er seinen Neffen kannte, würde er sich auch alleine zum sicheren Unterschlupf durchschlagen können.

KAPITEL 11

Menaggio, Comer See – 11:30 Uhr

Auf der westlichen Uferstraße des Comer Sees erreichten Lion und Jackie mit dem von Ariel organisierten Leihwagen Menaggio. Lion ärgerte sich. Da fuhren sie einen schicken silbernen VW Golf GTI Performance mit satten 245 PS unter der Motorhaube, und dennoch kamen sie aufgrund des hohen Verkehrsaufkommens nur sehr langsam voran. Das hatte er sich ganz anders vorgestellt.

Zu seinem Leidwesen beschwerte sich dann auch noch Jackie bei ihm, während sie aufmerksam eine Landkarte studierte.

»Warum fahren wir diesen Schleichweg am See entlang. Wir hätten doch direkt bei Como auf die Autobahn fahren und über Bellinzona in der Schweiz, den Brennerpass und Lindau nach München fahren können. Jetzt sind wir schon fast eine Stunde unterwegs und haben erst die Hälfte des Comer Sees hinter uns!«

»Wir müssen die Autobahnen meiden, Jackie.«

»Und warum?«

»Dort sind überall Verkehrskameras, die uns identifizieren könnten. Außerdem rechnen unsere Verfolger damit, dass wir Autobahnen nehmen, um möglichst schnell von hier fortzukommen, und werden uns wahrscheinlich an strategischen Punkten irgendwo auflauern.«

»Du glaubst doch wohl selbst nicht, dass die Typen aus der Klinik Zugriff auf Verkehrskameras haben und uns damit identifizieren, geschweige denn aufspüren können. Du leidest wohl an Verfolgungswahn!«

Lion schaute sie ernst an. »Das hat mit Verfolgungswahn nichts zu tun. Wie dir sicher nicht entgangen ist, werden wir verfolgt, seitdem du unerlaubt die Villa verlassen hast.«

»Stimmt, aber ich kann mir nicht vorstellen, dass meine Entführer so gut vernetzt sind, wie du behauptest. Ich weiß zwar immer noch nicht, wer diese Typen sind, warum sie mich festgehalten haben und was sie mit mir vorhatten. Vielleicht entgeht ihnen jetzt ein hohes Lösegeld. Aber irgendwann werden sie einsehen, dass sie verloren haben und uns in Ruhe lassen!«

»Nein, Jackie! Das war nicht nur eine einfache Entführung. Da steckt sehr viel mehr dahinter, als du dir vorstellen kannst.«

»Und was?«

»Ich weiß auch nicht alles, aber offiziell ist die Einrichtung in den Bergen von Como ein Sanatorium für Amnesie-Patienten.«

»So weit war ich auch schon.«

»In Wirklichkeit werden dort aber illegale Versuche an Menschen durchgeführt, bei denen der Tod der Testpersonen ganz bewusst in Kauf genommen wird.«

Jackie schluckte und Lion fuhr fort: »Die Organisation, die dahintersteckt, ist einflussreich und bestens mit der Mafia vernetzt. Sie arbeitet weltweit und hat nahezu unbegrenzte Geldmittel zur Verfügung. Die Typen sind so gut aufgestellt, dass ihnen laut meiner Quelle niemand etwas anhaben kann. Und jeder, der versucht, ihnen in die Quere zu kommen, wird einfach ausgeschaltet. Die werden also nicht so schnell aufgeben, sondern alles daransetzen, uns zu kriegen!«

Jackie schüttelte ungläubig den Kopf: »Woher weißt du das alles?«

»Tut mir leid, aber meine geheime Quelle will anonym bleiben.«

Jackie warf einen Blick auf Lions Smartphone.

»Dann solltest du mal ganz schnell das Ding da ausschalten, sonst werden sie uns lokalisieren können.«

»Wegen meines Smartphones brauchst du dir keine Sorgen machen.

Das ist eine Spezialanfertigung - absolut sicher und von niemandem zurückzuverfolgen. Aber du hast recht, wir dürfen uns keine Fehler erlauben.«

Jackie schwieg bedrückt und Lion sprach weiter.

»Und was unsere Route angeht: Wir werden jetzt bis zum Nordende des Comer Sees fahren, dann das Tal hoch weiter in die Alpen hinein, über St. Moritz und Innsbruck nach München. Meiner Berechnung nach haben wir auf dieser Route von jetzt an noch sieben Stunden Fahrzeit.«

Jackie schaute Lion entsetzt an: »Dann hoffe ich mal, dass die Fahrt nicht allzu langweilig wird.«

Lion lächelte.

»Also Langeweile gehört eindeutig nicht zu unserem Repertoire, wie du sicherlich schon bemerkt hast. Und was mich angeht, so genieße ich jede Minute, die ich mit dir zusammen bin.«

Jackie zwinkerte ihm mit ihren Augen zu und legte ihre Hand auf seinen rechten Unterarm.

* * *

Basel – 11:40 Uhr

Gilbert Winter brüllte aufgebracht ins Telefon hinein.

»Was soll das heißen, sie sind spurlos verschwunden?! Wollt ihr mir damit sagen, dass ein halbes Jahr Vorbereitung für die morgen anlaufende Aktion umsonst war? Wer hat sie dort herausgeholt?«

Am anderen Ende der Leitung antwortete ihm Jill kleinlaut: »Es war tatsächlich dieser Achtzehnjährige, Lion Daniels, den du gestern in Basel mit dem Fernglas beobachtet hast.«

»Wie ist er vom Berg runtergekommen? Ich dachte, ihr hättet dort alles komplett abgeriegelt.«

»Er ist davongeflogen.«

»Willst du mich zum Narren halten? Ich hasse es, wenn man nach so einer Stümperei auch noch Witze macht!«

»Kein Scherz, Chef! Er hat aus einer Scheune einen Tandem-Gleitschirm entwendet und ist unseren Leuten durch einen hochriskanten Gleitflug entkommen. Dieser Absprung ging mitten auf den See – Kamikaze, kann ich nur sagen. Aber sie hatten Glück und wurden dort von einem Urlauber herausgefischt.«

»Und warum habt ihr ihn nicht mit dem Schnellboot auf dem See eingesammelt? Ihr hattet doch extra zwei bewaffnete Leute dort abgestellt.«

»Die beiden sind ebenfalls spurlos verschwunden. Arturo versucht schon die ganze Zeit, sie zu erreichen.«

»Es muss doch möglich sein, diesen Lion Daniels aufzuspüren! Wie sieht es mit der Überwachung der Autobahnen aus?«

»Läuft, aber bisher haben sie sich dort nirgends sehen lassen. Wir haben zwei Teams dafür abgestellt.«

Gilbert Winter fluchte: »Es kann doch nicht wahr sein, dass uns ein achtzehnjähriger Jugendlicher ganz alleine dermaßen in die Suppe spucken kann! Bestimmt hatte er professionelle Unterstützung!«

»Das konnten wir bisher noch nicht feststellen. Im Augenblick sieht es aber so aus, als würde er diese Sache ganz alleine durchziehen.«

»Unglaublich! Wir haben ihn unterschätzt. Aber der weiß nicht, mit wem er sich angelegt hat. Also, wir machen kurzen Prozess! Ich habe jetzt endgültig die Faxen dicke! Auslöschen!«

»Heißt das, dass beide zur Eliminierung freigegeben sind? Auch Jacqueline? Wir können sie doch jetzt nicht einfach so aufgeben.«

»Wir müssen sie aufgeben«, widersprach ihr Gilbert vehement. »Denk nach: Jacqueline ist in ihrem jetzigen Zustand ein Risiko für uns – eine Waffe, die man gegen uns richten könnte. Und eine erneute Aktivierungsphase ist nach den heutigen Ereignissen wahrscheinlich auch nicht mehr möglich! Haben wir brauchbare biometrische Daten der beiden Zielpersonen?«

»Die haben wir.«

»Dann setzt das TIER zur Generalüberwachung ein. Ihr habt unbeschränkten Zugriff auf alle zur Verfügung stehenden Ressourcen. Keine Einschränkungen!«

»Schießen wir da nicht mit Kanonen auf Spatzen?«

»Das ist mir scheißegal! Die beiden dürfen nicht entkommen. Schnappt sie euch!«

* * *

Colorado – 04:00 Uhr

Der Einsiedler holte die fast vollständig verbrannten Knochen und Hautfetzen des Bären aus dem Ofen, zusammen mit den von der Gluthitze versengten Backenzähnen seiner Gäste, die er ihnen kurz zuvor gezogen hatte.

»Sieht gut aus!«, kicherte er. »Jetzt müssen wir das Ganze nur noch zum Blockhaus bringen und dort geschickt platzieren!«

Leandro und David, die aufgrund der nächtlichen Flucht noch total erschöpft waren und durch die gezogenen Zähne unter großen Schmerzen litten, schauten ihn erwartungsvoll an. David fasste es in Worte: »Ich hoffe mal, dass Sie mit wir nicht uns meinen.«

»Nein, das mache ich lieber selbst. Ihr würdet das eh nicht so gut hinkriegen wie ich. Täuschen und Tarnen, andere hinters Licht führen – auf diesem Gebiet war ich schon immer ein Experte und werde auch jetzt dafür sorgen, dass alles echt aussehen wird. Normalerweise bräuchte ich alle Zähne von euch – ich werde denen also noch irgendeinen logischen Grund liefern müssen, warum sie nur zwei Zähne finden werden. Mir wird vor Ort schon irgendetwas Passendes dazu einfallen. Darf ich mir euer Quad ausleihen?«

David atmete erleichtert auf.

»Selbstverständlich! Hier sind der Schlüssel vom Quad und der Fahrzeugschlüssel von meinem Käfer!«

David drückte dem alten Mann alles in die Hand und fasste ihm danach herzlich an die Schulter.

»Und noch einmal vielen Dank, Herr ...«

»Meinen Nachnamen verrate ich lieber nicht. Aber ihr dürft mich gerne Sam nennen! Und gern geschehen!«

* * *

Irgendwo in den Alpen – 12:15 Uhr

»Du Lion, wäre es vielleicht möglich, dass wir mal anhalten und mir Klamotten kaufen? Wie du weißt, habe ich nur das dabei, was ich gerade auf dem Leib trage; und nach unserem unfreiwilligen Bad im Comer See fühlt sich jetzt alles ziemlich unangenehm an.«

»Zieh doch ein T-Shirt und eine Sporthose von mir an! Du findest beides in meinem Rucksack!«

»Witzbold! Deine Klamotten sind doch durch unser Geplansche im See ebenfalls nass.«

»Wieso? Mein Rucksack lag doch hier im Fahrzeug und ist trocken geblieben.«

»Nein, du hast nämlich den völlig durchnässten Fallschirm einfach achtlos auf den Rucksack geknallt, sodass der komplette Inhalt jetzt auch nass ist. Das ganze Zeug hat dringend eine Waschmaschine nötig.«

»So ein Elend. An so etwas habe ich gar nicht gedacht, tut mir leid, Jackie! Aber soweit ich weiß, gibt es auf der Strecke bis St. Moritz keine größeren Ortschaften und damit auch keine Einkaufsmöglichkeiten mehr. Lass uns doch erst einmal die Grenze zur Schweiz passieren. In St. Moritz werden wir anhalten und etwas zum Anziehen besorgen.«

Je weiter sie in die Alpen hineinfuhren, desto trüber wurde es draußen. Nach einiger Zeit fing es sogar an zu regnen. Ein heftiges Gewitter war im Anzug. Der Regen wurde immer stärker, es fing sogar an zu hageln und es wurde sowohl draußen als auch im Auto immer kälter.

Weil die Klimaanlage zudem noch lief, fing Jackie an zu frieren.

»Kannst du mal die Klimaanlage abschalten und die Heizung anmachen? Mir wird langsam kalt.«

»Hoffentlich erkältest du dich nicht!«

Jackie nieste.

Der Hagel wurde jetzt so stark, dass Lion an den Straßenrand fahren musste, um abzuwarten, bis der Wolkenbruch wieder nachließ. Er schaltete die Standheizung an, was bei Jackie gleich für etwas bessere Laune sorgte. Sie legte vorsichtig ihren Arm um Lion.

»Und, wie soll es jetzt weitergehen? Du hast mir noch gar nicht erzählt, wo es genau hingeht. Ich weiß nur, dass wir heute über tausend Schleichwege nach München fahren. Aber was machen wir dann?«

»In München suchen wir uns ein Hotel und fahren morgen weiter nach Berlin. Dort können wir bis auf Weiteres an einem geheimen Ort untertauchen.«

Jackie seufzte.

»Hört sich an wie ein Leben auf der Flucht! Wird das jetzt immer so weitergehen, Lion?«

»Wir sollten nicht so schwarzsehen, Jackie Wenn wir erst einmal im sicheren Unterschlupf meines Onkels in Berlin sind, versuchen wir herauszufinden, was eigentlich los ist.«

Jackie grinste verschmitzt.

»Und damit hast du deine vertrauliche Quelle verraten, mein lieber Lion. Wir fahren also zu einem sicheren Unterschlupf deines Onkels! Wahrscheinlich hat dir auch genau dieser Onkel dabei geholfen, mich zu befreien. Wer ist er? Also ich glaube, der hat irgendetwas mit einem Geheimdienst zu tun, stimmt's?«

»Geheimdienst? Wie kommst du denn darauf?«, wehrte Lion etwas zu schnell ab.

»Na, das liegt doch auf der Hand: Du hast mich mit einem Peilsender aufgespürt und in einer spektakulären Aktion befreit, die du wohl kaum ohne professionelle Unterstützung durchziehen konntest. Wir fahren gerade ein PS-starkes Luxusauto, das auf irgendeinen anonymen Fahrer zugelassen ist, den es wahrscheinlich gar nicht gibt. Vorher hattest du einen stinknormalen Opel Adam als Leihwagen, der etwas besser zum Geldbeutel eines Achtzehnjährigen passte. Was die Befreiungsaktion am Comer See angeht – du hattest eine Hightech-Ausrüstung à la James Bond zur Verfügung, die du dir wohl kaum so einfach aus dem Hut zaubern noch als Normalsterblicher überhaupt beschaffen konntest. Und die Geländemaschine, mit der wir geflohen sind, war auch nicht von schlechten Eltern – ein achtzehnjähriger Student kann sich so was nicht einfach mal nebenbei beschaffen. Wir sind auf dem Weg zu einem sicheren Unterschlupf, der wahrscheinlich weder mit dir noch mit irgendeinem aus deinem Bekanntenkreis in Verbindung gebracht werden kann. Im Handschuhfach befindet sich ein Umschlag mit sehr viel Geld drin, und zwar in fünf verschiedenen Währungen. Du besitzt ein Smartphone, das absolut abhörsicher und nicht ortbar ist, wie du mir vorhin verraten hast. Und dann sind da noch diese Insiderinformationen, über die du anscheinend verfügst.«

Lion staunte.

»Du bist ja ganz schön scharfsinnig! Na gut, ich habe tatsächlich einen Onkel mit einer, sagen wir es mal so, geheimnisvollen Vergangenheit.«

»Sagte ich doch – ein Onkel, der beim Geheimdienst arbeitet!«, grinste Jackie. »Und weiter?«

»Arbeitete! Und ich musste ihm hoch und heilig versprechen, dass ich niemandem ein Sterbenswörtchen über ihn verraten würde. Ja, es stimmt, mein Onkel hat mal bei einem Geheimdienst gearbeitet, ist aber jetzt im Ruhestand. Trotzdem kommt er auch heute noch an Informationen ran, zu denen normale Menschen keinen Zugang haben.«

»Was hat dein Onkel über die Einrichtung am Comer See und über die Organisation, die dahintersteckt, gesagt?«

»Lass uns erst einmal weiterfahren; der Regen lässt nach.«

Während der Fahrt erzählte ihr Lion alles, was er wusste. Jackie hörte ihm aufmerksam zu und stellte zwischendurch immer wieder Fragen.

Je weiter sie das Tal hinauffuhren, umso mehr ließ der Verkehr nach. Die Berge um sie herum wurden höher und das Tal enger und markanter, sodass die Straße teilweise durch schroff in Felsen gehauene, unbeleuchtete Tunnels führte. Nach einem längeren Tunnel öffnete sich das Tal aber wieder, und Jackies Blick fiel links auf ein Feld.

»Was da wohl wächst?«

Lion erblickte einen Stand direkt am Straßenrand.

»Ich glaub es ja nicht! Da wachsen doch tatsächlich Wassermelonen. Und schau mal, wie groß die sind. Soll ich anhalten und dir eine kaufen, Jackie?«

»Lieber nicht! Ich wüsste gar nicht, wie ich die Dinger im Auto aufschneiden sollte, ohne dabei alles nass zu machen.«

Das Tal verengte sich wieder und sie erreichten nach einiger Zeit die Grenze zur Schweiz. Lion hoffte, dass die Zollbeamten nicht nach den Ausweisen fragten, weil Jackie ja keinen dabei hatte. Glücklicherweise winkten sie die beiden einfach durch.

»Willkommen in der Schweiz, Jackie! Jetzt geht es nur noch den Pass hoch bis auf über 1800 Meter, und dann kommen wir ziemlich schnell nach St. Moritz, das ebenso hoch liegt, und kaufen dort ein paar Klamotten in einem Sportgeschäft.«

»Ich könnte langsam auch mal etwas zum Essen vertragen. Mein

Frühstück fiel heute eher mager aus, weil sie mir etwas aufgetischt haben, das ich nicht mochte«, stöhnte Jackie.

»Dann holen wir uns am besten eine leckere Pizza!«

»Das hört sich gut an!«

Nach einer guten halben Stunde erreichten sie St. Moritz und besorgten sich in einer Pizzeria am Straßenrand etwas zum Essen:

»Krass! Eine Pizza kostet hier 25 Franken«, jammerte Lion. »Die Schweiz ist ein teures Pflaster!«

»Aber sie schmeckt hervorragend«, schmatzte Jackie zwischen zwei Bissen. »Und es ist ja auch nicht dein eigenes Geld. Außerdem hast du genügend Schotter hier im Umschlag.«

»Das Geld ist schnell weg, wenn hier alles so teuer ist.«

»Hör auf zu jammern und sei nicht so geizig! In diesem Umschlag sind mehr als dreitausend Euro drin, genauso viele Franken, zweitausend Dollar und tausend Pfund. Außerdem noch eine weitere Währung, die ich nicht kenne.«

Lion staunte. Er hatte gar nicht mitbekommen, dass Jackie sich den Umschlag mit dem Geld so genau angesehen hatte. Er selbst war bislang noch nicht dazu gekommen.

»Na, wenn 3 000 Franken drin sind, reicht es locker auch noch für ein paar Klamotten.«

Kurze Zeit später betraten sie ein Geschäft, in dem Jackie und Lion passende Kleidungsstücke und ein paar weitere für die Reise nützliche Utensilien wie z. B. einen großen Rucksack für Jackie fanden.

Jackie brachte die Errungenschaften schon einmal zur Kasse, während sich Lion eine teure Kletterausrüstung im Sportbereich des Geschäftes anschaute.

»Wollen Sie zahlen?«

»Ja, bitte.«

Ohne darüber nachzudenken, nahm Jackie Lions Geldbeutel aus der Tasche. Aber das Bargeld in seinem Geldbeutel reichte bei Weitem nicht aus.

Die Kassiererin lächelte und zeigte dezent auf eine Kreditkarte, die sich ebenfalls in Lions Geldbeutel befand.

»Sie können selbstverständlich auch mit Karte bezahlen!«

Gedankenverloren nahm Jackie sie heraus und gab sie der Kassiererin, die sie gleich in den Kartenleser steckte. Ein Quittungszettel kam heraus, und die Kassiererin legte diesen Jackie zum Unterschreiben vor.

»Ach, herrje, hab gerade nicht daran gedacht. Die Kreditkarte gehört nicht mir, sondern meinem Freund da drüben.«

Sie rief Lion: »Kannst du mal kommen und unterschreiben?«

Lion kam sofort herbeigeeilt, riss zur Verwunderung aller der Kassiererin die Kreditkarte aus der Hand und sagte schroff: »Wir zahlen bar!«

»Wie Sie wollen, der Herr!«, sagte die Kassiererin verärgert und stornierte den Zahlungsvorgang.

Lion kramte den Umschlag mit dem Bargeld hervor und zahlte den Betrag.

Dann nahm er Jackie an die Hand und eilte mit ihr aus dem Geschäft heraus. Er öffnete die Fahrzeugtüren und forderte Jackie auf, sofort einzusteigen.

Als sie im Auto saßen, platzte Jackie der Kragen.

»Was ist los mit dir? Bist du von allen guten Geistern verlassen? Was muss diese Frau jetzt von uns denken?«

Lion ging nicht darauf ein.

»Wir müssen hier ganz schnell weg!«

»Lion, du bist so komisch! Erklär mir bitte, was los ist!«

Der hielt seine Kreditkarte hoch und startete gleichzeitig den Motor.

»Das ist los! Diese Karte steckte soeben in einem Kartenleser, der online mit einem weltweiten elektronischen Bezahlsystem verbunden ist. Jackie – ich will ja nicht den Teufel an die Wand malen, aber ich fürchte, wir haben unseren Verfolgern gerade deutlich gezeigt, wo wir sind.«

»Wie das?«

»Für die Organisation ist es ein Klacks, diesen Zahlungsversuch zu bemerken und herauszufinden, wo er stattgefunden hat.«

Jackie schluckte.

»Heißt das, die wissen jetzt, wo wir sind?«

»Davon müssen wir leider ausgehen, Jackie. Deshalb müssen wir hier ganz schnell weg.«

* * *

»Wir haben soeben den Einsatz von Lion Daniels Kreditkarte registriert.«

Arturo schaute Martinez, einen der besten Computerspezialisten der Organisation, erwartungsvoll an.

»Wo genau?«

»In einem Geschäft in St. Moritz!«

»St. Moritz! Clever von diesem Lion Daniels! Der versucht auf Nebenstraßen über die Alpen nach Norden zu entkommen, weil es dort, im Gegensatz zu den Autobahnstrecken, keine Überwachungskameras gibt.«

»Nicht ganz so clever«, entgegnete Martinez. »Sonst hätte er die Karte nicht benutzt!«

Arturo schlug ihm auf die Schulter.

»Los, wir brauchen in St. Moritz den sofortigen Zugriff auf alle Kameras im Umkreis von einem Kilometer! Wie schnell kriegen wir das hin?«

»Es gibt dort leider kaum öffentliche Kameras. Aber wenn wir die privaten Smartphone-Kameras mit einbeziehen, können wir sicher was reißen.«

»Wie lange brauchen wir dazu?«

»Fünf bis zehn Minuten und viel Manpower.«

»Zu langsam! Dann überlegen wir uns, wo sie jetzt sein könnten, und begrenzen uns auf die Kameras in diesem Bereich.«

Nach zwei Minuten hatte Martinez Bilder von zwei privaten Smartphone-Kameras in der Nähe des Geschäfts auf dem Schirm seines Computers. Die Personen merkten nichts davon, dass ihre Geräte soeben gehackt worden waren. Mittlerweile hatten sich um Martinez herum mehre Sicherheitsleute vor den Bildschirmen eingefunden, die sofort damit begannen, weitere Kameras zu hacken und nach Jackie und Lion zu suchen.

»Mist! Sie sind schon fort!«

Arturo griff zum Telefon und wählte die Nummer des Geschäfts, in dem sich Jackie und Lion kurz zuvor aufgehalten hatten:

»Guten Tag, hier ist der Sicherheitsservice des Bankverbandes!«

»Guten Tag! Was kann ich für Sie tun?«

»Wir haben gerade registriert, dass jemand versucht hat, bei Ihnen mit einer gestohlenen Kreditkarte zu zahlen! Vielleicht können sie uns dabei helfen, die Diebe zu fassen!«

Die Verkäuferin war verblüfft.

»Ja, in der Tat! Soeben war ein junges Paar hier – zwei Jugendliche, keine zwanzig Jahre alt. Das Mädchen wollte mit einer Kreditkarte bezahlen. Aber ihr Freund hat mir die Karte aus der Hand gerissen und bar gezahlt. Dann sind die beiden aus dem Laden gerannt und mit einem silbernen Golf davongefahren.«

»Können Sie mir das Kennzeichen nennen?«

»Leider nein! Es ging alles zu schnell.«

»Gab es sonstige Auffälligkeiten an dem Fahrzeug?«

»Tut mir leid, aber für Autos interessiere ich mich nicht so sehr. Aber es war, glaube ich, ein VW Golf.«

»Vielen Dank, Sie haben uns geholfen. Ich gebe Ihnen jetzt einen meiner Kollegen. Es wäre hilfreich, wenn Sie ihm eine genaue Beschreibung der beiden Jugendlichen geben könnten.«

»Ja, selbstverständlich.«

Während einer der Sicherheitsleute das Telefonat übernahm, rief Arturo seinem an Computermonitoren sitzenden Team zu: »Wir suchen nach einem silbernen Golf! Haltet die Augen offen! Jeder überwacht drei Monitore! Bilder kommen gleich nach und nach rein!«

Danach wandte sich Martinez wieder Arturo zu, während er gleichzeitig seinen Computer bediente.

»Wahrscheinlich ein Leihwagen.«

»Was meinst du, in welche Richtung sie fahren?«

»Martinez zeigte auf eine Landkarte auf seinem Bildschirm.

»Von hier sind sie gekommen und vermutlich fahren sie jetzt gerade diese Route.«

»Sie könnten aber auch über den Julierpass in Richtung Chur und dort dann auf die Autobahn Richtung Norden fahren«, wandte Arturo ein.

»Dazu müssten sie aber umkehren und ein Stück zurückfahren. Es gäbe noch andere Möglichkeiten. Aber auch das wären alles Umwege; und keine dieser Routen würde wirklich Sinn ergeben. Nein, dieser Lion Daniels ist sehr zielstrebig und weiß, wohin er will. Ich sage dir, sie fahren das Tal runter Richtung Innsbruck, und wenn du mich fragst, von dort aus nach München weiter.«

Arturo presste den Finger auf einen ganz bestimmten Punkt auf der Karte.

»Dann sind sie also etwa dort zwischen St. Moritz und Zernez. Wichtig wären jetzt Bilder, die das bestätigen können.«

»Wie gesagt, wir sind dran.«

»Und vielleicht kannst du uns darüber hinaus noch den Zugriff auf einen Spionagesatelliten verschaffen? Dann können wir ihre Route vom All aus verfolgen.«

»Zwecklos! Im Augenblick gibt es von oben her keine freie Sicht. Es ist stark bewölkt dort.«

Plötzlich meldete sich einer der Sicherheitsleute: »Habe hier gerade einen Treffer gelandet.«

Arturo und Jill, die bislang still alles beobachtet hatte, eilten sofort zu ihm.

»Hier! Ein silberner Golf – das Bild stammt von einer privaten Smartphone-Kamera.«

»Wo?«

»Nördlich von St. Moritz!«

»Sehr gut! Dann fahren sie tatsächlich das Engadin hinunter, wie Martinez gesagt hat Richtung Innsbruck!«

Arturo wandte sich an Jill:

»Haben wir einen Agenten in diesem Gebiet zur Verfügung?«

Die Finnin ließ sofort eine Anfrage über ihr Smartphone laufen, wurde fündig und grinste.

»Keinen eigenen, aber wir haben Glück! Der Luchs, ein eiskalter Killer, der für uns schon öfter mal die Drecksarbeit erledigt hat, hält sich gerade im Engadin auf – einziges Manko – er ist ein Eigenbrötler, der sich bei seinen Aufträgen nicht in die Karten schauen lässt.«

»Egal. Hauptsache, wir haben jemanden! Martinez, stell mal ganz schnell eine Verbindung zum Luchs her. Wir haben einen Auftrag für ihn.«

»Kein Problem.«

KAPITEL 12

Engadin – 15:15 Uhr

Jackie und Lion hatten mittlerweile den Ort Zernez hinter sich gelassen. Das Tal verengte sich wieder und wurde kurviger. Während sich Jackie ihr neues Kleid überstreifte, versuchte sie das vorhin unterbrochene Gespräch wieder aufzunehmen.

»Du bist so schweigsam. Was denkst du gerade, Lion? Beschäftigt dich immer noch die Sache mit der Kreditkarte?«

»Ja, ich mache mir Sorgen!«

Jackie zog das enge Kleid über ihre Beine.

»Ich mache mir auch Sorgen, aber um dich. Meiner Meinung nach siehst du alles viel zu schwarz. Klar, es ist technisch schon möglich, dass man eine Kreditkarte lokalisieren kann. Aber denk doch mal nüchtern: Wer um alles in der Welt, außer deiner Bank, der Polizei oder dem Geheimdienst, sollte das praktisch können? Und wenn sie es tatsächlich hinkriegen sollten – bis die etwas herausgefunden haben, sind wir schon über alle Berge. Entspann dich also und sag mir lieber, wie weit es von hier bis München ist.«

»Etwa zweihundertvierzig Kilometer, also keine vier Stunden mehr.

Wenn wir jetzt ohne Unterbrechung durchfahren, dann sind wir um 19 Uhr dort.«

Jackie schnallte sich wieder an und schaute kritisch zu Lion hinüber.

»Das ist aber später, als du vorhin gesagt hast.«

»Na ja, wir haben ja auch in St. Moritz sehr viel Zeit verlo...«

Jackie unterbrach ihn, nachdem das Kleid nun endlich zu ihrer Zufriedenheit saß: »Schau mal! Wie steht mir das?«

Lion blickte zunächst auf das lächelnde Gesicht von Jackie, dann auf das neue Kleid, das ihr perfekt stand:

»Zum Verlieben schön! Also ehrlich, du hast Geschmack! Aber, dass du dir ausgerechnet ein Kleid angezogen hast und keine Hose ...«

»Na, als ich bei meinen Entführern war, konnte ich nur mit ausgefransten Jeans und billigen T-Shirts herumlaufen. Ich habe das Tragen von Jeans satt und mir deshalb ein Kleid zugelegt.«

»In Berlin können wir gerne noch mehr für dich kaufen. Und mit dem Geld in dem Umschlag kommen wir, ohne sparen zu müssen, sicher mehrere Monate über die Runden.«

»Mehrere Monate! Ich hoffe, wir sind nicht darauf angewiesen. Weißt du, wir ...«

Lion unterbrach sie: »Hey! Was ist denn das für ein Idiot?«

Ein schwarzer Ford überholte sie mit hohem Tempo, und zwar direkt vor einer unübersichtlichen Kurve.

»Hast du das gesehen, Jackie? Das war Kamikaze. Zum Glück kam da niemand entgegen!«

Jackie nickte: »Der hat es eilig!«

»Solchen Leuten sollte man den Führerschein abn...«

Er stockte, nachdem sie selbst um die Kurve gefahren waren, weil der Fahrer seinen Ford etwa dreißig Meter hinter der Biegung am Rand geparkt hatte, ausgestiegen war, sich in diesem Augenblick mitten auf die Straße neben sein Fahrzeug stellte und in ihre Richtung schaute. Dann zückte er eine Waffe und zielte damit auf die Windschutzscheibe von Lions und Jackies Fahrzeug.

Lion riss vor Schreck das Lenkrad herum – das Fahrzeug machte sofort einen Schlenker und drohte, gegen die Felswand zu krachen. Mit einer Vollbremsung konnte er das aber gerade noch verhindern.

Schon splitterte Glas neben ihnen – der rechte Seitenspiegel ging, von einer Kugel getroffen, zu Bruch. Nur eine Sekunde später krachte ein weiteres Geschoss in die Felswand neben ihnen und prallte dort seitwärts ab.

»Der schießt auf uns!«, kreischte Jackie hysterisch.

Lion reagierte blitzschnell, schaltete so hart in den Rückwärtsgang, dass die Kupplung krachte, und fuhr den Golf mit Vollgas wieder rückwärts um die Kurve herum, um die Felswand zwischen sich und den Angreifer zu bringen. Währenddessen schlug ein drittes Geschoss direkt über ihnen in den Felsen ein und verfehlte sie erneut nur knapp. Ein paar kleine zersplitterte Steine prasselten auf das Fahrzeugdach, ohne einen nennenswerten Schaden anzurichten.

Hinter der Kurve riss Lion sofort mit voller Wucht den Lenker herum. Durch einen gut kombinierten Einsatz von Bremsen und Lenkrad schaffte er es, das Fahrzeug hundertachtzig Grad um die eigene Achse in die entgegengesetzte Fahrtrichtung zu drehen.

Ohne Rücksicht auf das Getriebe zu nehmen, schaltete er abrupt in den Vorwärtsgang, gab Vollgas und jagte die Straße Richtung Zernez zurück.

»Warum schießt der auf uns?«, jammerte Jackie entsetzt.

Lion schaute kurz in den Rückspiegel, dann sofort wieder nach vorne, denn das hohe Tempo forderte absolute Konzentration von ihm.

»Keine Ahnung!«

»Will der uns umbringen?«

Er hatte darauf keine Antwort und drückte das Gaspedal durch.

Jackie schaute nach hinten, dann wieder zu Lion.

»Ich sehe ihn nicht mehr. Wo fahren wir denn jetzt hin?«

»Keine Ahnung – bloß weg von hier! Schau bitte noch einmal zurück. Ich vermute, dass er gleich um die Kurve kommt.«

Jackie blickte erneut nach hinten.

»Tatsächlich! Da ist er. Du musst schneller fahren!«

Lion schaute auf seinen Tachometer.

»Ich fahre schon hundertsechzig! Zum Glück haben wir einen starken Motor.«

»Wer ist der Typ?«

Lion antwortete nicht, sondern konzentrierte sich auf die Straße.

»Da vorne ist das Ortschild von Zernez!«

Lion raste fast ungebremst in die Ortschaft hinein, musste dann aber etwas langsamer fahren. Nur mühsam gelang es ihm, den Wagen auf der Straße zu halten – zum Glück kam ihm niemand entgegen. Sie erreichten eine Abzweigung. Lion trat auf die Bremse, traf eine blitzschnelle Entscheidung und bog links ab.

»Vorhin sind wir von rechts gekommen!«, stellte Jackie fest.

»Das habe ich auch gerade gemerkt!«, stöhnte Lion. »Aber jetzt ist es zu spät, um umzukehren.«

Er gab wieder Gas und folgte der Straße den Ort hinaus.

»Oh nein! Hier geht es einen Alpenpass hinauf.«

Jackie las ein Schild, an dem sie vorbeirasten.

»Da steht ›Ofenpass geöffnet‹ drauf! Das kann ja heiter werden!«

Dann schaute sie erneut zurück und sah zu ihrem Entsetzen, dass der Ford direkt hinter ihnen war.

»Du musst schneller fahren! Der Kerl sitzt uns auf der Pelle!«

Lion antwortete nicht, sondern trat das Gaspedal bis zum Anschlag durch. Im Nu beschleunigte er das Fahrzeug auf weit über hundert Stundenkilometer, musste aber sofort wieder vor einer Kurve stark bremsen und diese so scharf nehmen, dass Jackie das Gefühl hatte, abzuheben.

Lion holte alles aus dem Fahrzeug heraus, was möglich war, aber ihr Verfolger ließ sich davon nicht beeindrucken und blieb ganz eng dran. Vor einer Serpentine, einer bei diesem halsbrecherischen Tempo nur schwer zu nehmenden Doppelkurve, rammte der Ford von hinten ihr Fahrzeug.

Nur mit Mühe und Not gelang es Lion, den Golf auf der Straße zu halten. Aber er schaffte es.

Es ging in einem Wahnsinnstempo weiter, immer höher hinauf. Durch den PS-starken Motor gelang es Lion, sich etwas von ihrem Verfolger abzusetzen.

»So lange es nach oben geht, sind wir dem Ford gegenüber im Vorteil!«

»Es geht aber nicht weiter nach oben, wir haben gerade die Passhöhe erreicht!«, rief Jackie aufgeregt.

»Das war nicht die Passhöhe!«, korrigierte sie Lion.

»Aber es geht runter! Und schau, er kommt uns schon wieder ganz nahe!«

Über mehrere Kurven hinweg ging es den Berg hinab – Lion gab sich alle Mühe, das Fahrzeug auf der Straße zu halten. Plötzlich kam ihnen ein Fahrzeug entgegen. Lion schaffte es im letzten Augenblick, ihm auszuweichen. Völlig geschockt trat der Fahrer auf die Bremse, was ihn auf die Gegenfahrbahn brachte.

Der Ford musste dem auf seiner Seite entgegenkommenden Volvo auf die linke Spur ausweichen und rammte dort seitlich an einen Felsen, der starke Schäden am Fahrzeug verursachte.

Ein weiteres Fahrzeug kam ihm entgegen und musste eine Vollbremsung hinlegen, um den Ford nicht zu rammen. Auch der Ford stoppte kurz, kehrte dann aber zurück auf die richtige Fahrspur und nahm die Verfolgung wieder auf. Durch diesen Zwischenfall gelang es Lion, mehrere hundert Meter Distanz zwischen sich und ihrem Verfolger aufzubauen.

Die Bergstraße führte an einem Hang entlang hoch über einem im Tal liegenden kleinen See und ging anschließend abwärts. Nachdem sie eine lange Linkskurve durchfahren hatten, schrie Jackie auf:

»Bremsen! Da vorne stehen Fahrzeuge auf der Straße!«

Lion drosselte das Tempo und fuhr auf der linken Spur an den wartenden Autos vorbei.

»Die wollen in den Tunnel, der rechts durch den Berg hindurch nach Livigno führt!«, erklärte ihr Lion, der sich die Gegend vor ihrem Abenteuer intensiv auf der Karte seines Onkels angeschaut hatte.

»Du hast recht – da ist tatsächlich ein Tunnel, der wahrscheinlich nur eine Fahrspur hat. Deshalb auch die rote Ampel und die wartenden Autos.«

Nachdem sie an der Fahrzeugschlange vorbeigefahren waren, ging es erneut leicht den Berg hinauf. Nach mehreren schwierig zu nehmenden Kurven tat sich eine atemberaubende Landschaft auf.

Eine Hochebene lag vor ihnen, über die eine teilweise schnurgerade Straße zu einem weit entfernten Alpenpass führte, rechts und links von einem wilden Nadelwald flankiert und von hohen Bergen umrahmt.

»Wow, was für eine Straße!«, rief Lion beeindruckt, der sich aber weniger über die schöne Landschaft freute als vielmehr über die Möglichkeit, das Fahrzeug für kurze Zeit auf knapp zweihundert Stundenkilometer beschleunigen zu können, um vor der nächsten Kurve sofort wieder zu bremsen.

Lion überholte mehrere Fahrzeuge, deren Fahrer vor Schreck laut zu Hupen anfingen, aber er beachtete sie nicht weiter.

Stattdessen staunte er über Jackie, der das hohe Tempo anscheinend nichts auszumachen schien; nein, sie hatte sogar einen Blick für die bezaubernde Landschaft.

»Wow! Ist das toll hier!«

Jackie überraschte Lion immer wieder mit ihren Reaktionen. Sie hatte die Begabung, Dinge, die bedrohlich waren und die sie nicht ändern konnte, einfach auszublenden und sich stattdessen Nebensächlichkeiten zuzuwenden und sich im größten Trubel über Kleinigkeiten zu freuen. Das war ihre ganz eigene persönliche Art, mit Stresssituationen fertig zu werden.

Lion musste unwillkürlich grinsen.

»Nur dass wir hier auf knapp 2 000 Meter Höhe mitten in den Alpen auf der Flucht sind, stört die Schönheit. Kannst du mal schnell zurückschauen, wo unser Verfolger ist?«

»Klar!«

Jackie drehte sich um und sah den Ford nicht mehr.

»Den haben wir abgehängt! Ich vermute mal, dass sein Fahrzeug dieses Tempo nicht mithalten kann.«

»Wir sollten uns nicht zu früh freuen!«, entgegnete Lion. »Schau, dort vorne wird die Straße wieder kurviger und steiler; es ist der letzte Anstieg, der zum Ofenpass hinaufführt! Danach geht es wieder abwärts und wir verlieren den Vorteil der guten Motorleistung. Der Typ fährt wie ein Rennfahrer – der hat uns schnell wieder eingeholt.«

Die Straße führte in eine scharfe Rechtskurve und danach an einem seitlich steil abfallenden Hang hinauf zur 2 149 Meter hoch gelegenen Passhöhe.

Oben angekommen, musste Lion plötzlich abbremsen, weil sich eine Fußgängergruppe auf der Straße befand und sich gleich mehrere Fahrzeuge einen freien Parkplatz suchten, wodurch die Straße blockiert war.

»So ein Mist«, rief Lion ungeduldig »jetzt verlieren wir unseren Vorsprung!«

Sie mussten anhalten und warten, bis sich die Fahrzeuge sortiert und die Fußgänger die Straße verlassen hatten.

Endlich konnten sie weiterfahren, und es ging auf der anderen Seite der Passhöhe in hohem Tempo steil den Berg hinunter. Zu seinem Entsetzen sah er im Rückspiegel, dass auch der Ford soeben die Passhöhe erreicht hatte und wieder die Verfolgung aufnahm. Wie er vorausgesagt hatte, dauerte es nicht lange, bis er sie eingeholt hatte.

Sie rasten die kurvige Passstraße hinunter, der Ford dicht hinter ihnen. Direkt vor einer scharfen Linkskurve rammte er sie von hinten, sodass Lion für kurze Zeit die Kontrolle über das Fahrzeug verlor und ins Schleudern geriet. Wie durch ein Wunder gelang es ihm aber, auf der Fahrbahn zu bleiben.

»Der Kerl ist wahnsinnig!«, schrie Jackie aufgebracht.

Beide Fahrzeuge pesten die Straße hinunter, als ob es eine Autobahn wäre. Der Ford fiel leicht zurück, wahrscheinlich, um einen neuen Anlauf zu nehmen, Jackie und Lion ein weiteres Mal zu rammen. Nach etwa achthundert Metern sahen sie eine scharfe Serpentinen-Kurve vor sich. Der Ford kam jetzt in einem Wahnsinnstempo auf sie zu. Ein Crash schien unvermeidlich. Vor allem war Lion klar, was ihr Widersacher vorhatte: Er wollte ihr Fahrzeug über die Serpentine in den Abgrund schieben, der direkt vor ihnen lag.

Lion reagierte blitzschnell, zog das Fahrzeug abrupt auf die Gegenspur, machte eine Vollbremsung und ließ den Ford rechts an sich vorbeiziehen.

Der Fahrer des Fords war von diesem Manöver so überrascht, dass er für eine Sekunde nicht auf die Straße schaute. Und dann war es zu spät für ihn: Der Ford raste geradeaus über die Böschung hinweg, rammte links seitlich einen Felsen und rechts die Leitplanke, die dem Ford auf beiden Seiten die Kotflügel wegriss und stürzte durch die Lücke zwischen Felswand und Leitplanke in die Tiefe.

Lion geriet ins Schleudern, konnte das Fahrzeug aber im letzten Augenblick in die Rechtskurve hineinziehen und kam zum Stehen.

Völlig geschockt starrten sie auf die Böschung, über die soeben der Ford hinweggerast war, unfähig zu realisieren, was gerade geschehen war. Jackie fasste sich nach einigen Augenblicken als Erste und flüsterte: »Der ist den Abgrund hinuntergestürzt, Lion. Er ist, ... er ist einfach weg.«

Entsetzt schaute sie zu Lion hinüber: »Ist er ... tot?«

Lion, der völlig fertig seinen Kopf aufs Lenkrad gelegt hatte, lehnte sich zurück in den Fahrersitz.

»Ich weiß es nicht. Vermutlich schon.«

Jackie packte ihn an der Schulter.

»Komm! Wir gehen raus und schauen nach.«

Beide stiegen mit zitternden Knien aus und verließen das Fahrzeug. Vorsichtig, nicht in der Lage zu verstehen, was gerade passiert war, gingen sie auf die Leitplanke zu, hinter der sich der Abgrund befand, und schauten hinunter.

Vierzig Meter unter ihnen sahen sie den Ford. Oder vielmehr das, was von ihm übrig geblieben war.

Ein völlig zerstörtes, brennendes Fahrzeugwrack.

KAPITEL 13

Bundesstaat Colorado – 07:45 Uhr

Ein Polizeifahrzeug hielt vor dem ausgebrannten Blockhaus am idyllisch gelegenen Bergsee. Zwei Männer stiegen aus. Einer von ihnen war Ben Coleman, der seit Jahrzehnten für dieses Gebiet zuständige Sheriff persönlich, der andere sein Sohn, Simon Coleman, der erst frisch aus der Polizei-Akademie gekommen war und in die Fußstapfen seines Vaters treten wollte.

Gemeinsam begutachteten sie das Werk der Zerstörung und Simon schüttelte verständnislos den Kopf.

»Vom Blockhaus ist ja fast nichts übrig geblieben! Wie ist so etwas möglich?«

»Schwer zu sagen. Aber es war komplett aus Holz, das brennt wie Zunder, wenn es erst einmal Feuer gefangen hat.«

Simon trat näher heran und schaute ins verkohlte Innere:

»Ob es wohl Tote gegeben hat?«

»Das wird das Spezialteam klären, das ich angefordert habe. Sie haben mir versprochen, spätestens in einer halben Stunde hier zu sein.«

Simon schüttelte erneut den Kopf. Diesmal ungläubig.

»Wie hast du das so schnell hingekriegt? Normalerweise tun sich diese Spezialisten doch eher schwer, hierher in die Berge zu kommen.«

»Weiß ich nicht - irgendwie ging diesmal alles viel schneller. Vor allem werden sie aus Denver per Hubschrauber extra eingeflogen. So etwas habe ich in meinen über dreißig Jahren als Sheriff noch nie erlebt. Komisch ist auch, dass mir der Brand durch einen anonymen Anrufer gemeldet wurde.«

Der Sheriff drehte sich um und warf einen Blick auf Davids VW-Käfer, der etwa zwanzig Meter von der Hütte entfernt abgestellt und abgesehen von zerplatzten Scheiben und einer dicken Rußschicht unbeschädigt war.

»Und es gibt für mich noch ein weiteres Rätsel in der Sache: Wem gehört diese Karre dort? Den Besitzer des Blockhauses kenne ich. Das ist ein Geschäftsmann aus Denver, Larry O'Neill. Er ist gerade mit seiner Frau zusammen für längere Zeit geschäftlich in Asien unterwegs. Er hat dieses Holzhaus hier geliebt und es immer ›seine alte Blockhütte‹ genannt, obwohl es von der Größe her ja eigentlich eher ein recht komfortables Haus als eine Hütte war. Der würde niemals einen VW Käfer wie diesen fahren. Er schwört auf große PS-starke amerikanische Autos und hasst solche Blechbüchsen wie diese. Wem also gehört dieses Fahrzeug?«

»Vielleicht einem Feriengast?«

»Quatsch, das kann man wohl ausschließen. O'Neill würde sein Blockhaus an niemanden weitervermieten, vor allem nicht an Leute, die es nötig haben, so ein Auto zu fahren.«

»Also ich finde deutsche Autos gar nicht mal so schlecht, und dieser Käfer gefällt mir tota...«

Der Sheriff unterbrach seinen Sohn abrupt:

»Klappe halten, sonst wirst du mir unsympathisch! Die Deutschen stehlen uns mit dem Verkauf ihrer Autos die Arbeitsplätze. Komm, wir schauen uns die Karre mal genauer an. Vielleicht finden wir Anhaltspunkte über den Besitzer.«

Die beiden marschierten zum VW-Käfer und stellten fest, dass die Türen unverschlossen waren.

Der Sheriff blickte erwartungsvoll zu seinem Sohn:

»Jetzt kannst du mal deinen Spürsinn als Polizist unter Beweis stellen. Du bist dran!«

Simon grinste.

»Also, das Auto ist vollgestopft mit Werkzeugen. Muss sich um einen Handwerker handeln, der wahrscheinlich Reparaturarbeiten am Haus ausführen sollte.«

»Okay, und weiter?«

Simon öffnete das Handschuhfach und fand zwei Ausweise.

»David Grand und Leandro Bugatti. Bingo! Wir haben es hier also mit zwei Personen zu tun, die sich aller Wahrscheinlichkeit nach während des Brandes im Haus aufgehalten haben.«

»Und warum?«

»Sonst würde das Fahrzeug nicht mehr hier stehen und auf seinen Besitzer warten.«

Der Sheriff griff zum Telefon.

»Hallo Laura – vermutlich sind bei dem Brand von O'Neills Blockhütte zwei Menschen ums Leben gekommen. Kannst du mal etwas über folgende Personen herausfinden?«

Auf der anderen Seite blockte Laura ab. »Ben, ich sehe gerade im System eine Order hereinkommen, dass wir uns aus der Sache heraushalten sollen. Die Spezialisten aus Denver werden den Fall komplett übernehmen.«

* * *

Ein paar Stunden später wurden die von Sam platzierten Zähne von Gilbert Winters Expertenteam gefunden und anschließend zur Identifizierung herangezogen. Noch am gleichen Tag wurde die traurige Mitteilung an die Lokalpresse herausgegeben, dass Leandro Bugatti und David Grand beim Brand eines Blockhauses im Rocky Mountains National Forest ums Leben gekommen waren. Als Brandursache wurde ein Defekt an einem Gastank angegeben, der zur Explosion und völligen Zerstörung des Hauses geführt habe.

* * *

Ofenpass – Schweiz

Jackie starrte mit flauem Gefühl auf das brennende Autowrack.

»Also, wenn es nach unserem Verfolger gegangen wäre, wären wir jetzt tot und würden dort liegen.«

Lion nickte.

»Das war Bewahrung - anders kann ich das nicht ausdrücken. Wir können Gott echt dankbar sein.«

»Ja, aber da war meiner Meinung nach auch dein fahrerisches Können mit im Spiel, dass wir jetzt noch am Leben sind. Wo hast du bloß gelernt, so gut Auto zu fahren? Das war voll der Hammer! Du kannst noch nicht lange den Führerschein haben und fährst trotzdem wie ein erfahrener Rennfahrer.«

»Danke fürs Kompliment! Ich bin in Texas, also in Amerika aufgewachsen. Mein Vater besitzt, so lange ich denken kann, eine Kartbahn, auf der ich schon als Fünfjähriger trainieren durfte. Und als ich zwölf war, hat er mich bereits seine Autos und Motorräder fahren lassen.«

»Warst du zum Autofahren nicht viel zu jung?«

»Na ja, mein Vater hat das mit den Vorschriften nie so genau genommen - und weil ich mit meinem Fuß nicht ganz das Gaspedal und die Bremse durchtreten konnte, hatte er ein paar originelle Einfälle, die mir da weiterhalfen. Aber lassen wir das. Wir sollten zusehen, dass wir von hier wegkommen, bevor jemand das brennende Auto bemerkt und uns damit in Verbindung bringt.«

Jackie und Lion gingen, mit immer noch wackeligen Knien, zu ihrem Fahrzeug zurück, stiegen ein, schnallten sich an und atmeten fast gleichzeitig tief ein.

»Wie geht es jetzt weiter?«, fragte Jackie gespannt.

»Wir müssen unser Fahrzeug loswerden.«

»Warum das?«

»Die Tatsache, dass uns dieser Killer - oder wie soll ich ihn sonst nennen - bereits kurz hinter Zernez auflauern konnte, spricht für mich Bände.«

»Was meinst du?«

»Trotz unserer Bemühungen - und damit meine ich die Bemühungen meines Onkels und mir, nicht geortet werden zu können – haben die uns aufgespürt.«

»Die Kreditkarte in St. Moritz?« Jackie realisierte langsam, was sie da unbeabsichtigt angerichtet hatte, und schluckte schwer.

»Vermutlich. Anders kann ich es mir nicht erklären. Außerdem wissen die jetzt, was für ein Auto wir fahren. Und nachdem der auf uns angesetzte Killer tot ist, haben wir wahrscheinlich nur eine kurze Verschnaufpause. Deshalb müssen wir ganz schnell das Auto loswerden.«

»In Innsbruck wird es sicherlich eine Autovermietung geben, wo wir den Golf abgeben können.«

»Ja, aber wenn wir das machen, können wir ihnen gleich eine Einladung schicken, uns umzubringen.« Lion hatte große Mühe, nicht sarkastisch zu werden. »Wenn ich die wäre, würde ich die direkte Strecke Richtung Innsbruck überwachen und uns erneut irgendwo abpassen.«

»Also ist ein azyklisches Verhalten angesagt.«

»Das Wort kenne ich nicht. Was meinst du damit, Jackie?«

»Nicht einem Zyklus folgend – also ein nicht vorausberechenbares Verhalten.«

»Genau! Wir müssen genau das machen, was unsere Gegner eben nicht erwarten.«

Jackie nahm sofort Lions Smartphone in die Hand und suchte nach einer Autovermietung in der Nähe.

»Hier ist ein Treffer in Südtirol – und zwar in Meran. Dort könnten wir das Auto zurückgeben. Aber die sind doch auch nicht blöd und überwachen vielleicht die Rückgabestationen. Und sobald wir es dort abgeben, wissen sie sofort wieder, wo wir sind.«

»Ja, das ist das Problem! Keine Ahnung, wie es weitergeht. Wir sollten erst einmal weiterfahren. Vielleicht fällt uns unterwegs noch etwas anderes ein.«

Nach erneuter Überquerung der Grenze, diesmal von der Schweiz nach Italien zurück, bei der sie glücklicherweise wieder nicht kontrolliert wurden, erreichten sie eine knappe halbe Stunde später Glurns, eine mittelalterliche Kleinstadt in Südtirol, die komplett von einer Stadtmauer umgeben war.

»Was machen wir nun?«, wollte Lion wissen. »Fahren wir jetzt rechts nach Meran und geben dort das Auto ab, oder behalten wir es und fahren links über den Reschenpass nach Österreich?«

»Keins von beiden!«, lächelte Jackie. »Denk doch mal logisch: Warum sollten wir das Fahrzeug in unserer Situation bei einer Autovermietung abgeben? Und mit dem Golf weiterfahren ist auch zu gefährlich, da wir so ganz leicht aufzuspüren sind.«

»Und? Was ist dein Vorschlag?«

»Wir stellen den Golf jetzt am Straßenrand ab und schlagen uns als Tramper nach München durch. Hier sind so viele Urlauber auf der Rückreise nach Deutschland unterwegs, teilweise mit Wohnmobilen, da sollte so etwas doch kein Problem sein, oder? Und wenn wir in Sicherheit sind, machen wir eine anonyme Meldung an die Autovermietung, wo sie den Wagen abholen können – die Rückführungskosten trägt sowieso dein Onkel. Na, was hältst du von dem Vorschlag?«

»Klingt logisch. Ich bin dabei.«

Kurze Zeit später stellten sie das Auto an einer Stelle ab, wo es nicht gleich auffiel, nahmen ihre Rucksäcke mit und machten sich auf die Suche nach einer Mitfahrgelegenheit.

Lion schaute Jackie ratlos an. »Also wenn ich ehrlich bin – ich bin noch nie in meinem Leben getrampt. Weiß gar nicht, wie ich so etwas anfangen soll?«

Jackie kicherte amüsiert.

»Na dann komm doch einfach mit und lerne von mir.«

* * *

Gilbert Winter las die heiß ersehnte Nachricht von seinem Spezialteam aus Denver auf dem Smartphone und grinste hämisch. Wenigstens hatten seine Leute in Colorado die Sache im Griff, ganz im Gegensatz zu denen am Comer See. Die hatten soeben einen wertvollen Mann verloren und damit auch die Spur zu Jacqueline und diesem geheimnisvollen Lion Daniels.

Jacqueline Arielle Bordeaux – er hatte viel in sie investiert. Sie war die Schlüsselfigur für den Erfolg des Como-Projekts, aber nur, solange man sie unter Kontrolle hatte.

Jetzt war sie zur potenziellen Bedrohung geworden. Die Anordnung ihrer Eliminierung war deshalb richtig gewesen. Dieser Lion Daniels hatte alles zerstört.

Doch mit den Ressourcen, die ihnen das TIER bot, würden sie die beiden Flüchtigen schon bald haben.

Das TIER war der Deckname für das wohl leistungsstärkste Computersystem-Netzwerk der Welt, das so leistungsfähig und gut vernetzt war, dass es selbst die Überwachungsmöglichkeiten der NSA in den Schatten stellte. Und sie hatten bisher erst ein paar Bruchteile dieser Möglichkeiten genutzt.

»Lion Daniels, zieh dich warm an!«

* * *

Colorado – 09:00 Uhr

In der Einsiedlerhütte saßen drei Männer beim Frühstück. Der Gastgeber hatte einen starken Kaffee gebraut, ein Fladenbrot vom Vortag aufgetischt und dazu die Überreste des leckeren Bärenfleisches, ebenfalls vom Vortag, am Feuer neu aufgewärmt.

»Ich habe eure Zähne und die Bärenknochen so inszeniert, dass auch die begabtesten Experten darauf reinfallen müssen.«

Leandro schaute ihn skeptisch an.

»Na, du hast ja ein Selbstbewusstsein! Ich kann mir nicht vorstellen, dass man ausgebildete Fachleute der Forensik mit so einem einfachen Trick wie Zähnen und Bärenknochen hinters Licht führen kann.«

»Es war früher mal mein Geschäft, andere zu täuschen. Und glaub mir, ich weiß, wovon ich spreche.«

»Vielleicht kannst du uns mal etwas über deine mysteriöse Vergangenheit erzählen.«, meinte David neugierig.

»Na gut«, flüsterte der Alte geheimnisvoll. »Nachdem ich jetzt in eurem Schlamassel mit drinstecke, erzähle ich's euch. Ich habe früher als Dienstleister für verschiedene Geheimdienste gearbeitet. Und wie schon gesagt – eine meiner Aufgaben war es, zu täuschen und zu tarnen.«

»Kannst du uns das mal genauer erklären, Sam?«, fragte David nach.

»Ich war der Chef eines sogenannten Aufräumdienstes, der von Geheimdiensten wie der CIA, dem Mossad, dem MI5 und auch anderen gerne genutzt wurde. Wenn irgendwo ein Zwischenfall war, bei dem es unerwünschte Folgen, also zum Beispiel ein Blutbad gegeben hatte, wurde ich angeheuert, die Aufräumaktion zu koordinieren und ein Aufräumteam an den Tatort zu lotsen. Bei komplizierten Angelegenheiten war ich meist selbst vor Ort.«

»Was genau meinst du mit Aufräumen?«, erkundigte sich David.

»Leichen abtransportieren und Spuren verwischen, und zwar so, dass niemand hinterher einen Anhaltspunkt finden konnte, was am Tatort passiert war. Ich kann mich noch genau an einen Fall erinnern, als es eine Auseinandersetzung zwischen zwei rivalisierenden Geheimdiensten gegeben hatte und dabei ein erst kurz zuvor frisch renoviertes Hotelzimmer komplett zerstört wurde. Mein Aufräumdienst hat in Nullkommanix die Leichen abtransportiert, jegliche Blutspuren entfernt, alle Einschusslöcher beseitigt und das Zimmer komplett renoviert, sodass es wie neu ausgesehen hat. Die Hotelangestellten haben von dieser Aktion nichts mitbekommen.«

Leandro und David klappte der Unterkiefer herunter.

»Total verrückt! Und weiter?«

»Zu meinem Repertoire gehörte neben dem Aufräumen aber auch, Tatorte im Nachhinein so zu inszenieren, dass zum Beispiel ein vom Geheimdienst ausgeführter Auftragsmord wie ein Unfall aussah. Kleinigkeiten, oft unwichtig erscheinende Details, spielen da manchmal eine große Rolle. Wenn ich also sage, dass der Tatort unten am See ›gut präpariert ist‹, könnt ihr mir absolut vertrauen, dass auch die begabtesten Experten auf meine Täuschung hereinfallen werden.«

»Und wie lange hast du diese ... ähm Arbeit gemacht?«, wollte Leandro wissen.

Der Alte grinste verschmitzt.

»Drecksarbeit wolltest du wohl sagen? Ja, es war wirklich eine Arbeit, die ich niemandem wünsche. Mir hat es anfangs sogar noch Spaß gemacht, aber je mehr ich in die dunkle Welt der Geheimdienste Einblick bekam, umso mehr verabscheute ich diese Schattenwelt, in der es kein Gesetz zu geben scheint.«

Die Erinnerung brachte ihn zum Seufzen.

»Mein Problem war, dass ich zu viel wusste und deshalb selbst in Gefahr stand, von führenden Geheimdienstleuten, die sich zu weit aus dem Fenster gelehnt hatten und deshalb Panik bekamen, aus dem Weg geräumt zu werden. Solange ich meinen Auftraggebern nützlich war, hatte ich zwar noch gewisse Garantien, am Leben zu bleiben. Aber je älter ich wurde, desto größer wurde die Wahrscheinlichkeit, dass dieser Nutzen irgendwann infrage gestellt wird.«

David schaute Sam mit großen Augen an.

»Und deshalb hast du dich rechtzeitig aus dem Staub gemacht und bist hier in den Bergen als Einsiedler gelandet, den niemand kennt.«

Der Alte lachte.

»Ja, aber erst nachdem ich meinen eigenen Tod inszeniert hatte. Mein Grabstein steht übrigens in Los Angeles auf einem wohlgepflegten Friedhof.«

»Hast du die Sache alleine durchziehen können?«

»Natürlich nicht! Hilfe habe ich von einem Freund beim Mossad bekommen, der genauso über das Geheimdienstgeschäft dachte wie ich, im Gegensatz zu mir aber ohne Probleme aussteigen konnte. Ja, die Israelis sind so ein Völkchen für sich; von der ganzen Welt gehasst. Vielleicht haben sie deshalb auch weniger Probleme damit, dass Ex-Agenten zu Verrätern oder Überläufern werden. Einmal Mossad, immer Mossad, so sagt man. Ich glaube, die halten einfach besser zusammen.«

»Hast du noch Kontakt zu ihm?«

»Ja, ab und zu schreiben wir uns über eine sichere Satellitenleitung – etwas anderes als ein Satellitentelefon funktioniert ja hier oben auch nicht.«

Der Alte schürte das Feuer und starrte eine Weile hinein, bevor er sich wieder an seine Gäste wandte.

»Und, habt ihr schon eine Idee, wie es bei euch weitergeht, nachdem ihr jetzt tot seid?«

Leandro zuckte mit den Schultern.

»Wir müssen untertauchen – brauchen vielleicht neue Identitäten. Das Problem ist, dass man niemandem trauen kann. Die Organisation, für die ich gearbeitet habe, ist bestens vernetzt und hat Kontakte zur CIA, zur NSA, zum FBI und zu verschiedenen Geheimdiensten in anderen Ländern. Ich habe den Eindruck, dass mein Ex-Chef, dieser Gilbert Winter, oder wer auch sonst diese einflussreiche Organisation anführt, überall seine Leute hat. Ich kann also nicht einfach zum FBI laufen und mich ins Zeugenschutzprogramm aufnehmen lassen.«

Er schüttelte mit dem Kopf.

»Das funktioniert nicht! Erstens habe ich ja keinerlei Beweise mehr für das, was ich euch erzählt habe, und zweitens muss ich damit rechnen, dass ein Informant beim FBI oder bei der Polizei dafür sorgt, dass die Organisation mich aufspürt und ausschaltet.«

Der Alte seufzte.

»Mein Freund wüsste jetzt, was zu tun ist!«

»Meinst du den Mann vom Mossad?«, fragte David nach.

»Ja, den Ex-Agenten vom Mossad, von dem ich euch erzählt habe, der auch mir dabei geholfen hat, unterzutauchen. Dem kann man trauen.«

»Vielleicht könntest du uns ja mit diesem Freund zusammenbringen?«

»Warum nicht? Versuchen kann ich es zumindest.«

Leandro fasste den Alten am Arm.

»Da wäre ich dir sehr dankbar – vielleicht ist das meine – oder unsere – einzige Chance!«

»Wie heißt er denn, wenn ich mal fragen darf?«, wollte David wissen.

Der Alte schaute David und Leandro geheimnisvoll und mit festem Blick in die Augen.

»Ariel! Ariel Goldberg.«

KAPITEL 14

München – 22:00 Uhr

»Und vielen Dank noch für die Mitfahrgelegenheit!«, riefen Jackie und Lion dem Rentnerehepaar zu, das sie mit seinem Wohnmobil von Südtirol nach München mitgenommen hatte.

»Keine Ursache! Hat uns gefreut, dass ihr uns Gesellschaft geleistet habt. Dort vorne ist die S-Bahn-Station! Euch noch eine gute Reise!«

»Ihnen auch!«

Lion und Jackie schwangen ihre Rucksäcke auf den Rücken und liefen im Eiltempo zur S-Bahn-Station.

»Wir müssen uns beeilen, Jackie! In knapp fünf Minuten fährt die S-Bahn zum Münchener Hauptbahnhof.«

»Und was machen wir dort?«

»In einen Nachtzug einsteigen!«, erwiderte Lion.

»Ich dachte, wir würden im Hotel übernachten!«

»Nein, in einem Hotel müssen wir unsere Ausweise zeigen! Das fällt flach!«

»Schade!« Jackie stöhnte. »Ich bin total fertig und könnte ein Bett gut gebrauchen!«

»Ich auch, aber wir müssen weiter!«

Nach kurzer Zeit sahen sie die S-Bahn-Station vor sich. Der Zug fuhr soeben ein.

»Da kommt sie schon!«, schnaufte Lion. »Sie hält! Los, wir müssen auf den Bahnsteig!«

Lion rannte voraus auf den Bahnsteig und schaffte es so gerade eben noch, die Tür zu blockieren, bevor sie geschlossen wurde.

»Bitte Türen freimachen!«, schallte es durch den Lautsprecher.

Lion ignorierte die Aufforderung und hielt die Tür so lange offen, bis Jackie auch da war. Dann erst gab er die Tür frei und die S-Bahn fuhr ab in Richtung München.

»Das war knapp!«, pustete Lion. »Du hast extra langsam gemacht, oder?«

Jackie war noch außer Atem und schnaufte ärgerlich:

»Klar, wollte noch gemütlich einen Kaffee trinken und ein Stückchen Torte essen!«

Sie setzten sich auf eine Sitzbank. Ihnen gegenüber saß ein Jugendlicher, der auf seinem Smartphone herumspielte.

Keiner der beiden bemerkte, dass das TIER, das die Kamera des Smartphones kontrollierte, in diesem Augenblick ein Foto an den Zentralcomputer sendete und dort die biometrischen Erkennungsmerkmale ihrer Gesichter mit den gespeicherten Daten des Zentralcomputers abglich.

* * *

»Das TIER hat gerade einen Treffer verzeichnet!«

Jill schaute Martinez aufgeregt und fragend zugleich an: »Wo?«

»In einer S-Bahn in München. Die fährt in zwei Minuten im Hauptbahnhof ein! Vermutlich werden die beiden dort aussteigen. Ich vermute mal, sie werden von dort aus gleich weiterreisen und schnell in einen Fernzug umsteigen.«

Die Finnin ballte die Faust.

»Haben wir ein Team in der Nähe?«

»Ja, aber keine Chance für einen Zugriff! Unser Team kann frühestens in einer halben Stunde dort sein. Da können sie den Bahnhof längst wieder verlassen haben.«

»Dann will ich alle im Hauptbahnhof verfügbaren Kameras auf dem Schirm haben, und zwar sofort! Wir müssen wissen, wo sie hingehen!«

Die Finnin drehte sich zu Arturo um.

»Ich will in einer Minute das komplette Überwachungsteam hier im Raum haben! Wir dürfen sie nicht wieder verlieren!«, rief sie mit strengem Ton.

* * *

Jackie und Lion verließen die S-Bahn. Draußen verriet Lion endlich seine Pläne.

»Wir nehmen einen Nachtzug Richtung Hamburg. Er fährt in zwanzig Minuten von Gleis 14.«

»Das kann ja heiter werden! Ich bin völlig fertig und brauche ein Bett!«

»Na, vielleicht haben wir Glück und kriegen noch einen Schlaf- oder Liegewagen!«

Sie erreichten das Gleis und Jackie schaute sofort auf ein Hinweisschild.

»Hast du schon reserviert?«

»Nein!«

»Dort steht aber ›reservierungspflichtig‹!«

»Das bezieht sich nur auf die Mitnahme von Fahrrädern – los, in den Zug!

* * *

Nachdem sie den Zug betreten hatten, suchten Lion und Jackie sofort den Zugbegleiter auf.

»Jackie, setz dich hier auf den Platz und lehn dich erst einmal zurück. Ich besorge mal schnell bei diesem Schaffner zwei Fahrkarten und gebe ihm ein saftiges Trinkgeld, wenn er uns irgendetwas zum Liegen gibt.«

»Du meinst einen Platz in einem Schlaf- oder Liegewagen?«

»Genau! Lass mich nur machen.«

Die Sache mit dem Liegewagen gestaltete sich dann aber schwieriger, als Lion angenommen hatte. Zunächst wollte der Zugbegleiter ihm nur Fahrkarten für zwei Sitzplätze verkaufen. Jede Diskussion schien umsonst zu sein. Erst als die völlig erschöpfte Jackie aufstand, in ihrem bezaubernden Kleid hinzutrat, den Schaffner mit ihren hübschen dunklen Augen anzwinkerte und mit ihrer für Männer unwiderstehlichen Art darum bat, ihnen vielleicht doch noch einen Platz in einem Liegewagen zu geben, fasste er sich ein Herz.

Er gab ihnen, »unter der Hand«, eines von insgesamt noch drei freien Abteilen mit ausklappbaren Liegen, die nur deshalb frei waren, weil die Fahrgäste bisher nicht erschienen waren.

Jackie bedankte sich beim Zugbegleiter mit einem Händedruck, und Lion schob ihm sofort ein saftiges Trinkgeld nach mit der Bitte, niemandem zu verraten, dass sie in diesem Abteil waren.

»Hätte ich auch ohne Trinkgeld nicht getan, aber danke!«

Kurze Zeit später betraten sie ein komplett freies Liegewagenabteil, schlossen erleichtert die Tür zum Gang ab und klappten die Liegeflächen herunter. Jackie legte ihr Kleid ab, zog sich eine in St. Moritz gekaufte Jogginghose und ein Sweatshirt über und nahm eine Decke von Lion entgegen, die ihm der Schaffner in die Hand gedrückt hatte.

Anschließend warf sie sich erschöpft auf die Liege und zog die Decke über sich.

»Ich bin todmüde!«, stöhnte sie.

»Ich auch! Wir können bis halb sieben schlafen, bekommen dann ein Frühstück und können kurz vor sieben in Hannover in einen Zug nach Berlin umsteigen.«

Jackie bekam das schon nicht mehr mit, auch nicht, wie der Zug losfuhr – sie war bereits eingeschlafen.

Lion schaute ihr noch eine Weile beim Schlafen zu und war überglücklich. Er hatte es geschafft. Da lag sie: Jacqueline Arielle Bordeaux. Das Mädchen seiner Träume lag vor ihm. Er hatte sie befreit und aus der Gefahrenzone herausgebracht.

Und endlich waren sie auch in Sicherheit. Bis hierhin waren ihnen die Verfolger mit Sicherheit nicht gefolgt.

»Wir haben es tatsächlich geschafft!«, dachte er gerade noch, dann überfiel auch ihn die Müdigkeit und er nickte ein.

* * *

»Jill, sie nehmen den Nightjet 40420 von München Richtung Hamburg. Abfahrt in München um 22:52 Uhr von Gleis 14.«

»Das schaffen unsere Leute nicht mehr! Schau, er fährt gerade ab. Wie sieht es mit den nächsten Stopps des Zugs aus?«

»23:30 Uhr in Augsburg, 02:00 in Nürnberg, 03:00 in Würzburg. Danach hält er erst wieder ca. um kurz vor sechs Uhr in Göttingen und um kurz nach sieben Uhr in Hannover, bevor er nach Hamburg weiterfährt.«

»Sehr gut, dann leite unser Team nach Augsburg um. Sie sollen dort den Zug betreten, die beiden aufspüren und möglichst lautlos ausschalten.«

* * *

In einem Liegewagen im Nightjet 40420 – 23:25 Uhr

»Jackie, bist du wach?«, flüsterte Lion erwartungsvoll.

»Ja«, stöhnte Jackie. »Wo sind wir?«

»Gleich in Augsburg! Ich habe eben die nassen Sachen aus meinem Rucksack geholt und aufgehängt. Stört es dich?«

Das noch völlig verschlafen wirkende Mädchen setzte sich auf und starrte mit leerem Blick auf die von Lion kurz zuvor aufgehängten Kleidungsstücke.

»Riecht schon ziemlich muffig. Kannst du das Fenster aufmachen?«

»Klar!«

Lion ging zwischen den eng nebeneinander liegenden Klappliegen hindurch zum Fenster und versuchte es zu öffnen. Im Dunkeln war das nicht ganz so einfach, aber schließlich gelang es ihm und er öffnete es einen Spalt. Es hatte gerade geregnet und angenehm frische Luft strömte von außen hinein.

Lion nutzte die Gelegenheit und schaute in die Nacht hinaus. Der Zug lief soeben im Bahnhof Augsburg ein und hielt wenig später. Der Bahnsteig war wie leer gefegt; einige wenige Fahrgäste stiegen mit ihrem Reisegepäck ein. Lion schaute sich jeden Fahrgast genau an: Ein älteres Ehepaar, zwei junge Frauen mit Rucksäcken, gefolgt von einer voll verschleierten Frau, wahrscheinlich einer strenggläubigen Muslimin, die ebenfalls einen Rucksack trug, zwei junge Asiatinnen – Lion vermutete, dass es Musikstudentinnen waren, weil sie einen Geigenkasten mit sich trugen; keine Personen also, von denen eine Bedrohung auszugehen schien.

Die Zeit schritt voran, ein Lichtsignal wurde auf Grün gestellt; der Zug würde also bald wieder abfahren.

Lion wollte sich gerade wieder abwenden, doch plötzlich sah er vier Männer, die im Laufschritt die Treppe zum Bahnsteig hinaufsprinteten. Er konnte nicht alles genau sehen, aber wie es aussah, teilten sie sich sofort auf. Einer von ihnen lief an ihm vorbei zum Ende des Zugs, der zweite zu den vorderen Abteilen, die anderen beiden stiegen in der Mitte ein.

Lion stutzte - was hatten diese Männer mitten in der Nacht ohne Gepäck in einem Nachtzug zu suchen und warum teilten sie sich auf?

Das roch ja förmlich danach, dass sie nach irgendetwas oder irgendjemandem suchten, und zwar auf professionelle Art und Weise; anders hätte es sein Onkel Ariel wohl auch nicht organisiert. Lion glaubte nach den Ereignissen des Tages nicht mehr an Zufälle - diese Suche galt ihnen!

Gedanken schossen ihm durch den Kopf. Wie war es möglich, dass man sie erneut aufgespürt hatte? Sie hatten den Leihwagen in Glurns an einer Stelle abgestellt, die nicht so schnell zu finden war, und sich möglichst unauffällig eine Mitfahrgelegenheit gesucht. In München hatten sie sogar ihre Gesichter vor den installierten Überwachungskameras abgewandt, sodass keine Identifizierung über ein Gesichtserkennungs-Programm möglich war.

Andererseits: Die Tatsache, dass sich die vier Männer aufgeteilt hatten und alles absuchten, bedeutete auch, dass sie noch nicht wussten, in welchem Abteil er sich mit Jackie zusammen aufhielt.

Wie gut, dass er die Fahrkarte nicht über eine Internet-App, sondern direkt beim Schaffner bezogen hatte!

Doch es war trotzdem nur eine Frage der Zeit, dass man sie aufspürte.

In diesem Augenblick bewegte sich der Zug und fuhr los. Damit war es für Lion und Jackie auch nicht mehr möglich, in Augsburg auszusteigen.

Lion begann, krampfhaft nach Möglichkeiten zu suchen, wie sie aus diesem Schlamassel wieder heil herausfinden konnten. Ihm fiel jedoch nichts ein. Er setzte sich auf seine Liege und dachte nach, wobei ihm wieder einmal nur einer der vielen schlauen Sprüche in den Sinn kam, die ihm seine Mutter so oft heruntergebetet hatte, bis sie sich unauflösbar in seinem Kopf festgesetzt hatten:

»In der Ruhe liegt die Kraft. «

Fiel ihm denn sonst nichts Besseres ein als solche Standardweisheiten?

Wie sehr erwies sich jetzt Ariels Warnung als wahr, dass dieses Abenteuer eine Nummer zu groß für ihn sei. Lion hatte diese Warnung nicht ernst genommen und musste nun mit den Konsequenzen seiner eigenen Entscheidung klarkommen.

Und Jackie? Durch seinen Rettungsversuch hatte er sie wahrscheinlich vom Regen in die Traufe gebracht. Denn in den Bergen von Como war sie zwar gegen ihren Willen festgehalten worden, hatte dort aber zumindest gute Chancen zum Überleben gehabt – in ihrer gegenwärtigen Situation gingen diese Chancen aber immer weiter gegen null.

Jackie! Sollte er ihr von seiner Beobachtung erzählen? Sie war gerade erst wieder eingeschlafen und brauchte so dringend den Schlaf.

Nein – solange er keine Lösung hatte, nutzte es gar nichts, sie mit etwas verrückt zu machen, was man sowieso nicht ändern konnte.

»In der Ruhe liegt die Kraft.«

Vielleicht war diese Standardweisheit ja genau das, was ihm im Augenblick am besten weiterhelfen konnte! Sich still verhalten und einfach nichts unternehmen. Alles andere würde nur Aufmerksamkeit auf sie ziehen.

Welche Chancen hatten diese Männer überhaupt, sie in einem der vielen Liege- und Schlafwagenabteile zu finden. Alle Abteile waren besetzt und abgeschlossen! Man konnte nicht einfach die Tür öffnen und reinschauen, ob sich darin nicht zufällig die Zielpersonen befanden. Solange die Fahrgäste schliefen, würde sich daran auch nichts ändern, bis Göttingen oder sogar Hannover. Und mit Gewalt wahllos die Türen zu öffnen, ohne sicher zu wissen, dass sich die gesuchten Personen dahinter verbargen, das würden auch diese Leute nicht riskieren, die lieber im Verborgenen operierten und sich keine unnötige Aufmerksamkeit durch Dritte leisten konnten oder wollten.

Aber was, wenn nicht?

Mit einem Mal fühlte sich Lion total erschöpft, kraftlos und müde;

doch auch dazu fiel ihm in diesem Moment ein passender Spruch seiner Mutter ein:

»Die auf den HERRN harren, kriegen neue Kraft, dass sie auffahren mit Flügeln wie Adler, dass sie laufen und nicht matt werden, dass sie wandeln und nicht müde werden.«

Ihm klang noch der Wortlaut seiner Mutter im Ohr, als sie ihm diesen Bibelspruch aus dem Jesajabuch, Kapitel 40, Vers 31 beigebracht hatte. »So wahr ich hier stehe und Amelie Daniels heiße – das ist nicht nur ein Spruch, sondern eine Verheißung Gottes, die jedem gilt, der sie für sich in Anspruch nimmt. Gott liebt dich, Lion, und sie gilt auch dir, wenn du anfängst, IHM zu vertrauen.«

Lion bewunderte seine Mutter, die als eine messianische Jüdin ihren Glauben an Jesus Christus so überzeugend vorlebte, dass Lion sie heimlich darum beneidete. Aber anstatt das vor ihr zuzugeben, zog er sie lieber immer wieder damit auf, indem er ihren Glauben frech infrage stellte.

»Du bist doch nur deshalb Christin geworden, weil Daddy auch Christ ist und weil du ihn geheiratet hast – reiner Opportunismus!«

Amelie widersprach ihm dann jedes Mal aufs Neue ganz vehement.

»Nein, das stimmt nicht! Es ist zwar toll, dass dein Daddy und ich unseren Glauben miteinander teilen können. Ich habe meine Entscheidung für den Glauben an den Messias Jesus Christus aber nicht wegen ihm oder anderen Menschen getroffen. Nein, ich habe in Jesus Christus endlich die Wahrheit gefunden, sonst würde ich nicht an ihn glauben. Und es wäre gut, Lion, wenn auch du Jesus Christus nicht länger links liegen lassen würdest.«

Amelie fiel es schwer, mit ansehen zu müssen, dass Lion vom christlichen Glauben nichts wissen wollte und bestenfalls aus Respekt vor seinen Eltern zu Hause mitbetete und ab und zu auch ihre Gemeinde besuchte, wenn er mal wieder in Texas war.

Seine Eltern hatten dafür gesorgt, dass er eine gute Schulausbildung in einer englischsprachigen christlichen Schule im Schwarzwald bekommen hatte, der Black Forest Academy. Neben der guten Bildung erhofften sie sich, dass die Lehrer und Mitschüler dort einen positiven Einfluss auf Lions Glauben haben würden.

Ja, auch wenn er nie etwas mit den Sprüchen seiner Mutter anfangen konnte, so sehnte er sich danach, ihren Glauben zu haben und auf jemanden vertrauen zu können, der alles fest in der Hand hielt.

Aber sollte er jetzt, wo er in Schwierigkeiten war, zu Jesus Christus beten, ihm seine Sünden bekennen und Vergebung von ihm bekommen, wie es seine Mutter immer ausdrückte – sich also an jemandem wenden, zu dem er sein ganzes Leben lang keine Beziehung gepflegt hatte? Das wäre unaufrichtig, ja heuchlerisch!

Und projizierten nicht alle Religionen der Welt die Wünsche und Gedanken des Menschen auf ihren Gott, den es in dieser Form in Wirklichkeit gar nicht geben konnte? War nicht jede Religion ein Hirngespinst des Menschen? Das zumindest behaupteten viele seiner atheistisch geprägten Schulfreunde.

Aber tief in sich spürte Lion, dass der Glaube seiner Eltern, ja ganz speziell der Glaube seiner Mutter, mehr war als reine Religion. Nein, dieser Glaube war kein Hirngespinst, keine Illusion oder Projektion der eigenen Wünsche, wie es Atheisten immer abtun wollten. Dieser Glaube war echt, und es gab für Lion sogar genügend rationale Gründe, darin auch die Wahrheit zu erkennen. In diesem Glauben steckte eine Kraft, die sich Lion jetzt wünschte.

Aber er konnte nicht glauben; zumindest jetzt noch nicht.

Lion schüttelte den Kopf. Er durfte sich nicht in Gedanken verlieren, sondern musste sich auf das Wesentliche konzentrieren.

Lion versuchte, sich in seine Verfolger hineinzuversetzen: Was würde er tun, wenn er sie wäre und ihre Möglichkeiten zur Verfügung hätte? Warten, bis sie das Abteil verließen? Warten bis Göttingen, Hannover oder Hamburg?

Nein! Zunächst einmal würde er versuchen, sich ins Buchungssystem der Eisenbahngesellschaft zu hacken, um herauszufinden, ob es kurzfristige Buchungen für irgendwelche Abteile gab – denn eine längerfristige Planung, diesen Zug zu nehmen, konnte man aufgrund der Tatsache, dass Lion und Jackie mit einem Leihwagen unterwegs gewesen waren, ausschließen. Die Entscheidung, diesen Zug zu nehmen, musste kurzfristig und spontan getroffen worden sein. Damit grenzte sich die Suche auf die Abteile ein, die bei der Abfahrt des Zuges in München noch frei gewesen waren.

Lion wurde sofort wieder nervös, beruhigte sich dann aber, als er darüber nachdachte, wie er zu diesem Abteil gekommen war:

Der Schaffner hatte ihnen das Abteil unter der Hand gegeben; im Buchungssystem würde es also nicht auftauchen, und nur der Schaffner wusste, wer sich wirklich in diesem Abteil befand. Und um keinen Ärger mit seinem Arbeitgeber zu bekommen, würde er auch wohl kaum mit anderen darüber reden. Vor allem hatte Lion ihm ja zusätzlich noch ein saftiges Trinkgeld dafür gegeben, dass er dieses Wissen um alles in der Welt für sich behielt, was er dankend angenommen hatte.

Lion atmete bei diesem Gedanken erleichtert auf.

* * *

»Entschuldigung! Wir sind in Augsburg zugestiegen. Haben sie zufälligerweise noch ein Schlaf- oder Liegewagenabteil für uns frei?«

»Tut mir leid, es ist alles belegt. Sie müssen sich leider mit normalen Sitzplätzen begnügen.«

»Ach, das glaube ich nicht! Es gibt immer Fahrgäste, die kurzfristig ausfallen! Und ein junges Paar hat doch in München auch so ein Abteil von ihnen bekommen.«

Der Schaffner stutzte. Woher wusste der Mann das? Er war doch erst in Augsburg zugestiegen.

Nein, er konnte es nicht wissen und wollte ihn wahrscheinlich nur aus der Reserve locken. Aber nicht mit ihm! Schnell setzte er wieder sein höfliches Lächeln auf.

»Welches Paar meinen sie? Und selbst wenn ich so ein Abteil hätte, dürfte ich es nicht weitergeben. Wir sind dazu angehalten, unsere Reservierungen einzuhalten. Doch ich kann Ihnen noch Plätze in einem komplett freien Sitzplatz-Abteil anbieten!«

»Ein leeres Sitzplatzabteil haben wir schon selbst gefunden, und ich habe leider meinen Geldbeutel nicht hier. Vielleicht können Sie mich gerade mal dorthin begleiten. Meine Kollegen und ich brauchen alle noch Fahrkarten.«

»Kein Problem!«

Der Zugbegleiter folgte ihm. Als sie das Abteil erreichten, schaute sich der Mann um, ob ihn jemand beobachtete, schob sich von hinten an den

Schaffner heran, und hielt ihm den Mund zu. Zwei seiner Begleiter schossen aus dem Abteil heraus und packten den sich mit Händen und Füßen wehrenden Schaffner hart an und schleiften ihn in ihr Abteil. Schnell schlossen sie die Tür und zogen die Vorhänge zu, sodass sie von außen nicht mehr von zufällig vorbeikommenden Fahrgästen beobachtet werden konnten.

* * *

Im Nightjet – 00:20 Uhr

»Du, Lion, ich gehe mal in den Gang nach draußen auf Toilette!«, sagte Jackie gähnend.

Lion, der vor Erschöpfung in einen unruhigen Schlaf gefallen war, schrak auf. Wie konnte er nur schlafen, in dieser Situation, in der sie gerade steckten?

»Halt! Warte!«

Lion hielt Jackie am Arm fest.

»Hey, was soll das?«

»Jackie, ich muss dir was sagen.«

Lion erzählte ihr kurz, was er in Augsburg beobachtet hatte und was er daraus schloss.

Jackie setzte sich zurück auf ihre Liege und war jetzt wieder hellwach.

»Das ist ja schrecklich! Was machen wir?«

»Ich weiß es nicht, aber solange wir uns nicht auf dem Gang sehen lassen, sind wir hier vorerst sicher.«

»Das Problem ist: Ich mache mir gleich in die Hose, und hier drinnen gibt es leider kein Klo! Meinst du wirklich, die Typen sind uns hierher gefolgt?«

»Ich bin mir ziemlich sicher.«

»Was macht dich so sicher, dass die Typen aus Como jetzt hier im Zug sind?«

»Die müssen nicht aus Como stammen – ich vermute eher, dass es ein von dort aktiviertes Einsatzteam ist, das auf uns angesetzt wurde.«

»Soll ich jetzt hier irgendwo in die Ecke machen?«

»Also mich stört es nicht. Tu, was du nicht lassen kannst.«

»Witzbold!«

Plötzlich hörten sie ein Klopfen an der Tür, dann eine Stimme: »Lion Daniels - wir wissen, dass du da drin bist - zusammen mit deiner Begleiterin. Ihr habt keine Chance, uns zu entwischen! Wenn ihr jetzt gleich die Tür öffnet und ohne einen Aufstand zu machen uns begleitet, geschieht euch nichts!«

Lion und Jackie konnten es nicht fassen - wie hatten ihre Feinde so schnell herausfinden können, in welchem Abteil sie waren? Sie schwiegen.

Die Stimme meldete sich wieder zu Wort, diesmal amüsiert:

»Ach, und damit auch keine Zweifel aufkommen: Der Zugbegleiter hat uns verraten, dass er dieses Abteil unter der Hand an euch weitergegeben hat, der Schlingel. Schläft jetzt selig in einer Ecke im Zug und wacht wahrscheinlich erst in Hamburg wieder auf - im Gegensatz zu euch - ihr werdet nie wieder aufwachen, wenn ihr jetzt nicht die Tür öffnet!«

Keine Antwort.

»Also gut, wie ihr wollt. Vielleicht kennt ihr unsere Befehle und unsere Vorgehensweise in dieser Angelegenheit noch nicht und das, was jetzt folgen wird. Also, der Auftrag lautet ›tot oder lebendig‹. Mir ist es ehrlich gesagt egal. Wenn ihr jetzt herauskommt und uns, ohne Aufsehen zu erregen, begleitet, lassen wir euch am Leben. Ansonsten passiert Folgendes: Ihr werdet gleich durch die Ritze unter der Tür hindurch ein sanftes Zischen hören. Nichts Besonderes, ist nur ein Gas, das wir in euer Abteil leiten werden; eines, das aber in wenigen Sekunden absolut tödlich sein wird! So oder so - unser Auftrag ist in beiden Fällen erfüllt.«

Stille.

»Falls ich innerhalb von zehn Sekunden nichts von euch höre, wünsche ich euch noch eine gute Nacht! Ihr habt es selber in der Hand!«

Lion und Jackie schauten sich entsetzt an, ließen aber die zehn Sekunden verstreichen, unfähig, eine Entscheidung zu treffen.

Danach herrschte eine unheimliche Stille.

KAPITEL 15

Basel – 00:40 Uhr

Gilbert Winter drehte sich im Bett um und konnte nicht schlafen. Plötzlich hörte er, wie eine Nachricht hereinkam. Sofort nahm er sein Smartphone zur Hand und las die soeben erhaltene Nachricht:

Zielpersonen im Zug von Innsbruck nach Hamburg in einem abgeschlossenen Liegewagenabteil aufgespürt und gestellt. Sie wollen nicht herauskommen und sich ergeben. Plan B wird deshalb ausgeführt. Bitte um Freigabe!

Hastig tippte er eine Antwort:

Gute Arbeit! Aber Planänderung: Bringt mir das Mädchen. Plan B für LD.

Nach einer kurzen Pause kam die Antwort herein:

OK – wechseln Gaskartusche aus und übergeben ein schlafendes Baby – LD wird erledigt.

Der Deutsche lächelte gehässig. Das lief ja besser als geplant! Seine Leute hatten es doch tatsächlich geschafft, die beiden lebend zu stellen. Das eröffnete ihm jetzt vielleicht die Chance, das Programm mit dem Mädchen wieder aufzunehmen und zu Ende zu führen. Es würde nach den Ereignissen des letzten Tages länger gehen als geplant. Aber es würde sich lohnen. Diese Jacqueline Arielle Bordeaux war etwas ganz Besonderes. Sie hatte ganz spezielle Eigenschaften, die man nutzen musste.

* * *

»Joachim, ich muss zurück zum Abteil, die Gas-Kartusche wechseln!«

»Warum?«

»Er will die Kleine doch lebend!«

»Okay, ich passe hier auf.«

»Bin in zwei Minuten wieder da!«

Der Mann lief im Laufschritt den Gang entlang. Als er das Ende des Waggons erreicht hatte, kam ihm eine Frau entgegen, die vollständig in eine Burka eingehüllt war. Er wollte an ihr vorbei, doch sie verlor das Gleichgewicht, packte seinen Unterarm und hielt sich daran fest. Er spürte deutlich das Metall eines Rings, den sie am Finger trug, und raunte ihr zu:

»Können Sie nicht aufpassen?«

Dann riss er sich von ihr los und rannte durch die leeren Gänge zurück zum Abteil, in dem seine Kollegen auf den bewusstlosen Schaffner aufpassten. Er klopfte und öffnete das Abteil. Es war dunkel. Er schaltete das Licht an und schaute verwundert auf die drei schlafenden Gestalten. Doch ihm blieb keine Zeit, darüber nachzudenken, denn auf einmal fühlte er sich ganz schwach, fing am ganzen Körper an zu zittern, seine Beine gaben nach und ihm wurde schwarz vor Augen. Wie seine Kollegen kurz zuvor sackte auch er zusammen und verlor das Bewusstsein.

* * *

Lion und Jackie saßen in gebannter Erwartung auf den ausgeklappten Liegen. Doch nichts tat sich – es herrschte einfach nur Stille.

»Alles wird gut!«, meinte Lion mit einem sarkastischen Unterton in der Stimme.

Jackie war unfähig, einen klaren Gedanken zu fassen. Das alles war zu viel für sie. Und da sie an ihrer Situation nichts ändern konnte, schwieg sie einfach und überließ Lion das Reden.

Und der plapperte drauflos, um seiner Angst so wenig Raum wie möglich zu geben: »Vielleicht haben die gar kein Giftgas und überlegen, wie sie jetzt möglichst unbemerkt zu uns ins Abteil eindringen können!«

Plötzlich gab Lions Smartphone einen Klingelton ab. Lion nahm das Gespräch entgegen. Eine vertraute Stimme war am anderen Ende der Leitung zu hören:

»Hallo Lion!«

»Ariel?«

»Ja, ich bin es!«

»Wo warst du? Ich habe so oft versucht, dich zu erreichen, aber du hast einfach nicht abgenommen.«

Ariel unterbrach seinen Neffen abrupt: »Keine Zeit für Erklärungen, Lion, ich w...«

Lion unterbrach seinen Onkel hastig: »Wo bist du?«

Komischerweise hörte Lion dessen Stimme sowohl im Handy als auch zeitversetzt, etwas früher, draußen vom Gang her: »Direkt vor eurer Abteiltür! Mach die Tür auf! Ich habe die Typen ausgeschaltet! Aber wir haben keine Zeit zu verlieren!«

Lion traute seinen Ohren nicht und war auch nicht fähig, eine Antwort zu geben. Es war einfach zu schön, um wahr zu sein, was er da hörte, und er konnte es deshalb auch kaum glauben.

»Los, schnell, mach endlich auf! Uns läuft die Zeit davon!«

Es klopfte laut.

Lion zögerte.

»Mach endlich auf, du Fasanenhalsfeger!«

»Fasanenhalsfeger?« Lions Onkel Ariel hatte ihn als Kind immer so bezeichnet, wenn er mal wieder einen Hals lang gemacht hatte, um Dinge mitzubekommen, die ihn eigentlich nichts angingen.

Nur er selber und Ariel kannten diesen Kosenamen, der ausdrücken sollte, dass er mal wieder zu neugierig gewesen war.

Lion öffnete die Tür.

* * *

»Das wurde auch langsam Zeit!«, meckerte Ariel, der eine Burka trug, seinen Kopf allerdings freigelegt hatte, damit sein Neffe ihn erkennen konnte.

»Ariel! Bin ich froh, dass du da bist! Was machst du hier?«

»Bin gerade dabei, dir dein Hinterteil vom Grillrost zu retten!«

Jackie schaute Lion verwundert an: »Kann mir mal einer erklären, was hier gerade abgeht?«

»Ja, mein Onkel ist im Einsatz.«

Dann schüttelte er vor Erleichterung den Kopf und umarmte Ariel ganz spontan. Der dachte schon weiter: »Los, hilf mir mal, den Typen da abzutransportieren!«

Lion zögerte.

»Keine Angst – der beißt nicht! Wird die nächsten Stunden nicht mehr aufwachen!«

Lion packte mit seinem Onkel zusammen den schweren Mann an Armen und Beinen, und gemeinsam zerrten sie ihn ins Abteil. Ariel zog ein paar stabile Kabelbinder aus der Tasche und fesselte ihn damit. Dann schob er ihn unsanft unter Lions Liege und schaute grinsend auf die immer noch völlig verstört wirkende Jackie.

»Die Fesseln wären eigentlich nicht nötig gewesen. Der Kerl ist bewusstlos und kann euch beiden nichts mehr tun, wie der Rest der Truppe auch. Aber sicher ist sicher.«

Jackie erinnerte sich daran, dass sie eigentlich dringend auf die Toilette musste, und fragte Lions Onkel mit gequältem Blick: »Darf ich mal aufs Klo?«

»Kannst du das nicht auf später verschieben?«

»Nein, ich platze gleich auseinander!«

Ariel schaute sie entgeistert an, doch dann nickte er.

»Okay, bleib aber ganz dicht hinter mir! Und Lion, schließ die Tür ab!«

Jackie folgte Ariel, der sie zur Toilette brachte und so lange vor der Tür Wache stand, bis sie fertig war. Dann brachte er sie wieder zurück zum Abteil.

»Wartet hier auf mich – ich muss noch schnell in einem anderen Abteil nach dem Rechten schauen. Bin gleich wieder da!«

* * *

Kurze Zeit später kehrte Ariel zurück.

»Alles in bester Ordnung. Die anderen drei befinden sich in ihrem eigenen Abteil im Tiefschlaf. Habe sie mit einem schnell wirkenden Betäubungsgift überwältigt – außerdem liegt da noch ein bewusstloser Schaffner herum. Ich habe die Tür mit einem Spezialwerkzeug von außen verschlossen, damit sie vor Hamburg niemand findet.«

Lion schaute seinen Onkel entsetzt an.

»Hast du den Schaffner etwa auch ausgeschaltet?«

»Nein, das war ich nicht. Der Arme sah mir gar nicht gut aus – war gefesselt und hatte überall blaue Flecken, so als ob sie ihn geschlagen hätten, um etwas herauszufinden.«

Lion pfiff durch die Zähne.

»Deshalb wussten die Typen so schnell, wo wir sind. Die haben den armen Kerl wahrscheinlich so lange ausgequetscht, bis er ihnen verraten hat, in welchem Abteil wir uns befinden. Hast du ihm wenigstens die Fesseln abgenommen und seinen Gesundheitszustand überprüft? Vielleicht braucht er dringend einen Arzt!«

»Die Fesseln habe ich ihm abgenommen; er hatte keine schwerwiegenden Verletzungen und sein Puls war gut. Er ist also nicht in Lebensgefahr.«

Ariel schaute auf seine Uhr.

»So, und jetzt packt mal eure sieben Sachen zusammen. Wir müssen fort von hier. In wenigen Minuten wird der Zug vor ein rotes Signallicht kommen und auf freier Strecke anhalten. Wir steigen dann in ein Fahrzeug um, das dort auf uns wartet.«

Lion sammelte in Windeseile die im Abteil aufgehängten Kleidungsstücke wieder ein und stopfte sie in seinen Rucksack.

Auch Jackie packte die wenigen von ihr verstreuten, Dinge in ihren Rucksack und wandte sich gleichzeitig an Ariel: »Wie ist das alles nur möglich? Dass Sie hier plötzlich aus dem Nichts auftauchen, diese Gangster überwältigen und wissen, wann der Zug auf ein rotes Signal treffen wird, dort anhält – und dass genau an dieser Stelle ein Fahrzeug auf uns warten wird? Das ist doch alles total abgefahren!«

»Das erkläre ich euch später! Jetzt müssen wir erst von hier fort! Kommt, beeilt euch!«

* * *

Fünf Minuten später stiegen sie bereits in einen schwarzen BMW, der hinter einem Gebüsch versteckt direkt neben den Gleisen auf sie wartete. Lions scharfem Blick entging nicht, dass das Fahrzeug keinerlei Nummernschilder hatte; klar, sein Onkel wollte vermeiden, dass sie identifiziert werden konnten.

Ariel setzte sich auf den Beifahrersitz und gab der asiatisch aussehenden Fahrerin einen Kuss.

»Gut gemacht, Yumiko! Darf ich vorstellen: Jackie und Lion – und das ist Yumiko Takahashi, meine Verlobte.«

Sofort startete sie den Motor, wendete das Fahrzeug und fuhr in hohem Tempo davon.

»So, und jetzt dürft ihr mir gerne ein paar Fragen stellen.«

Jackie kam der Aufforderung sofort nach: »Wie haben Sie uns gefunden?«

»Du darfst gerne Ariel zu mir sagen«, antwortete Ariel feixend und fuhr fort: »Wie du weißt, hat Lion ein Smartphone von mir – ich war zu jeder Zeit in der Lage, es zu orten, und ich hätte sogar alle eure Gespräche abhören können.«

Jackie drehte sich entsetzt zu Lion.

»Und mir hast du gesagt, das Ding wäre absolut sicher!«

Ariel grinste und übernahm die Antwort: »Ist es ja auch, nur eben nicht vor mir! Deshalb wusste ich immer, wo ihr euch aufgehalten habt!«

Lion schüttelte ärgerlich den Kopf.

»Und warum hast du uns dann nicht früher gerettet? Im Engadin wären wir beinahe ums Leben gekommen!«

»Ich sagte, ich wusste, wo ihr wart. Das heißt aber nicht, dass ich in eurer Nähe war und zu jeder Zeit im Blick hatte, was abging.«

Lion unterbrach ihn barsch – in seiner Stimme schwang der ganze Frust des langen Tages mit, der sich in ihm aufgestaut hatte. »Du hast mich in Como einfach im Stich gelassen, Ariel! Wir wollten die Sache gemeinsam durchziehen! Doch plötzlich, im ungünstigsten Augenblick, machst du einen Rückzieher, einfach so! Dann rufst du plötzlich noch mal an, doch unterbrichst das Gespräch direkt wieder mittendrin, so als ob was passiert wäre. Und dann bist du weg von der Bildfläche und ich erreiche dich nicht mehr! Ich habe mir echt Sorgen gemacht! Was war denn nur los?«

Ariel schwieg.

Plötzlich legte Jackie liebevoll ihren Arm um Lions Schulter:

»Beruhige dich! Dein Onkel wird seine Gründe gehabt haben.«

Dann wandte sie sich an Ariel: »Lassen Sie mich mal raten: Sie sind Geheimagent - oder besser gesagt, Sie waren mal einer. Lion wollte das mir gegenüber nicht offen zugeben, aber ich habe ihn so in die Enge getrieben, dass er mir das letztendlich bestätigen musste. Zwar hat er mir nicht verraten, für welchen Geheimdienst sie gearbeitet haben, aber wenn man mal ihren Namen betrachtet - ›Ariel‹ -, so kann man davon ausgehen, dass Sie Israeli sind - also ein Israeli, der beim Mossad gearbeitet hat und jetzt im Ruhestand ist. Vermutlich haben Sie sich ein bisschen zu weit aus dem Fenster gelehnt, als Sie Lion versprochen haben, ihm bei der Befreiungsaktion zu helfen. Und nachdem Sie Ihre alten Kontakte zur Informationsgewinnung genutzt haben, hat das Ihr Geheimdienst spitzgekriegt, sich bei Ihnen gemeldet und Sie zurückgepfiffen.«

Ariel schaute Jackie bewundernd an.

»Du bist ein scharfsinniges Mädchen! Aber gerade weil du so scharfsinnig und intelligent bist, habe ich eine Bitte an dich.«

»Welche?«

»Dass du alles, was du hier mitbekommst, für dich behältst.«

»Versprochen! Und nachdem die Karten jetzt auf dem Tisch liegen, können Sie uns ruhig die Sache von vorne bis hinten erzählen.«

»Das mache ich, aber nur unter einer Bedingung!«

»Die wäre?«

»Ich heiße Ariel! Also bitte sieze mich nicht länger, das mag ich überhaupt nicht!«

Jackie grinste verschmitzt.

»In Ordnung, dann schieß mal los, Ariel!«

»In Como habe ich einen Anruf von meinem ehemaligen Chef bekommen. Er hat mir mit harten Konsequenzen gedroht, wenn ich nicht sofort die Finger von der Sache am Comer See lassen würde.«

Lion starrte ihn ungläubig an.

»Hat etwa der Mossad auch etwas mit dieser Sache zu tun?«

»Nein, aber mein Chef wollte vermeiden, dass der Mossad mit hineingezogen wird. Ich bin auch nicht ganz schlau daraus geworden, aber irgendwie stecken die Amerikaner mit drin, also genauer gesagt hochrangige CIA-Leute. Und zwischen der CIA und dem Mossad gibt es stillschweigende Abkommen, sich in gewisse Dinge gegenseitig nicht einzumischen. Tatsache ist, dass ich keine andere Wahl hatte, als meinem Ex-Chef Folge zu leisten. Genauer möchte ich euch das aber nicht erklären.«

»Und warum bist du jetzt trotzdem hier?«, wollte Lion wissen.

»Ich habe meinen Ex-Chef damit zufriedengestellt, indem ich mich tatsächlich sofort aus der Sache zurückgezogen habe, zumindest, was deine Aktion in Como betraf. Insgeheim beschloss ich aber, euch weiter zu unterstützen, auch wenn das nur mit großen Einschränkungen möglich war. Zumindest bei eurer Bruchlandung auf dem Comer See habe ich euch den Rücken noch freihalten können, indem ich zwei Mafiosi, die euch auf dem See abfangen sollten, für ein paar Stunden aus dem Verkehr gezogen habe. Die kamen gerade auf mein Boot am See, als wir beide miteinander telefoniert haben. Deswegen musste ich das Gespräch vorzeitig beenden.«

Lion und Jackie schauten ihn überrascht an, aber Ariel fuhr ungerührt fort:

»Leider konnte ich euch erst im Nachtzug wieder helfen und gerade noch rechtzeitig eure Gegner ausschalten. Den Rest der Geschichte kennt ihr ja bereits.«

»Und wie hast du sie ausgeschaltet?«, wollte Jackie wissen.

»Ich hatte da noch so einen Ring aus meiner Zeit vom Mossad. Der hat eine ganz kleine Spitze, über die das Gift in den Körper gelangt. Zwei der Männer habe ich allerdings mit Blasrohr und Betäubungspfeilen ausgeschaltet, die mit einem etwas stärkeren und schneller wirkenden Betäubungsgift versetzt waren.«

Jackie hakte nach: »Und was geschieht jetzt mit diesen Verbrechern?«

»Also mein Betäubungsmittel wirkt mindestens noch zehn bis zwölf Stunden. Der Zugbegleiter wird vermutlich um einiges früher aufwachen. Ansonsten werde ich in einer halben Stunde mal einen anonymen Tipp an die Polizei abgeben, dass sich da ein paar üble Typen im

Nachtzug herumtreiben und in welchem Abteil sie sich gerade aufhalten. Wenn die Polizei dann vom Schaffner erfährt, wie mies er von ihnen behandelt worden ist, sperren sie die Kerle erst einmal in Untersuchungshaft.«

Lion runzelte die Stirn.

»Aber wie ist es euch gelungen, den Zug genau an der richtigen Stelle zu stoppen?«

»Das war ganz einfach. Yumiko hat sich ins Leitsystem der Bahn gehackt und das richtige Signal auf Rot gestellt. Kinderkram für eine der besten Hackerinnen der Welt.«

Yumiko widersprach: »Überschätz mich mal nicht! Ganz so einfach war das nun auch nicht. Ich habe satte zehn Minuten für den Hack gebraucht! Hätte es beinahe nicht mehr rechtzeitig geschafft! Die Bahn ist mit ihren Sicherheitssystemen im Vergleich zu anderen ganz gut aufgestellt.«

Ariel unterbrach sie: »Yumiko, halt mal schnell an und schraub die Nummernschilder wieder an den Wagen, sonst bekommen wir es noch mit der Polizei zu tun!«

Yumiko stoppte den BMW und stieg aus. Jackie beobachtete sie und wandte sich dann an Ariel.

»Wo geht die Reise eigentlich hin? Nach Berlin ins sichere Quartier?«

Ariel schüttelte den Kopf.

»Nein, Planänderung! Wir sind auf dem Weg zu einem ehemaligen Militärflugplatz, etwa zwei Stunden von hier. Ein alter Freund aus Amerika hat gestern Abend Kontakt zu mir aufgenommen und mich gebeten, so schnell wie möglich zu ihm zu kommen. Lange Rede, kurzer Sinn – wir werden noch heute Nacht mit dem Privatflugzeug eines Geschäftsfreunds nach Amerika jetten, wo ich euch mit zwei weiteren äußerst interessanten Personen bekannt machen werde.«

KAPITEL 16

In einem Privatjet irgendwo über Amerika

»In einer Stunde werden wir in Denver landen! Die aktuelle Ortszeit ist dort 05:00 Uhr! Die Flughöhe beträgt 10 000 Meter!«, sagte Yumiko durch den Bordlautsprecher. Sie saß im Cockpit neben Ariel und übernahm als Co-Pilotin soeben die Steuerung des Flugzeugs.

Ariel verließ seinen Platz im Cockpit und begab sich in die Kabine zu Jackie und Lion, die durch die Ansage im Bordlautsprecher aufgewacht waren.

»Na ihr zwei Hübschen, ich hoffe, ihr hattet einen guten Schlaf!«

Jackie gähnte.

»Ja, den Schlaf der Gerechten, glaube ich. Wie schaffst du es eigentlich, ganz ohne Schlaf auszukommen?«

»Hab auch schon ein wenig im Cockpit geschlafen. Yumiko und ich wechseln uns mit dem Fliegen ab. Zwei Stunden ich, zwei Stunden sie, und so weiter.«

Lion schaute auf seine Uhr:

»Wow! Wir sind schon zehn Stunden in der Luft! Ich hab geschlafen wie ein Stein!«

Ariel nickte.

»Ja, der Privatjet ist mit seinen gemütlichen Betten ganz komfortabel eingerichtet.«

»Wieso leiht dieser Geschäftsmann dir eigentlich seinen Privatjet?«, wollte Lion wissen. »Das finde ich ungewöhnlich!«

»Lange Geschichte«, winkte Ariel ab. »Ich habe ihm mal das Leben gerettet. Dafür ist er mir noch heute dankbar.«

Jackie lächelte.

»Es ist gut, Freunde zu haben! Und ich bin froh, dass wir jetzt ganz weit weg von dieser Organisation am Comer See sind.«

»Mach dir da mal keine falschen Hoffnungen!«, entgegnete ihr Ariel, »diese Organisation arbeitet weltweit und hat, wenn meine Informationen stimmen, sogar ihren Hauptsitz gar nicht so weit weg von Denver. Ich habe inzwischen mal in ein Dossier hineingeschaut, das mir ein Freund aus Los Angeles heimlich zur Verfügung gestellt hat. Es ist einfach unglaublich! Die haben Möglichkeiten, die wir uns gar nicht vorstellen können!«

»Was meinst du damit?«, fragte Lion nach.

»Du hast doch sicherlich mal von diesem Whistleblower Edward Snowden gehört, oder?«

»Ja, ich hab mal den Film über ihn gesehen – war spannend! Der Kerl hat bei dem amerikanischen Geheimdienst NSA gearbeitet. Als er herausbekam, was die NSA alles so treibt, hat er Beweise gesammelt und ist damit abgehauen. Dann hat er diese hochbrisanten Geheiminformationen an die Presse weitergegeben.«

Jackie schaute ihn fragend an.

»Und, was waren das für Geheiminformationen?«

»Dass die NSA in der Lage ist, die ganze Welt auszuspionieren und das auch flächendeckend praktiziert.«

Jackie widersprach: »Flächendeckend? Übertreibst du da nicht ein wenig? Wie kann man flächendeckend die ganze Welt abhören? Das ist doch nicht möglich!«

Ariel gab Lion recht.

»Es ist möglich, heute sogar mehr als damals! Es ist ja schon ein paar Jahre her, seitdem Edward Snowden als Whistleblower in die Schlagzeilen geraten ist.«

»Und wie? Kann mir nicht vorstellen, dass die in der Lage sind, alle

E-Mails zu lesen, Telefonate oder Gespräche abzuhören! So viele Mitarbeiter haben die doch gar nicht. Und es ist doch auch null interessant für die!«

»Doch!«, entgegnete Lion, »genau dazu waren sie schon damals in der Lage. Die NSA verfügt über mehrere Supercomputer mit nahezu unbegrenztem Speicher. Dieser Snowden hat letztlich aufgedeckt, dass diese Supercomputer in der Lage sind, alle Nachrichten, also E-Mails, Whatsapp, Facebook, Twitter und was es sonst so gibt, zu überwachen, alle Telefonate und sonstigen elektronischen Gespräche abzuhören. Nichts scheint vor der NSA sicher zu sein. Sie können auf alle technischen Geräte und alle Internetplattformen, egal wie gut sie verschlüsselt sind, zugreifen und sind in der Lage, alles aufzuzeichnen und zu speichern, was weltweit geschrieben und gesprochen wird.«

Ariel ergänzte: »Ja, und die gesprochene Sprache wandeln eben diese Supercomputer in einen geschriebenen Text um. Alle Textfragmente werden dann computergesteuert, ohne dass sich jemand darum kümmern muss, also völlig automatisch ausgewertet und unter einem Personenprofil abgespeichert. Und wann immer die NSA über eine Person etwas wissen will, kann sie dabei auf ein gigantisches Repertoire zugreifen, das unsere Vorstellungskraft sprengt. Und sie nutzen dieses Repertoire auch: Wenn zum Beispiel mal ein Politiker irgendetwas tut, was den Leuten von der NSA nicht gefällt, haben sie theoretisch die Möglichkeit, ihn mit ihrem Wissen auf Kurs zu bringen oder ihn fertigzumachen. Und denkt ja nicht, dass diese Computernetzwerke nur ein Profil über Politiker angelegt hätten. Jeder, der über Computer oder Smartphone das Internet benutzt, ist davon betroffen. Diese Supercomputer wissen alles, was ihr denkt, wie ihr fühlt, wie ihr handelt, welche politischen Einstellungen ihr habt, was ihr einkauft und noch mehr. Und ihr könnt davon ausgehen, dass jede kleine Verfehlung von euch aufgezeichnet wurde. Glaubt mir, diese Datenbanken kennen euch besser, als eure Eltern euch kennen, vielleicht sogar besser, als ihr euch selbst.«

Jackie schüttelte den Kopf.

»Das hört sich furchtbar an! Und gleichzeitig klingt das irgendwie alles so unwirklich.«

»Es ist wahr!«, bestätigte Lion ihr. »Schau, in der Werbebranche wird ja schon seit Jahren genauso gearbeitet, dass man über jeden Menschen ein

Online-Profil anlegt, um ihm ganz persönliche Werbung zukommen zu lassen. Ist dir schon mal aufgefallen, dass du über dein Smartphone oder über Computer genau die Werbung über die Sachen hereinbekommst, für die du dich interessierst?«

Jackie lächelte:

»Keine Ahnung, was ich in der letzten Zeit für Werbung über einen Computer oder Smartphone erhalten habe. Ich war dank meiner Entführer lange Zeit nicht mehr online.«

»Tut mir leid, Jackie. Aber trotzdem: Es ist schon auffallend, wie gezielt jeder Nutzer über das Smartphone oder den Computer beworben werden kann. Bevor ich Ariels Smartphone bekommen habe, wurde immer Werbung auf meinem Smartphone eingeblendet, die auf mich zugeschnitten war.«

Ariel mischte sich wieder ein.

»Den wenigsten Leuten ist bewusst, dass sie selbst die Geräte gekauft haben, mit denen sie den ganzen Tag über abgehört werden können.«

»Welche Geräte meinst du?«, fragte Jackie nach.

»Smartphones, Smart-TVs, jede Sprachfernbedienung und vieles andere mehr. Sobald du ein solches Gerät in deiner Nähe hast, kann man dich theoretisch rund um die Uhr abhören.

Lion nickte.

»Und dass wirklich abgehört wird, ist sogar mal durch die Medien aufgedeckt worden: Eine große Gesellschaft hat sogar zugegeben, dass Mitarbeiter Gespräche zur angeblichen Sprachverbesserung der Menschen über die Fernbedienung teilweise abhören würden.«

Ariel fuhr fort: »Richtig, aber in der Regel übernehmen diese Arbeit keine Menschen, sondern KI-Systeme – also Computersysteme mit sogenannter Künstlicher Intelligenz. Anschließend wird anhand ermittelter Schlüsselwörter ein Profil angelegt, das man eben nicht nur für so etwas Banales wie personalisierte Werbung nutzen kann. Die Konzerne haben es mittlerweile geschafft, jeden Haushalt und fast jeden Menschen auf der Welt mit perfekt konstruierten Abhöreinrichtungen zu versehen.«

Lion schaute seinen Onkel an.

»Gut, jetzt haben wir uns lang und breit über die NSA und ihre Möglichkeiten unterhalten. Du sagtest aber vorhin, die Organisation, die für Jackies Entführung verantwortlich ist, hätte die gleichen Möglichkeiten.«

»Richtig! In dem mir vorliegenden Dossier wird vermutet, dass sie über die gleichen Abhörmöglichkeiten wie die NSA verfügen und dass kein technisches Standard-Gerät auf der Welt vor ihnen sicher sei.«

»Was meinst du mit Standardgerät?«, wollte Jackie wissen.

Ariel hielt sein Smartphone hoch.

»Das hier ist ein vom Mossad gebautes Smartphone, das absolut abhörsicher ist. Darauf kannst du dich verlassen. Sein Innenleben unterscheidet sich von den sonstigen Geräten, die eben nur einen Standard-Chip nutzen, der eine eingebaute Schwachstelle hat. Ihr müsst wissen, es gibt zwar viele verschiedene Smartphone-Hersteller, aber nur wenige Chip-Hersteller auf der Welt. Ein Präsident der USA hat mal die Chinesen angeprangert, sie würden einen Chip in ihre Smartphones einbauen, der es ihnen ermöglichen würde, die Nutzer ihrer Smartphones auszuspionieren. Daraufhin wurden diese Geräte in Amerika verboten und die Softwareunterstützung durch Android eingestellt. Es wurde aber verschwiegen, dass die Amerikaner genau dasselbe machen wie die Chinesen, eben dass auch andere Smartphones über einen Chip verfügen, der so etwas wie eine ›Hintertür‹ zum Ausspionieren offen lässt. Und über diese Hintertür lässt sich jedes Standard-Gerät kapern.«

Lion pfiff durch die Zähne.

»Das ist vielleicht die Erklärung dafür, wie uns diese Organisation so schnell aufspüren konnte!«

Jackie schaute ihn fragend an.

»Kannst du mir das mal genauer erklären?«

»Das liegt doch auf der Hand! Heute trägt ja fast jeder ein Smartphone mit einer Kamera mit sich herum. Wenn es zutrifft, was Ariel sagt, dann ist es für diese Organisation kein Problem, in großem Stil private Smartphones und deren Kameras zu kapern. Und damit haben sie flächendeckend erstklassige Überwachungsbilder zur Verfügung, die von ihrem Supercomputer nur noch ausgewertet werden müssen.«

Jackie nickte zustimmend.

»Ja, das wäre eine logische Erklärung.« Sie kratzte sich am Kopf, »Ach, erinnerst du dich auch an den Jugendlichen, der in der S-Bahn nach München uns gegenübersaß und mit seinem Smartphone herumgespielt hat?«

Lion schlug sich an den Kopf.

»Aber klar! Die auf uns gerichtete Rückkamera hat diesem Supercomputer bestimmt gestochen scharfe Bilder geliefert, mit denen er uns identifizieren und aufspüren konnte.«

Plötzlich hörten sie Yumikos Stimme durch den Bordlautsprecher:

»Ariel, kannst du bitte wieder nach vorne kommen? Wir müssen uns für die Landung vorbereiten. Übrigens: Diese und andere Hintertüren bei Standard-Smartphones nutze auch ich hin und wieder, um an gewisse Kennwörter heranzukommen, wenn ihr versteht, was ich meine.«

Ariel lächelte verschmitzt.

»Ihr merkt, auch vor Yumiko ist kein Smartphone sicher. Aber so interessant unser Gespräch jetzt gerade ist - ich muss mich leider ausklinken und Yumiko bei der Landung helfen.«

Dann schaute er auf Lions Kleidungsstücke, die er an jeder nur möglichen oder unmöglichen Stelle des Flugzeugs aufgehängt hatte und die jetzt endlich trocken waren.

»Ihr könnt ja schon einmal alles zusammenpacken und danach eine Kleinigkeit frühstücken.«

»Aye aye, Sir!«, riefen Lion und Jackie zugleich und legten aus Spaß ihre Hände wie Soldaten seitlich an die Stirn.

KAPITEL 17

Im Luftraum über den Vogesen – 13:30 Uhr

Richard Trichet überprüfte an Bord seines Privathubschraubers die Akten über seinen Rivalen Gilbert Winter. Wenn es nach ihm ginge, so hätte er diesen deutschen Möchtegern-Führer schon längst abgesägt, der mit seiner ungeduldigen, ja eigenwilligen Art und vor allem mit seinen gefährlichen Projekten die erfolgreiche Umsetzung des uralten Plans aufs Spiel setzte, der seinen Ursprung bereits im alten Babylon hatte. Wenn herauskam, was in Colorado und Como lief, würde das die Aufmerksamkeit der Weltöffentlichkeit nach sich ziehen. Und seit Jahrhunderten arbeiteten doch aufgeklärte und mutige Männer guten Willens daran, die Ziele im Geheimen zu erreichen, ohne dass die Weltöffentlichkeit davon erfuhr. Die vielen einzelnen Gruppen ihrer Organisation würden bis in die untersten Stufen der Hierarchie-Pyramide hinein in Verruf geraten. Das durfte nicht sein! Standen sie nicht gerade jetzt gemeinsam kurz davor, den Plan in die Tat umzusetzen? Einen Plan, der zur Zeit der ersten großen Kultur der Menschheit in Babel formuliert worden war?

Und die Erfolge waren sichtbar, so komisch es schien, sogar ohne dass die Weltöffentlichkeit diese Erfolge bemerkte.

Der Einfluss der Organisation war einfach gewaltig; alles geschah im

Verborgenen. Tausende von örtlich organisierten Gruppen arbeiteten seit Jahrhunderten an einem gemeinsamen Ziel, aber nur die Obersten in der Pyramide wussten um den geheimen Plan aus dem alten Babel.

Man brauchte einfach nur noch ein wenig Geduld, und alles würde sich automatisch fügen – es war nicht mehr weit bis zum Erreichen des Endziels zum Wohle der Menschheit.

Aber aus irgendeinem Grund war es nicht möglich, diesen Draufgänger, Gilbert Winter, zu stoppen, denn der Meister aus Illinois hatte anscheinend Sympathien für diesen Emporkömmling und hielt schützend seine Hand über ihn.

Nein, jetzt mussten andere Geschütze aufgefahren werden! Deshalb überprüfte er gerade ein Dossier, das er sich über diesen Deutschen hatte zusammenstellen lassen, um irgendetwas zu finden, was helfen würde, den Kerl abzusägen und zu stoppen.

Und das Gute war: Es gab sie, diese gravierenden Schwachstellen, die Gilbert Winter ein für alle Mal stoppen konnten. Sogar der Meister in Illinois würde ihn nicht mehr schützen können, sobald diese Fakten bekannt würden.

Und er, Richard Trichet, hatte die Beweise hier in seinem Aktenkoffer, um sie in Paris als Waffe gegen diesen Schädling einzusetzen.

Plötzlich war vom Rotor her ein krachendes Geräusch zu hören. Der Hubschrauber geriet ins Trudeln, von den Piloten her war panisches Geschrei zu hören, weil offenbar nichts mehr ging und sie die Kontrolle über die Maschine verloren hatten.

Richard Trichet schaute entsetzt aus dem Fenster. Sie rasten auf einen hohen Berg zu.

* * *

Gilbert Winter nahm die Nachricht vom tragischen Absturz des Hubschraubers zufrieden entgegen, bei dem Richard Trichet und zwei Piloten ums Leben gekommen waren. Sein treuester Mitarbeiter in Basel, sein Mann fürs Grobe, hatte wieder mal ganze Arbeit geleistet. Der Absturz würde untersucht werden, ja, aber es würde wie ein Unfall aussehen – »technisches Versagen aufgrund von Materialermüdung« würde im Abschlussbericht stehen.

Endlich war der Schweizer, sein härtester Rivale, aus dem Weg geräumt. Und dieser Absturz löste auch ein weiteres Problem: Dieser Bastard hatte Beweise gegen ihn gesammelt, ja sogar ein komplettes Dossier zusammengestellt, das ihn schwer belastete. Und er hatte alles immer ganz eng bei sich getragen.

Der Deutsche grinste - seine Sorgen hatten sich mit einer einzigen Explosion in Luft aufgelöst. Und jetzt würde er selbst Trichets Platz einnehmen und eine Stufe höher steigen in der Pyramide der Auserwählten.

In den Bergen von Colorado

Nach der Landung in Denver war es Ariel, Yumiko, Lion und Jackie gelungen, unbemerkt die Sicherheitskontrollen zu umgehen. Ein Freund von Ariel arbeitete dort im Sicherheitsbereich und hatte dafür gesorgt, dass sie den inneren Flughafenbereich durch einen nicht überwachten Mitarbeiterausgang verlassen konnten. Das war wichtig, denn nur so konnten sie unerkannt und anonym das Land der unbegrenzten Möglichkeiten betreten, zumal Jackie ja noch immer nicht ihren Pass oder einen anderen Ausweis von sich hatte. Außerdem hatten sie sich mit diesem Schachzug aus der Schusslinie der Organisation katapultiert, die weiterhin davon ausging, dass sich Jackie und Lion in Deutschland oder zumindest in Europa aufhielten.

Es folgte eine anstrengende Weiterfahrt in einem uralten Jeep, der im Gegensatz zu neueren Fahrzeugen kaum Elektronik besaß.

Ariels kurzer Kommentar zu dem unbequemen Gefährt, das ganz ohne Klimaanlage oder jeglichen anderen vermeintlichen Luxus auskam, war: »Keine Elektronik, keine Überwachung - so einfach ist das!«

Nur Ariel wusste, wo sie hinfuhren. Die anderen erfuhren das Ziel erst, als sie nach einer mehrstündigen Reise ankamen, und zwar hoch oben in den Bergen Colorados vor der Hütte eines seltsam anmutenden Einsiedlers indianischer Herkunft, in der sich auch die zwei von Ariel erwähnten Personen aufhielten, nämlich David Grand und Leandro Bugatti.

* * *

Hoch in den Bergen Colorados in einer Einsiedlerhütte

Nachdem Sam, David und Leandro die Neuankömmlinge begrüßt und sich mit ihnen bekannt gemacht hatten, wandten sie sich dem eigentlichen Grund ihres Zusammentreffens zu.

Sam, der in seiner Hütte noch nie so viele Gäste gehabt hatte, bot ihnen zunächst einmal frisch gebackenes Fladenbrot an, zusammen mit ein paar Leckereien, die Ariel mitgebracht hatte. Anschließend zauberte Ariel auch noch ein paar Packungen schottische Shortbread Fingers aus dem Hut und bot allen zum gemeinsamen Gespräch einen guten Schweizer Kaffee an, den er höchstpersönlich in Sams winziger Küche zusammenbraut hatte.

Zunächst einmal erzählten Lion und Jackie ihre Erlebnisse und Jackie schloss mit den Worten: »Als diese Typen vor unserer Abteiltür standen und uns androhten, tödliches Gas ins Abteil zu leiten, dachte ich, jetzt sei es aus«

»Mir ging es genauso!«, pflichtete ihr Lion bei. »Aber dann hat uns Ariel das Leben gerettet und glücklicherweise hierhergebracht. Ich kenne zwar immer noch nicht den Grund – vielleicht sind wir hier einfach in Sicherheit – aber er meinte auch, er würde uns hier mit zwei interessanten Personen bekannt machen. Bin mal gespannt, was ihr so zu erzählen habt.«

Ariel griff das Gespräch auf.

»Ich kenne David und Leandro zwar noch nicht, aber Sam hat mir schon einiges über die beiden berichtet. Sie haben es offensichtlich mit derselben Organisation zu tun bekommen wie Jackie und Lion und sind genauso auf der Flucht wie ihr. Und nachdem mir ein Freund, der immer noch für meinen ehemaligen Geheimdienst tätig ist, vertraulich ein paar Informationen über diese Organisation zur Verfügung gestellt hat, sind mir die Augen aufgegangen: Hinter beiden Angelegenheiten, und zwar dem, was Jackie und Lion in Norditalien erlebt haben, und dem, was hier in Colorado vor sich geht, steckt ein Mann, der sich im Augenblick in Basel aufhält.«

Ariel macht eine kurze Pause.

»Sein Name ist Gilbert Winter. Du kennst ihn vermutlich, wenigstens dem Namen nach, Leandro, oder? Er ist der Verantwortliche beider Projekte. Bis heute hatte noch niemand so genau feststellen können, worum es bei seinen Projekten überhaupt geht. Das ist auch der Grund, weshalb ich euch vier zusammengebracht habe. Vielleicht gelingt es uns, Licht ins Dunkel zu bringen. Anschließend müssen wir uns überlegen, wie es mit euch vieren weitergeht.«

Dann wandte er sich an Leandro und David.

»Vielleicht könnt ihr mal eure Geschichten erzählen, dann wird hoffentlich einiges klarer. Fangt am besten mit eurer gemeinsamen Flucht an.«

Leandro übernahm das Wort:

»Kurz vorab: Ich habe die letzten Jahre hier in Colorado in einer hoch geheimen Einrichtung an etwas gearbeitet, was so bedeutend ist, dass nach Meinung von Gilbert Winter, meinem ehemaligen Auftraggeber, die Öffentlichkeit niemals davon erfahren darf. Lange hat mir die Sache viel Spaß gemacht. Doch als ich dahinterkam, was meine Auftraggeber vorhatten, blieb mir nichts anderes mehr übrig, als Informationen, Daten und Beweismaterialien zu sammeln und mich letztendlich abzusetzen, um diese Informationen an die Öffentlichkeit zu bringen. Das haben die anscheinend spitzgekriegt und deshalb ein Killerkommando auf mich angesetzt. Ich habe insgesamt zwei Mordanschläge überlebt, dank David, den ich zufälligerweise auf der Flucht kennengelernt habe. Ja, ihm verdanke ich mein Leben.«

David korrigierte ihn lächelnd: »Nein, dass wir jetzt noch leben, ist Gottes Werk, nicht meins! Und es war auch kein Zufall, dass wir beide uns getroffen haben, aber sprich ruhig weiter!«

»Stimmt, David behauptet, Gott hätte ihn persönlich losgeschickt, mich zu retten, aber das kann er euch ja hinterher noch genauer erzählen. Auf jeden Fall stecken wir jetzt beide in diesem Schlamassel und wissen nicht, wie es weitergeht. Deshalb hat Sam den Kontakt zu Ariel hergestellt. Und dank Sam glauben unsere Verfolger auch, dass wir tot sind und sie ihren Auftrag erledigt haben. Aber am besten erzähle ich euch jetzt mal alles der Reihe nach.«

Lion lehnte sich zurück und forderte Leandro auf. »Okay, dann erzähl mal ...«

* * *

Gilbert Winter schüttelte ärgerlich den Kopf und blickte Jill zornig in die Augen:

»Was soll das heißen, Lion Daniels und Jacqueline Arielle Bordeaux sind von der Bildfläche verschwunden? Und, unser Einsatzteam sei von der Polizei festgenommen worden und säße jetzt in Hamburg in Untersuchungshaft? Die hatten diesen achtzehnjährigen Superhelden mit seiner Begleiterin doch schon im Sack! Wie ist das möglich?«

»Wir können bis jetzt noch nicht nachvollziehen, was genau passiert ist. Unsere Leute wurden mit einem äußerst schnell wirkenden Betäubungsgift ausgeschaltet. Und unsere Zielpersonen sind mitten auf der Strecke von Augsburg nach Nürnberg ausgestiegen und spurlos verschwunden. Sie müssen professionelle Hilfe von außen bekommen haben, anders ist das nicht erklärlich.«

»Du meinst ein feindlich gesinnter Geheimdienst – der Iran, die Russen oder aus dem arabischen Raum?«

»Nein! Die hätten unser Team getötet! Von der Methode her haben sich unsere Gegner äußerste Mühe gegeben, möglichst keinen Schaden anzurichten. Vor allem haben sie keinerlei Spuren hinterlassen. Das passt nicht zu deren Stil.«

»Heißt das, Lion Daniels und seine Begleiterin laufen jetzt frei herum und haben noch dazu auf ihrer Flucht einen mächtigen Verbündeten im Rücken, den wir noch nicht mal zuordnen können?«

»Vermutlich. Andererseits sollten wir nicht allzu schwarzsehen! Was wissen die beiden denn über uns? Diese Jacqueline leidet unter einer von uns künstlich herbeigeführten Amnesie. Und dieser Daniels hat sie aus rein persönlichen Motiven befreit, die mit unserer Arbeit nichts zu tun haben, das steht fest.«

»Aus welchen?«

Jill grinste:

»Eine Love-Story – das Mädchen hat ihm anscheinend total den Kopf verdreht. Die beiden waren ein Jahr zuvor noch Klassenkameraden in einer Schule. Aus einem Chat der Klassenkameraden erfuhr ich dann, dass er die feste Absicht hatte, sich dieses Mädchen zu angeln, sie aber dazu noch nicht bereit war. Doch ein Jahr nach ihrem Abschluss wollten sie sich zu einem Date treffen, wahrscheinlich mit dem Ziel, das Versäumte nachzuholen.«

»Lass mich raten – das Date sollte in Basel stattfinden, im Starbucks Coffee House am Hauptbahnhof!«

»Davon gehen wir aus. Denn beide hielten das Treffen ein.«

»Aber wie ist das möglich? Jacqueline hatte doch eine Amnesie und konnte sich unmöglich an diesen Typen erinnern, noch an ein vermeintliches Date mit ihm!«

»Das ist auch für uns noch immer ein totales Rätsel, warum sie zu einem Treffen nach Basel gefahren ist, obwohl sie eigentlich nichts davon wissen konnte. Und dieser Daniels, den wir total unterschätzt haben, hat uns ausgetrickst – unglaublich, auf welche Weise es ihm gelungen ist, sie in Como aufzuspüren.«

»Wie denn?«

Die Finnin hielt einen unscheinbaren Gegenstand hoch:

»Damit! Das haben wir in Jacquelines Handtasche gefunden. Und es bereitet uns ehrlich gesagt Kopfzerbrechen.«

»Was ist das?«

»Ein russisches Ortungsgerät, das nur in Geheimdienstkreisen Verwendung findet!«

Gilbert Winter fasste sich ungläubig an den Kopf.

»Also doch die Russen? Das klingt höchst beunruhigend! Wie ist er da rangekommen?«

»Das wissen wir nicht! Aber wie gesagt, vieles spricht für einen Kontakt zu einem Geheimdienst.«

»Da steckt mit Sicherheit ein Geheimdienst dahinter! Aber sie werden keine Informationen aus dieser Jacqueline Arielle Bordeaux herausbekommen, die uns gefährlich werden könnten, weil nur wir den Prozess ihrer Amnesie rückgängig machen können ...«, beruhigte er sich selbst. »Ansonsten sind uns jetzt erst einmal die Hände gebunden! Wir müssen das Beste daraus machen! Sorgt also weiterhin mit einer lückenlosen Überwachung durch das TIER dafür, dass wir sie und Lion Daniels wieder in unser Netz bekommen oder dass sie sich nicht vom Fleck bewegen können. So können wir zumindest den entstandenen Schaden eindämmen.«

»Machen wir! Und wie geht es in Como weiter?«

»Anlage sofort schließen, Spuren verwischen und alles an einem anderen Ort wieder aufbauen – oder hast du eine bessere Idee?«

»Nee. Sehe ich genauso!«

»Übrigens, ich werde heute noch nach Colorado fliegen! Muss mich persönlich darum kümmern, dass nach dem Ausscheiden von diesem Bugatti das Projekt reibungslos weiterläuft und Ersatz für ihn gefunden wird. Außerdem habe ich eine Audienz beim Meister in Illinois.«

Jill pfiff durch die Zähne:

»Nach dem«, sie malte mit den Fingern zwei Anführungszeichen in die Luft »tragischen Hubschrauberabsturz in den Vogesen ist eine Position frei geworden. Und du bist sein Top-Favorit?«

Gilbert nickte verschmitzt und riss in einer Siegerpose beide Arme in die Luft.

»Gratuliere!«

* * *

Colorado

Lion, Jackie, Ariel und Yumiko schauten Leandro mit großen Augen an, nachdem er ihnen den umfassendsten Teil seiner Geschichte erzählt hatte.

»Und was ist mit dieser Einrichtung, wo ich war?«, wollte Jackie wissen. »Ich habe total Angst, dass sie mich dort auch mit so einem Virus infiziert haben.«

Leandro schüttelte den Kopf.

»Das Projekt am Comer See befasst sich mit etwas komplett anderem.«

»Und womit?«

»Weiß ich nicht genau – auf jeden Fall haben unsere Viren die Anlage in Colorado niemals verlassen.«

Jackie zog die Stirn kraus.

»Also ich würde schon gerne wissen, was die mit mir gemacht haben.«

Lion legte seinen Arm um sie.

»Wir kommen dahinter, das verspreche ich dir!«

Dann wandte er sich an Leandro.

»Aber zurück zu Colorado – was genau bezwecken diese Leute? Warum wollen sie die totale Kontrolle über andere Menschen bekommen?

Da muss es doch irgendwelche Hintergedanken geben, irgendein größeres Ziel oder so etwas.«

Leandro zuckte mit den Schultern.

»Winter hat sich zwar mal in einem der von mir abgehörten Gespräche dazu geäußert, aber ehrlich gesagt bin ich daraus nicht ganz schlau geworden. Alles klang so großkotzig und absurd. Schade, dass der Speicherchip zerstört wurde, sonst könntet ihr es euch auch mal anhö...«

Plötzlich schlug er sich an den Kopf.

»So was! Daran habe ich gar nicht mehr gedacht! Moment mal.«

Unter den Blicken der anderen fing Leandro an, in seiner Gürteltasche zu kramen. Dann zückte er einen zusammengerollten Zettel aus einem Geheimfach heraus und hielt ihn triumphierend in die Luft.

»Das hier ist ein Gespräch zwischen dem Laborleiter und Gilbert Winter, und zwar in schriftlicher Form. Bevor ich den Bio-Speicherchip zur Verfügung hatte, musste ich alle Aufnahmen mit einem Computerprogramm in Textform umwandeln lassen, um die Gespräche aus der Anlage schmuggeln zu können. Dieses Gespräch hier hatte ich in Textform immer dabei, weil ich nicht ganz schlau daraus geworden bin und in Ruhe darüber nachdenken wollte.«

David kratzte sich am Kopf.

»Ich dachte, es sei alles verloren gegangen und du hättest nichts mehr in der Hand.«

»Das hier schon! Ich lese es euch mal vor – klingt so wie eine uralte Verschwörung, an die Leute vom Schlag eines Gilbert Winter anscheinend heute noch glauben:

Winter: Du kennst doch diese Geschichte vom Turmbau im alten Babylon. Damals gab es eine Generation von Visionären und Menschen guten Willens, die einen richtungsweisenden Plan hatten.

Bineaux: Eine Sprache, ein Turm, ein gemeinsames Ziel – ein Weltreich des Friedens. Meinst du das?

Wieder Winter: Richtig. Ein Weltreich, in dem die Menschheit endlich ihr volles Potenzial entfaltet, eine nie dagewesene Daseinsstufe erreicht, ja letztendlich zur eigenen Göttlichkeit gelangt, losgelöst von einem moralisierenden Gott sogenannter heiliger Schriften, der die Menschen in diesem Reich nicht mehr länger in Knechtschaft halten kann.

Darauf Bineaux: Aber sind das nicht alles nur Mythen und Legenden?

Winter: Nein, mein Lieber! Dieser Plan aus dem alten Babylon existiert und wurde über Jahrhunderte von Generation zu Generation an eine auserwählte Elite weitergegeben, an Personen guten Willens. Und wenn du dir Europa anschaust – da schreien sie mittlerweile alle förmlich danach, die in der Geschichte so lange verfeindeten Nationalstaaten durch etwas Besseres, etwas Größeres zu ersetzen.

Wieder Bineaux: Doch nicht etwa die Vereinigten Staaten von Europa?

Winter: Mehr noch! Europa ist nur der Motor von etwas noch Größeren! Ja, weltweit entsteht ein WIR-Gefühl und damit auch die Bereitschaft, sich einer global geführten ›Eine-Welt-Regierung‹ unterzuordnen. Nur leider gibt es aber eben auch diese hartnäckigen Abweichler, die sich gegen unsere Ideen stellen werden.

Bineaux: Die wird es doch immer geben – sie werden sich fügen müssen.

Winter: Nein, sie werden sich niemals fügen! Zum Beispiel gibt es immer noch diese Fanatiker, die fest an einen Gott der Bibel glauben, gegen alle Vernunft – und dass dieser moralisierende Gott die Geschicke der Menschheit lenken würde. Sie stellen ein ernsthaftes Problem dar, das gelöst werden muss.

Daraufhin antwortete Bineaux: Du übertreibst! Wir haben gute Konzepte, mit denen sie sich ködern lassen.

Doch Winter sagte: Glaub mir – nicht alle werden wir damit überzeugen können. Sie sind wie eine Keimzelle, die Misstrauen sprießen lassen wird – und damit gefährden sie das Ganze. Wir müssen mit aller Entschlossenheit gegen sie vorgehen.

Und wie stellst du dir das vor?, hat Bineaux daraufhin gefragt.

Und Winter erklärte: Nun, es gibt zwei Möglichkeiten: Entweder, man beseitigt sie – aber denk an die Französische Revolution – der Versuch, die Gegner zu beseitigen, endete in einem gewaltigen Blutbad, ohne dass damit das Ziel der damaligen Visionäre erreicht werden konnte. Oder wir programmieren die Abweichler um, sodass sie nach unserer Pfeife tanzen. Und glaub mir – wir sind mit unserem Projekt hier bald dazu in der Lage.«

* * *

Leandro schaute die anderen an.

»Vielleicht versteht ihr jetzt, warum ich aus diesem Gespräch bisher noch nicht so richtig schlau geworden bin.«

Sam schüttelte ungläubig den Kopf.

»Wie können Leute wie dieser Gilbert Winter an so einen Schwachsinn glauben? Klingt für mich wie eine absurde Verschwörungstheorie! Nein, das Ganze ist für mich einfach totaler Quatsch!«

Yumiko widersprach.

»Aber diese Leute glauben fest daran - das macht die Sache ja so gefährlich. Und absurd finde ich das Ganze auch nicht. Seien wir doch mal ehrlich - überall wird heute doch schon von der Weltgemeinschaft gesprochen. Die Medien trimmen uns darauf, immer globaler zu denken und sich diesen Ideen gegenüber immer mehr zu öffnen. Und wenn man daran denkt, was heute hinter den Kulissen alles läuft, von dem die normale Bevölkerung nichts ahnt, dann ist so ein Weltreich mit einer Eine-Welt-Regierung wirklich keine Utopie mehr. Man braucht kein Spinner zu sein, um zu erkennen, dass heute intensiv an so einem globalen Weltreich gearbeitet wird.«

Ariel nickte zustimmend.

»Durch meine Arbeit im Geheimdienst weiß ich, was hinter den Kulissen abläuft und dass es da Geheimgesellschaften gibt, die unendlich viel Geld und Macht besitzen, um genau das umzusetzen. Und Leute wie Gilbert Winter sind bereit, dafür über Leichen zu gehen.«

»Genau!«, sagte Jackie. »Vor Mord schrecken diese Leute auf jeden Fall nicht zurück, wenn man daran denkt, was Leandro und David oder Lion und mir passiert ist. Aber wie stellt sich dieser Winter dieses Umprogrammieren vor?«

Leandro schluckte den letzten Rest seines Kaffees hinunter und setzte die Tasse ab.

»Ganz einfach: Man tötet die Querdenker nicht, wie sie das zum Beispiel während der Französischen Revolution mithilfe der Guillotine gemacht haben, sondern programmiert sie mit unserem Virus einfach um und lässt sie nach ihrer Pfeife tanzen.«

»Wie soll das gehen?«, fragte Lion nach.

»Man infiziert die Massen flächendeckend mit dem von uns hergestellten Virus. Und wenn man herausfindet, dass eine Person nicht spurt, lässt man den Virus aktiv werden und manipuliert am Gehirn so weit herum, bis jeglicher Widerstand gebrochen ist.«

»Und wie könnte das praktisch ablaufen?«, hakte Jackie noch einmal nach.

»Per Fernsteuerung, um es einfach auszudrücken, zum Beispiel mit einem RFID-Chip, also einem über Funk gesteuerten Chip, den man in den Körper einpflanzt!«, klärte Leandro auf. »Es gäbe aber sicher auch andere Möglichkeiten.«

Alle schwiegen und dachten über das Gesprochene nach.

Sam schüttelte den Kopf.

»Ich verstehe aber immer noch nicht, warum intelligente Menschen wie dieser Gilbert Winter an so eine uralte Vision glauben können, die nichts anderes als ein Mythos ist. Das ist einfach nur bescheuert!«

Jetzt schaltete sich David ins Gespräch mit ein.

»So absurd ist das gar nicht! Eigentlich glaubt fast die ganze Welt seit Urzeiten in irgendeiner Weise an diesen Plan oder zumindest an seine Inhalte, ohne zu wissen, was oder besser, wer dahinter steht.«

KAPITEL 18

Alle schauten David entgeistert an, und Lion hakte sofort nach.

»Das musst du uns genauer erklären! «

»Mache ich gerne, aber nur unter einer Bedingung.«

»Welche?«

»Dass ihr mir zuhört und das, was ich euch jetzt von der Bibel her erkläre, nicht gleich als Mythos oder Hirngespinst abtut. Sonst lasse ich es nämlich lieber.«

Sam grinste.

»Also gut, heiliges Indianerehrenwort!«

Die anderen schlossen sich ihm an.

»Also, so abgedreht das Ganze auch klingt, ich glaube, dieser Gilbert Winter weiß genau, wovon er spricht und auf welcher Seite er steht. Es geht hier um den sogenannten Babylon-Plan, der seinen Ursprung an einem Ort hat, den die Bibel ›Babel‹ nennt. Ich habe mich in den letzten Jahren intensiv mit diesem Thema auseinandergesetzt und mir natürlich auch die geschichtlichen Fakten dazu bis in die heutige Zeit angeschaut. Die Bibel berichtet im ersten Buch Moses, im Kapitel 11, dass sich die Menschen der damaligen Zeit zusammengetan haben, um gemeinsam einen Turm zu bauen, der bis in den Himmel reichen sollte.«

»Du meinst den Turmbau zu Babel«, entfuhr es Lion.

»Richtig! Dieser Turm war nicht nur ein gigantisches Bauwerk, sondern auch ein gemeinsames Projekt, was diese Leute einte.«

»Aber es ist doch etwas Gutes, wenn man sich einig ist, gemeinsam ein Ziel vor Augen hat und daran arbeitet«, wandte Ariel ein. »Besser auf jeden Fall, als verfeindet zu sein und sich gegenseitig zu bekriegen.«

David lächelte.

»Das stimmt, aber die Bibel berichtet, dass Gott von dieser Sache überhaupt nicht begeistert war.

»Und warum war Gott nicht damit einverstanden?«, wollte Jackie wissen.

»Es war eine offene Rebellion gegen Gott, also nicht gegen irgendeinen Gott, sondern gegen den Schöpfer des Universums, der alles geschaffen hat, was existiert.«

»Und von diesem Schöpfer des Universums wollten sich die Menschen von Babel also damals abwenden? Aber glaubten sie überhaupt an einen solchen Gott?«, hakte Yumiko nach.

»Ja, darüber waren sich damals noch alle einig, dass es einen Gott gab, der alles geschaffen hat.«

»Woher willst du das wissen?«, fragte Sam zweifelnd.

»Habt ihr mal von dem Buch von Don Richardson gehört – der Titel lautet ›Ewigkeit in ihren Herzen‹?«

Alle schüttelten den Kopf und David fuhr fort.

»Richardson berichtet darin von seinen Recherchen und beweist anhand vieler historischer Beispiele aus aller Welt, dass es am Anfang ein gemeinsames Wissen über Gott gab, also den Gott der Bibel, das aber im Laufe der Geschichte immer mehr verloren gegangen ist und durch Götzendienst, Vielgötterei oder religiöse Aktivitäten der Menschen ersetzt wurde.«

Sam widersprach.

»Sind das nicht alles wilde Spekulationen?«

David schüttelte den Kopf:

»Richardson hält sich an gesicherte Fakten, nicht an Spekulationen.«

»Okay. Sprich weiter!«

»Übrigens tauchen Geschichten wie die über die Sintflut und eben den Turmbau zu Babel überall auf der Welt in sehr vielen nicht biblischen Kulturen auf, sogar in Südamerika bei den Inkas.«

»Aber Pachacuti, der Inkakönig, war doch ein überzeugter Sonnenanbeter«, konterte Sam, »der mit der Bibel nun rein gar nichts am Hut hatte, oder habe ich da im Geschichtsunterricht nicht richtig aufgepasst?«

»Don Richardson schreibt, dass Pachacuti am Ende seines Lebens sich von der Anbetung der Himmelskörper abgewendet hat.«

»Wie das?«

»Durch Beobachtung der Natur. Pachacuti fand wohl heraus, dass die Sonne nur ein Geschöpf sein konnte und nicht Gott. Daraufhin hat er angefangen, in uralten Quellen seiner Vorfahren zu forschen und hat dabei herausgefunden, dass diese noch an einen Schöpfergott geglaubt haben. Das Fazit war: Kurz bevor die Spanier die Inkakultur zerstört haben, hatte er sich diesem Schöpfergott zugewendet und auch so etwas wie Prosa oder Gedichte geschrieben, die vom Inhalt und Stil wie die Psalmen in der Bibel klingen. Und denkt dran – er konnte die Bibel ja nicht gekannt haben, weil er auf der anderen Seite des Ozeans lebte. Traurig ist, dass die Spanier das Inkareich zerstört haben, noch bevor das einfache Volk davon erfuhr.«

Davids Miene verfinsterte sich, als er weitersprach: »In den Geschichtsbüchern werden diese Tatsachen leider bis heute einfach ausgeblendet und es wird so getan, als ob die Sonnenanbetung der ursprüngliche Glaube der Inkas gewesen sei, was aber nicht stimmt. Fakt ist: Wenn Geschichten wie der Turmbau zu Babel und die Sintflut alles nur von Menschen erfundene Mythen wären, dann wäre es ja wohl kaum möglich, dass Kulturen wie die Inkas etwas davon in ihrer Überlieferung bewahrt haben.«

Ariel schaute ihn fasziniert an.

»Ich glaube, ich muss dieses Buch auch mal lesen!«

»Ja, mach das, es lohnt sich. Auf jeden Fall wussten die Leute von Babel damals sehr genau, was sie taten. Denn der Turm zu Babel war nicht nur einfach ein Bauwerk, sondern das ganz starke Symbol dieser Menschen, dass sie sich von ihrem Schöpfer abwenden wollten, um aus eigenen Kräften und auf eigene Weise den Himmel zu erreichen – so zumindest beurteilt die Bibel ihr Handeln. Sie folgten damit der Rebellion Satans, also der Rebellion des Teufels gegen Gott, die vorher schon stattgefunden hatte.«

Lion fragte nach: »Willst du damit sagen, dass es nicht ihre eigenen

Gedanken waren, denen diese Leute folgten, sondern Gedanken vom Teufel?«

David nickte.

»Ich gebe euch nur das weiter, was aus meiner Sicht die Bibel darüber sagt. Dem Gegenspieler Gottes, Satan oder auch Teufel genannt, gelang es damals, die Menschen zu dieser Rebellion zu verführen, indem er sie mit einem ganz alten Gedanken köderte. Nämlich der Illusion, dass es möglich sei, durch eine Rebellion gegen den Schöpfer zur eigenen Göttlichkeit gelangen zu können und damit den Himmel erobern zu können.«

David machte eine kurze Pause und trank einen Schluck seines inzwischen kalt gewordenen Kaffees.

»Wer den Zusammenhang der Bibel kennt: Babylon steht immer für Götzendienst oder Abgötterei. Das zieht sich wie ein roter Faden durch die ganze Bibel hindurch. Babel wird von vielen Bibelkennern auch als die Geburtsstunde aller Religionen oder aller Bemühungen angesehen, sich vom wahren Schöpfergott abzuwenden. Und schon damals existierte der Plan, ein menschliches Weltreich zu bauen, das eben ganz klar in Konkurrenz zum Schöpfer der Welt stand. Und der Turm zu Babel steht damals wie heute als Symbol für die Vision, aus eigener Kraft so ein Weltreich aufbauen zu können. Habt ihr euch zum Beispiel mal die Form des Europaparlaments in Strasbourg angeschaut?«

Ariel nickte.

»Die Architektur macht auf mich tatsächlich ganz stark den Eindruck, als ob sie dem Turm zu Babel nachempfunden worden wäre.«

»Und Lion – du warst doch erst vor Kurzem in Basel am Hauptbahnhof SBB. Hast du dir mal das Gebäude angeschaut, das dem Bahnhof gegenübersteht?«, wandte sich David an Lion.

»Hmm, stimmt, da gab es ein modernes hohes Gebäude, was auch so eine turmförmige Architektur hatte. Ja, wenn ich darüber nachdenke – das Ding hatte schon eine starke Ähnlichkeit mit unserer Vorstellung vom Turmbau zu Babel. Worauf willst du hinaus?«

»Bei diesem Gebäude handelt es sich um die BIZ, die Zentralbank der Zentralbanken.«

David ließ diese Information auf die anderen wirken.

»Willst du damit ausdrücken, dass alle an einer weltweiten Verschwörung beteiligt sind und deshalb die Gebäude so gebaut haben?«, fragte Lion entrüstet.

»Nein, ich will damit einfach nur sagen, dass die Grundideen dieser Generation aus Babel auch heute noch eine große Bedeutung zu haben scheinen, sonst hätte man niemals diese bedeutenden Gebäude so gebaut, dass sie dem Turm von Babel ähnlich sehen.«

Ariel nickte zustimmend: »Nachvollziehbar - sprich weiter!«

David fuhr fort: »Die Bibel berichtet, dass Gott die Menschen aus Babel gestoppt hat, indem er dafür sorgte, dass keiner den anderen mehr verstehen konnte.«

Lion grinste.

»Richtig - die Geschichte hat mir meine Mutter erzählt: Gott hat sozusagen die Festplatte im Hirn jedes Menschen formatiert und jedem eine neue, andere Sprache einprogrammiert. Daraufhin hat keiner mehr das, Achtung, Wortwitz, ›Gebabbel‹ des anderen verstanden.«

»Genau, der Plan dieser Leute aus Babel war, losgelöst vom Schöpfergott ein Weltreich zu errichten, in welchem den Menschen keine Grenzen mehr gesetzt sind, in dem alles erlaubt und alles möglich ist. Diese Vision lebt seitdem in unseren Köpfen weiter: Grenzenlose Freiheit - Selbstverwirklichung - die eigenen Grenzen überwinden und sogar zaubern können; sein wie Gott oder selbst Schöpfer sein - wer träumt nicht davon?«

David sah in die Runde. Sechs Augenpaare sahen ihn gebannt an. Also sprach er schnell weiter.

»Aber das Resultat dieser Gedanken sehen wir ja heute: Wenn wir mal an so ein typisches menschliches ›Schöpfungswerk‹ denken, wie zum Beispiel die Atombombe - mit der Kernspaltung wurden ja wohl eindeutig von Gott gesetzte Grenzen überschritten - dann kann man nachvollziehen, warum Gott von den Ideen dieser alten babylonischen Generation nicht allzu begeistert ist, und zwar damals wie heute.«

David machte eine Gedankenpause.

»Nie ist es einem Machthaber gelungen, mit kriegerischen Mitteln ein Reich zu bauen, das die ganze Welt umspannte. Und es gibt dafür ja auch etliche Beispiele bekannter Personen der Geschichte, die genau das versuchten und gescheitert sind; man denke nur an Nebukadnezar, Alexander den Großen, Nero, Napoleon, ja zuletzt auch Hitler, der mit seinem schrecklichen Vorhaben sechs Millionen Juden auf dem Gewissen hatte und die ganze Welt in eine Katastrophe geführt hat. Dieses eine Weltreich wird aber noch kommen, in erster Linie nicht durch Krieg, sondern weil die heutige sogenannte Weltgemeinschaft das so möchte.«

»Wieso möchte die Weltgemeinschaft so etwas?«, hakte Jackie nach.

»Na, ganz einfach! Sehnt sich nicht jeder nach Frieden und Sicherheit – wer könnte dies besser garantieren als eine Eine-Welt-Regierung, die alles unter Kontrolle hat und Kriegstreibern sofort den Garaus macht? Und so ein Weltreich wird kommen, davon bin ich überzeugt, nur wird es nicht das sein, wofür es sich ausgibt. An verschiedenen Stellen in der Bibel wird prophezeit, dass es nach der Rückkehr von Israel in sein Land so ein Reich geben wird.«

Ariel nickte zustimmend.

»Diese Rückkehr Israels am Ende der Zeiten wurde in den Heiligen Schriften zum Beispiel im Buch Hesekiel ab Kapitel 36 tatsächlich prophezeit und hat sich vor unseren Augen erfüllt, das können in Israel sogar die hartnäckigsten Bibelkritiker nicht bestreiten. Der Staat Israel wurde 1948 neu gegründet.«

Dann wandte er sich an David: »Du meinst, dass dieses Ereignis also kurz vor der Errichtung des Weltreichs liegt?«

»Ja, nur wird nicht gesagt, wie viele Jahre oder auch Jahrzehnte dazwischen liegen! Biblische Prophetie ist so wie ein Blick auf ein Gebirge: Man sieht viele Berge, die anscheinend nahe beieinanderliegen, aber manchmal sind mehrere Täler zwischen den Bergen, die man nicht im Blick hat. Auf jeden Fall spricht die Bibel von einem Weltstaat, in dem der Gesetzlose oder der Antichrist, der direkt von Satan inspiriert ist, in einer schrecklichen Diktatur die ganze Welt beherrschen wird – das ist der wahre Babylon-Plan, an dem Gilbert Winter und Konsorten arbeiten, wenn ihr mich fragt.«

»Nicht möglich!«, widersprach Sam. »Wie will dieser Antichrist zum Beispiel Menschen überzeugen, die bis heute fest in ihrer Religion verwurzelt sind?«

»Mithilfe eines falschen Propheten, der die religiösen Gefühle dieser Leute perfekt aufgreift, diese bedient und das Ganze mit mächtigen Taten unterstreicht – also Zeichen und Wundern –, die so etwas wie die Erfüllung ihrer religiösen Sehnsucht bieten«, klärte Ariel auf. »Ich habe schon davon gehört. Und mit diesem oder ähnlichen Konzepten ködern seit Jahrhunderten Diktatoren, selbst ernannte Geistliche oder andere Machtmenschen ihre Untertanen und halten so das einfache Volk mit eiserner Rute unter Kontrolle; mir fällt da als Beispiel ganz spontan die Inquisition im Mittelalter ein.«

David kam zum Schluss: »Genau! Und mit raffiniert ausgeklügelten Konzepten wird so etwas wie eine Einheits-Weltreligion eingeführt, auf die alle reinfallen werden, außer diejenigen, die sich eng an die Bibel, also Gottes Wort, halten und diesen verführerischen Plänen widerstehen. Denn das insgeheime Ziel dieser Einheits-Weltreligion wird sein, dass man letztendlich Satan anbetet und nicht Gott. Und ihr könnt euch vorstellen, was mit solchen Leuten dann gemacht wird, die sich weigern.«

»Märtyrer?«, fragte Yumiko nach. »Also, du meinst, Winter meinte diese Personengruppe, als er von hartnäckigen Abweichlern oder Fanatikern gesprochen hat?

David nickte: »Ja, es wird, wie so oft in der Geschichte, wieder Juden und Christen treffen, die widerstehen werden. Aber glücklicherweise wird Gott dem allen auch ein schnelles Ende setzen.«

* * *

Ariel klopfte David auf die Schulter.

»Danke, David, für deine Gedanken. Sind für mich sehr nachvollziehbar.«

Dann wandte er sich an den Rest der Truppe.

»Unabhängig davon, ob ihr das, was David uns erzählt hat, eins zu eins selbst glaubt oder nicht - in einem hat er recht: Die Vision von so einem Weltreich geistert anscheinend schon seit Jahrhunderten oder sogar Jahrtausenden in den Köpfen der Menschheit herum, vor allem bei denen, die sich zur Elite einer Gesellschaft zählen. Und auch heute gibt es sehr einflussreiche und mächtige Geheimgesellschaften wie Gilbert Winters Organisation, die davon überzeugt sind, daran arbeiten zu müssen und teilweise sogar bereit sind, über Leichen zu gehen, um ihre Pläne für so ein Weltreich in die Tat umzusetzen. Das macht die Sache ja so gefährlich.«

Leandro nickte und fügte hinzu: »Und dieser Gilbert Winter will Menschen, die sich gegen solche Pläne stellen, umprogrammieren, also sie kontrollierbar machen, sodass sie nach seiner Pfeife tanzen; und zwar mithilfe eines Virus. Und wenn ich an unsere Forschungen denke – dieser Wahnsinnige wird vielleicht schon bald dazu in der Lage sein.«

Lion sprang spontan und entschlossen auf: »Dann müssen wir ihn stoppen!«, rief er laut.

Ariel drückte ihn wieder auf seinen Sitz zurück und schüttelte den Kopf.

»Unrealistisch! Diese Angelegenheit ist eindeutig ein paar Nummern zu groß für uns.«

»Und was schlägst du stattdessen vor?«, entgegnete ihm Lion.

»Kopf einziehen und abtauchen – wir können nichts dran ändern! Wir sollten lieber zusehen, dass wir uns selber möglichst schadlos aus der Affäre ziehen!«

»Wahrscheinlich hast du recht!«, sagte Leandro. »Ich sehe auch keine Chancen, gegen die Pläne dieses Finanzmoguls Gilbert Winter und seine Pappenheimer vorzugehen, vor allem nicht, nachdem ich keine Beweise mehr gegen ihn in der Hand habe. Aber falls es euch beruhigt: Dieser Virus lässt sich sowieso nur kontrollieren, wenn man sich vorher so einen Funk-Chip hat einpflanzen lassen. Mal ganz realistisch betrachtet: Das wird vielleicht erst in ein paar Jahren ein Thema sein, das die Massen betrifft, nicht aber heute schon. Meiner Meinung nach sollten wir uns deshalb erst einmal darum kümmern, uns selbst in Sicherheit zu bringen.«

Dann wandte er sich an Lion.

»Und vielleicht hast du es vergessen, Lion, aber du und Jackie, ihr steht ganz oben auf der Abschussliste dieser Organisation. David und mich lassen sie im Augenblick auch nur deshalb in Ruhe, weil sie glauben, dass wir tot sind. Also, machen wir uns nichts vor. Stattdessen sollten wir uns zunächst einmal Gedanken machen, wie wir, vielleicht mit einer neuen Identität, untertauchen können. Und erst dann bin ich bereit, darüber nachzudenken, wie man diesen Winter stoppen kann.«

* * *

Lion schaute wütend in die Runde.

»Ihr wollt also kneifen und diesen Wahnsinnigen einfach machen lassen? Sehe ich das richtig?«

Jackie, Sam und Yumiko zuckten nur hilflos mit den Schultern. Ariel fasste die Ohnmacht aller für Lion in Worte: »Ich wiederhole mich nur ungern, Lion, aber wir haben im Augenblick nicht die Möglichkeit, uns mit dieser Organisation weiter anzulegen. Wir sind nicht in der Position dazu – uns sind schlichtweg die Hände gebunden.«

Lion schaute zu David, der sehr bedrückt dreinschaute, und dem irgendetwas auf dem Herzen zu liegen schien.

»David, sag doch auch mal was dazu!«

Nach kurzem Zögern folgte er Lions Aufforderung.

»Also wenn ihr mich fragt, dann haben wir einen Aspekt in der Sache noch gar nicht angeschaut. Wir haben es ja auch hier wieder mit der typisch menschlichen Arroganz zu tun: Als ob sich so etwas Wildes wie ein Virus auf Dauer wirklich kontrollieren lassen würde, pah! Also ich kenne mich zwar nicht in Leandros Fachgebiet aus, aber Viren sind eben Viren – die können sich schnell mal durch Mutation verändern und außer Kontrolle geraten. Wie kann sich jemand einbilden, einen Virus voll unter seiner Kontrolle behalten zu können? Ich habe das Gefühl, dass da in geheimen Forschungsanlagen so etwas wie eine biologische Atombombe tickt, die irgendwann einmal hochgehen wird.«

Leandro wurde nachdenklich.

»Ich will ehrlich sein – ja, ich habe im Labor genau daran gearbeitet, dieses Wilde eines Virus unter Kontrolle zu bringen, und ich habe sogar gute Lösungen gefunden. Diese Gedanken hatte auch ich also während meiner Arbeit immer wieder gehabt, sie aber stets wieder verdrängt, sobald ich eine neue Lösung gefunden hatte. Denn wir hatten zwar die meisten unserer Viren im Labor vollkommen unter Kontrolle und haben Ergebnisse erzielt, die einfach sensationell waren, aber eben nur unter Laborbedingungen. Und es gab beim neuesten und erfolgreichsten Virenstamm AQ9 auch im Labor unerwünschte Abweichungen. Wie gesagt, ich habe daran gearbeitet und die Probleme zwar gelöst, aber es stimmt; es ist gut möglich, dass sich diese Viren außerhalb des Labors so verändern, dass sie sich eben nicht mehr kontrollieren lassen. Und das Problem dabei ist, dass diese Viren so resistent und robust gezüchtet sind, dass der menschliche Körper kein Mittel haben wird, sie zu bekämpfen. Mit anderen Worten: Einmal im Körper angekommen, sind sie nicht mehr kleinzukriegen, sollten sie außer Kontrolle geraten sein.«

Lion griff seinen Faden wieder auf.

»Ihr habt's gehört! Dieser Virus könnte eine in der Geschichte beispiellose Epidemie auslösen. Abtauchen löst das Problem also nicht! Wir müssen angreifen und diesen Wahnsinn stoppen!«

Ariel schüttelte zaghaft den Kopf, sein anfänglich noch starker Widerstand schien langsam dahinzuschmelzen.

»Lion, wir haben keine Chance.«

Grinsend packte der seinen Onkel am Arm.

»Wo bleibt dein alter Kampfgeist, Onkel Ariel? Komm, schlag ein! Denn wir haben zwar keine Chance, aber die sollten wir unbedingt nutzen.«

Nach einer längeren Diskussion zwischen den beiden, die hin und her ging, ließ sich Ariel endlich auf einen Kompromiss ein.

»Also gut, Lion. Ich mache dir einen Vorschlag: Ich bringe Leandro, David, Jackie und dich noch heute in einen sicheren Unterschlupf, ein paar Stunden Autofahrt von hier. Während ich und Yumiko daran arbeiten, euch irgendwie zu helfen, indem wir euch zum Beispiel eine neue Identität verschaffen, könntet ihr in Ruhe darüber nachdenken, wie ihr es anstellen wollt, diesem Gilbert Winter in die Suppe zu spucken. Quetsch meinetwegen Leandro so weit aus, dass er dir alle Details über diese geheime Anlage verrät, aber halt mich da bitte raus! In knapp einer Woche treffen wir uns dann wieder – und solltest du mir einen brauchbaren Plan vorlegen, der auch funktioniert, sind Yumiko und ich dabei.«

Ariel schaute auf Yumiko, doch die schüttelte den Kopf.

»Ich möchte dir ungern widersprechen, Ariel, aber die Sache ist so wichtig, dass ich bei der Ausarbeitung des Plans gerne dabei wäre. Ich denke, du wirst auch ohne mich ganz gut zurechtkommen. Und falls du mich brauchen solltest, kannst du mich jederzeit im sicheren Unterschlupf erreichen.«

»Na gut!«, grinste Ariel. »Dann ziehe ich halt alleine los.«

Dann wandte er sich an Lion.

»Du hast die Lady gehört. Sie will dich bei deinem Vorhaben unterstützen, sei also nett zu ihr! Und noch einmal: Wenn du mir in einer Woche einen brauchbaren Plan vorlegst, dann bin ich dabei. Ansonsten kannst du dir die Sache abschminken.«

Lion schaute ihn mit leuchtenden Augen an.

»Alles klar, Onkel! Du wirst von uns einen perfekt ausgearbeiteten Plan bekommen. Und wehe, wenn du dann noch einen Rückzieher machst.«

»Das sehen wir dann.«

KAPITEL 19

Colorado – geheimes Forschungslabor

Gilbert Winter schaute sich die Forschungsergebnisse der letzten neun Wochen an, die Maxime Bineaux ihm präsentierte. Dann schüttelte er den Kopf.

»Willst du damit sagen, dass wir ein ernsthaftes Problem mit unserer erfolgreichsten Viren-Kultur AQ9 haben?«

»Das will ich nicht nur sagen, sondern das ist Fakt. AQ9 mutiert. Diese Viren verändern sich einfach und zeigen ganz plötzlich Eigenschaften, die wir nicht wollen. Gefährliche Eigenschaften, um es mal milde auszudrücken. Wenn wir das nicht in den Griff bekommen, ist AQ9 ein Monster und löst eine Epidemie aus. Und glaub mir, die Pest im Mittelalter war harmlos dagegen.«

Winter presste frustriert die Lippen zusammen und schwieg. Dann hakte er nach: »Aber hatten wir nicht einen guten Lösungsansatz, um diese Probleme in den Griff zu bekommen?«

Bineaux schaute ihm direkt in die Augen.

»Ja, den hatten wir – aber derjenige, der daran gearbeitet hat, ist jetzt tot.«

»Bugatti?«

Bineaux nickte.

»Hat er nicht irgendwelche Unterlagen hinterlassen, die uns weiterhelfen können?«

»Befinden sich verschlüsselt auf seinem Computer. Dieser steht zwar hier in seinem Labor, aber wir kommen an die Informationen nicht dran. Es ist alles perfekt verschlüsselt.«

»Dieser Bugatti scheint sich ziemlich unentbehrlich gemacht zu haben.«

»Ja, er hatte bei der Kontrolle von AQ9 tatsächlich den Durchbruch erzielt, keinem aber verraten, wie er das geschafft hat.«

»Gibt es eine Möglichkeit, seinen Computer zu hacken?«

»Nein, dazu war er einfach zu gerissen. Selbst mit dem TIER würde es Monate dauern, sein Kennwort zu entschlüsseln.«

»Quatsch! Es muss doch möglich sein, ein Kennwort zu knacken!«

»Es war kein einfaches Kennwort, sondern eine unvorstellbar lange Buchstaben-Zahlenkombination, die sich auf diesem von ihm entwickelten Bio-Chip befindet.«

Bineaux hielt ein ungewöhnlich aussehendes Etwas in die Höhe und sprach weiter.

»Und wenn jemand versucht, ohne diesen Chip an die Daten seines Computers zu gelangen, startet er damit nur ein Löschprogramm, das alle auf dem Computer befindlichen Informationen zerstört.«

»Und? Warum macht ihr dann nicht genau das, diesen Chip mit dem Computer verbinden?«

»Uns fehlt dazu das Lesegerät! Nur mithilfe eines von ihm entwickelten Lesegeräts kann man diesen Bio-Chip mit seinem Computer verbinden und so das Kennwort einlesen. Er hat das Lesegerät immer bei sich getragen. Du weißt selbst, dass sein Ferrari komplett ausgebrannt ist – und falls er es mit in das Blockhaus genommen haben sollte, ist es spätestens dort mit ihm zusammen verbrannt.«

»Und warum baut ihr das Lesegerät nicht einfach nach?«

»Keine Chance! Wir wissen nicht einmal, wie dieser Chip arbeitet, geschweige denn das Lesegerät. Dieser Bugatti war ein Genie – es ist wie Hightech von einem anderen Stern. Wir brauchen vielleicht Monate oder Jahre, um herauszufinden, wie beides funktioniert, sodass wir es nachbauen könnten.«

»Diese Zeit haben wir nicht! Bis dahin wird AQ9 unbrauchbar und mit ihm vielleicht auch andere erfolgreiche Virenstämme, bei denen wir ähnliche Probleme haben.«

Sichtlich frustriert wandte sich Gilbert vom Wissenschaftler Maxime Bineaux ab und kratzte sich nachdenklich am Kopf.

»Ich werde mir in meinem Hotel die ganze Sache mal in Ruhe bei einem Glas Wein durch den Kopf gehen lassen. Dir und deinem Team gebe ich den Auftrag, mit Hochdruck an einer Lösung zu arbeiten, wie wir AQ9 unter Kontrolle bringen können!«

»Machen wir.«

* * *

Einen Tag später – Sicherer Unterschlupf in Denver

»Und anschließend wird die Selbstzerstörung eingeleitet. Was haltet ihr von meinem Plan?«

Lion schaute erwartungsvoll in die Runde, die aus David, Jackie, Yumiko und Leandro bestand.

Leandro schlug die Hände über dem Kopf zusammen und schaute Lion entgeistert an, nachdem dieser ihnen seinen wahnwitzigen Plan in kurzen Zügen dargelegt hatte.

»Gar nichts.«

»Gar nichts?«

»Überhaupt nichts. Wie willst du noch einmal in die geheime Anlage eindringen?«

»Durch den Lüftungsschacht natürlich, anders kommen wir nicht rein«, entgegnete Lion.

»Also gut, spielen wir die Sache mal durch: Um den Sicherungszaun und die sonstigen Sicherungssysteme um den Lüftungsschacht herum zu meiden, willst du aus etwa zweitausend Meter Höhe aus einem Heißluftballon heraus einen Fallschirmsprung wagen, und zwar mitten in der Nacht in völliger Dunkelheit! Du willst innerhalb der Umzäunung landen und durch den Lüftungsschacht ins Labor eindringen, um dann mit Sprengkörpern die Virenstämme zu zerstören. Ist das richtig?«

»Das ist der Plan! Und wir springen mit dem Fallschirm aus großer

Höhe, weil wir ansonsten durch die rundherum installierten Überwachungsgeräte schon lange vor Erreichen des Geländes sofort erfasst werden würden. Die Sache muss schnell gehen.«

»Na gut. Dann nenne ich dir jetzt mal die Schwierigkeiten, und anschließend wirst du einsehen, dass dein Plan überhaupt nicht durchführbar ist.«

»Schieß los!«

»Der Lüftungsschacht ist ja nicht nur durch einen Elektrozaun und ein lückenloses Kameraüberwachungssystem entlang des Zauns gesichert. Überall befinden sich Bewegungssensoren, und das komplette Gelände innerhalb des Zauns ist mit Tellerminen übersät. Wenn du da drauftrittst, explodieren die sofort. Der Eingang zum Lüftungsschacht wird ebenfalls mit Kameras überwacht und ist mit einem Stahlgitter verschlossen, an dem ein paar weitere Bewegungssensoren hängen, die bei einer Berührung sofort den Alarm auslösen. Der Lüftungsschacht führt etwa vierzig Meter senkrecht nach unten und ist aalglatt und ziemlich eng. Es gibt keine Leitern dort. Außerdem ist der Durchgang durch zwei hintereinander geschaltete Hochleistungs-Turbinen versperrt, die wie ein Superstaubsauger alles ansaugen und zu Hackfleisch verarbeiten, was sich im Schacht befindet. Und falls du dann noch lebst und unten angekommen bist, musst du eine der besten Alarmanlagen der Welt ausschalten, auf dem Weg zum Virenlager an etwa zwanzig Hochsicherheits-Kameras unbemerkt vorbeikommen und außerdem zusehen, dass dir auf dem Weg dorthin der Wachdienst nicht begegnet, der jede halbe Stunde seine Runden dreht. Und nach getaner Arbeit musst du ja dann auch noch irgendwie unbemerkt aus der Anlage wieder herauskommen. Da kann ich nur sagen: Prost Mahlzeit!«

Lion grinste.

»Probleme sind dazu da, dass man sie gemeinsam löst.«

Er schaute frech in die Runde.

»Also, was sind eure Lösungsvorschläge?

Eine Woche später

»Leute, es gibt Neuigkeiten! Wir haben ein weiteres Problem, das wir ganz schnell lösen müssen!«

Yumiko kam durch die Tür hereingestürmt, die Blicke aller auf sich ziehend, und sprach weiter.

»Ihr wisst ja, dass Leandros Haus Tag und Nacht von Gilbert Winters Leuten überwacht wird.«

»Warum auch immer«, warf Lion ein.

»Warum, das habe ich herausgefunden, indem ich ein Gespräch der Sicherheitsleute abgehört habe. Ich hatte vor einigen Tagen schon einen Chip am Auto des einen Sicherheitstypen, Mike heißt der, glaub ich, befestigt. Leider konnte ich nichts Interessantes herausfinden, bis jetzt.«

Ariel, der erst wenige Stunden zuvor von seiner Reise zurückgekehrt war, gab Yumiko einen Begrüßungskuss.

»Sprich weiter, Schatz. Wir sind ganz Ohr.«

Sie erwiderte den Kuss und wandte sich anschließend wieder an die Gruppe.

»Gilbert Winter ist wohl fest davon überzeugt, dass sich in diesem Haus das Lesegerät für Leandros DNA-Speicherchip befindet, den er ganz dringend braucht. Gleich morgen früh werden ein paar Profis anrücken und die Wohnung von oben bis unten danach absuchen. Es sind Spezialisten aus Moskau, die normalerweise nur für den Kreml arbeiten. Sie haben eine der weltweit besten Ausrüstungen zur Verfügung, die auch die kleinsten Unregelmäßigkeiten in den Wänden erkennen kann. Und ihr könnt sicher sein, dass diese Spezialisten das Lesegerät in der Wand auch finden werden.«

Leandro wurde bleich.

»Mist! Mithilfe des Lesegeräts kommen sie an meinen Computer dran. Damit bekommen sie Zugriff auf alle Forschungsergebnisse. Was das bedeutet, wisst ihr ja. Winter und Bineaux werden den Virus innerhalb kürzester Zeit unter Kontrolle bekommen und ihn einsetzen – ja, sie werden ihn freisetzen, noch dieses Jahr, außerhalb des Labors!«

Ariel schaute Leandro und die anderen fragend an.

»Ich war eine Woche weg! Könnt ihr mir mal erklären, was es mit dem Lesegerät auf sich hat, von dem ihr da sprecht. Ich verstehe nur Bahnhof.«

In kurzen Worten erklärte ihm Yumiko den Zusammenhang.

»Und sobald er das Lesegerät hat, steigt die Party.«

Leandro holte aus seiner Jackentasche einen Gegenstand heraus und zeigte ihn Ariel.

»Schau, es geht um so ein Lesegerät. Dieses hier und ein weiteres habe ich im Laufe der Woche nachgebaut, weil wir die Dinger für unseren Plan brauchen werden. Aber wir müssen unbedingt verhindern, dass Gilbert das in meiner Wohnung versteckte Gerät findet. Das wäre eine Katastrophe!«

Ariel nahm das von Leandro gebaute Biochip-Lesegerät in die Hand und nickte anerkennend.

»Ich weiß zwar nicht, wie es diesem Fuchs gelungen ist, die Spezialtruppe aus Moskau für sich einzuspannen und nach Amerika zu bringen. Aber ich kenne die Kerle persönlich und weiß, dass sie die Besten sind - sie werden es finden!«

»Dann müssen wir schon heute Nacht loslegen«, murmelte Lion.

* * *

Mitten in der Nacht vor Leandros Haus

Leandro, der sich mit Ariels und Yumikos professioneller Hilfe als attraktive Frau verkleidet hatte - er wollte um alles in der Welt vermeiden, dass man ihn erkannte -, blickte aus sicherer Deckung heraus auf einen Chrysler, der vor seinem Haus stand und den Eingang überwachte. Außerdem hatte er einen weiteren Mann ausgemacht, auf der Rückseite des Hauses in seinem Garten. Er schaute auf die Uhr - es war so weit.

Zwei Betrunkene schlenderten am Chrysler vorbei und lallten.

»Oh, schau mal Willy! Ein Clysler.«

»Du meinst Kleister.«

»Richtig. Kllleister. Hey, du da im Kllleister - was gguckst du so blöd? Hast'te Problämmmä?«

Der Mann im Chrysler schwieg.

Der Betrunkene wandte sich an seinen Freund:

»D... du, d... der reaagiiiert nichthh. Kkommm, w... wir klopfffen mal.«

»Ja... w... wir klopfffen und fraa...gen n... nach.«

Und im nächsten Moment fingen beide an, mit ihren flachen Handflächen wie wild auf das Autodach zu hauen.

Nach kurzer Zeit wurde es dem Fahrer des Chryslers zu bunt - er griff zum Funkgerät.

»Du, Mike, komm bitte schnell rüber - ich werde von zwei Betrunkenen belästigt! Ich brauche Unterstützung!«

»Bin gleich da.«, tönte es blechern durch den Lautsprecher des Funkgeräts.

Wenige Sekunden später kam ein bewaffneter Mann hinter der Hausecke zum Vorschein und warnte die beiden Betrunkenen grimmig: »Verschwindet von hier, sonst jage ich euch eine Ladung Blei in den Pelz!«

David und Lion, die stark geschminkt waren und eine Perücke trugen, schauten ihn mit gespieltem Entsetzen an und David lallte:

»N... n... na g... guttt. D... dann gehen wir halttt. K... komm W... Willy, wir g... gehen - d... die m... mögen uns nichttt.«

Beide torkelten langsam davon. Der Herbeigerufene und der Mann im Chrysler starrten ihnen hinterher, bis sie um die nächste Hausecke verschwunden waren, was mehrere Minuten Zeit in Anspruch nahm.

Leandro war es in der Zwischenzeit gelungen, durch die Hintertür in sein eigenes Haus einzudringen und aus seinem Geheimversteck das Lesegerät herauszuholen. Nach kurzer Zeit verließ er das Haus auf einem anderen Weg, nämlich durch eine Kellertür, die nur vom Hausinneren zu öffnen war und gut versteckt hinter einem dichten Gebüsch lag, das ihm beim Herausgehen gute Deckung bot. Er schloss leise die Türklappe und schaute durch das dichte Laubwerk hindurch in den dunklen Garten. Niemand war dort. Der Weg war frei, und so verließ er die Deckung und trat in den Garten.

Plötzlich stellten sich ihm zwei Männer entgegen.

»Endstation, Mädchen! Keine Bewegung; Hände über den Kopf! Und jetzt ganz langsam an die Wand dort!«

Leandro gehorchte - was blieb ihm auch anderes übrig? Seine Gegner bedrohten ihn mit Waffen.

»Was auch immer du hier willst, du hast etwas aus dem Haus geholt, das uns gehört! Also her damit!«

Leandro, der immer noch seine Hände über dem Kopf hielt, wusste, dass er keine Chance hatte zu entkommen. Damit niemand seine Stimme hörte, zeigte er wortlos auf seinen Rucksack.

»Ach, in deinem Rucksack ist das Teil! Streif ihn ab und leg ihn vorsichtig mit der linken Hand auf den Boden, die rechte Hand bleibt oben!«

Leandro folgte.

»So, und jetzt tritt zur Seite!«

Einer der Männer trat vor, öffnete den Rucksack und holte das mit einer Folie geschützte Lesegerät heraus. Der andere hielt Leandro weiter in Schach.

»Da haben wir es ja. So, und jetzt erzählst du uns, von welchem Geheimdienst du stammst und was du hier zu suchen hast. Keine Zicken! Wenn du kooperierst, werden wir dich gut behandeln, wenn nicht, wird zunächst dein hübsches Gesichtchen leiden und dann der Rest von dir.«

Plötzlich schlug ein Geschoss direkt neben den Männern in den Boden ein, ohne dass sie einen Gewehrschuss gehört hatten – der Schütze benutzte einen Schalldämpfer, das stand fest. Weitere Geschosse folgten in kurzen Abständen.

Die beiden Männer brachten sich sofort in Sicherheit und verschanzten sich hinter der Mauer.

Leandro nutzte die Situation und lief in die Richtung, aus der er das Mündungsfeuer des Gewehrs wahrgenommen hatte.

Einer der Männer verließ seine Deckung, was sofort eine Salve von weiteren Gewehrschüssen nach sich zog. Im Zickzack folgte er Leandro, während der andere mit seiner Pistole in Richtung des Schützen feuerte.

Leandro schwang sich über einen Zaun, durchquerte den Garten des Nachbarhauses und erreichte kurz darauf eine abseits des Hauses liegende Straße. Dort wartete bereits ein Fahrzeug auf ihn. Flugs öffnete er die Hintertür, sprang hinein und verschloss sie sofort wieder. Das Fahrzeug setzte sich sofort in Bewegung.

Der Verfolger erreichte wenige Sekunden später ebenfalls die Straße und feuerte eine Salve auf das sich entfernende Fahrzeug ab.

Dessen Fahrer, Ariel Goldberg, blieb aber gelassen, sein BMW war gut gepanzert. Er gab Vollgas und brachte sich und Leandro in Sicherheit.

* * *

Gilbert Winter nahm ein Telefonat entgegen und lauschte, was sein Mitarbeiter ihm berichtete.

»Wir haben das Lesegerät – leider ist die Agentin entkommen.«

»Schade! Ich hätte gerne gewusst, mit welchem Geheimdienst wir es hier zu tun haben. Sei's drum! Hauptsache, wir haben das Lesegerät!«

»Gilbert, mal eine Frage – woher wusstest du, dass da jemand auftauchen würde, um das Lesegerät zu holen?«

Der lachte gut hörbar.

»Wir haben doch vor einigen Tagen diese Abhöreinrichtung in Mikes Wagen entdeckt.«

»Richtig!«

»Nun, anstatt das Abhörgerät zu entfernen, habe ich einfach den Spieß umgedreht und unseren Gegnern Fehlinformationen untergejubelt.

»Du meinst, diese Spezialisten aus Moskau kommen morgen überhaupt nicht? Das Gespräch war nur eine Inszenierung!?«

Gilbert lachte wieder laut hörbar.

»Genau, alles nur Fake! Ich wollte damit unsere Gegner in Panik versetzen und sie aus der Reserve locken. Und wie du siehst, lag ich absolut richtig. Diese Agenten wussten, wo sich das Lesegerät befand, und haben es für uns aus dem Haus geholt. Schade nur, dass uns die Frau entwischt ist. Ich hätte gerne gewusst, wer konkret dahintersteckt.«

»Tut mir leid, aber sie hatte Unterstützung. Man hat auf uns geschossen!«

»Kein Vorwurf! Bring das Lesegerät jetzt sofort zu mir. Ich werde noch heute Nacht ins Labor fahren und es ausprobieren.«

»Alles klar! Ich bin in zehn Minuten bei dir.«

Gilbert Winter beendete das Gespräch und lächelte zufrieden.

Er hatte es tatsächlich geschafft! Er hatte das Lesegerät und damit auch den Zugang zu Leandro Bugattis Computer, auf dem sich all seine Forschungsergebnisse befanden. Mithilfe dieser Daten würde es ihm und seinem Team in kürzester Zeit gelingen, dem Projekt den entscheidenden Durchbruch zu verschaffen.

Und eins war klar: Der Meister in Illinois wollte Ergebnisse sehen. Nur mit Erfolgen und kühnen Taten konnte er ihn davon überzeugen, dass er würdig war, Trichets Platz einzunehmen.

Ja, er würde den Meister nicht enttäuschen, das hatte sich Gilbert vorgenommen. Nein, er würde handeln und etwas vollbringen, was jedem seiner Rivalen den Wind aus den Segeln nehmen würde. Er würde den Virus einsetzen, keiner würde ihn aufhalten, und die ganze Welt würde verändert werden.

Er nahm sein Smartphone in die Hand und rief den Laborleiter, Maxime Bineaux, an.

* * *

Mitten in der Nacht – Irgendwo in Denver

Lion und David stiegen in den BMW und schauten erwartungsvoll auf Leandro.

»Lief alles nach Plan?«

Leandro schüttelte den Kopf.

»Nein, sie haben mich an der Kellertür abgefangen und mir das Teil abgenommen! Plan B.«

»Mist!«, entfuhr es Lion ärgerlich. »Das heißt für uns, dass wir tatsächlich noch heute Nacht die Aktion starten müssen! Ich hatte gehofft, dass wir mehr Zeit hätten.«

David runzelte die Stirn.

»Ich habe auch kein gutes Gefühl dabei! Die Chancen für uns standen ja schon vorher schlecht – aber so erscheint mir das Ganze wie ein Himmelfahrtskommando. Können wir es nicht vielleicht doch aufschieben oder abblasen?«

»Nein!«, sagte Lion entschlossen. »Wenn wir es jetzt nicht durchziehen, war's das. Denk dran: Gilbert Winter wird noch heute Nacht zur geheimen Anlage fahren und die Sache steigen lassen. Der wartet nicht länger!«

Dann wandte er sich an Leandro: »Wie sieht es bei dir aus? Fühlst du dich fit?«

Leandro nahm seine Perücke ab und wischte sich den nasskalten Schweiß von der Stirn.

»Nein, kein bisschen! Ich würde mich lieber in einem Mauseloch verkriechen.«

Lion wandte sich an David.

»Und wie sieht es mit Yumiko aus?«

»Sie hat mir vor einer Stunde bestätigt, dass sie mit ihren Vorbereitungen fertig geworden ist, Spitz auf Knopf.«

Zuletzt wandte sich Lion an Ariel.

»Und wie sieht es mit unserem Transportmittel aus? Hast du es organisieren können?«

»War nicht ganz so einfach. Aber ja, es ist bereit! Ihr müsst nur einsteigen.«

KAPITEL 20

Colorado – Unterirdisches Labor 02:30 Uhr

»Hier ist das Lesegerät!«

Winter überreichte es Bineaux. Der steckte es in den USB-Port von Leandros Computer - wenige Sekunden später waren sie drin.

Gilbert Winter ballte seine Faust in einer Siegerpose.

»Yeah!«

»Wir haben es tatsächlich geschafft!«, murmelte Bineaux fasziniert vor sich hin und steckte eine SSD-Festplatte in einen weiteren USB-Port des Computers.

»Und jetzt müssen wir ganz schnell die Daten vom Computer herunterladen und auf einen nicht mehr löschbaren Datenträger sichern - ich werde sie zunächst einmal auf dieser Festplatte sichern und danach noch auf mehreren unverwüstlichen XXL-Bildplatten der neuesten Generation! Man weiß nie, was für Scherze dieser Bugatti sonst noch für uns bereithält. Wäre fatal, wenn wir zu einem späteren Zeitpunkt nicht mehr an die Daten drankommen würden.«

»Mach das!«

Plötzlich erschien eine Meldung im Display:

Bitte Netzwerk anschließen und
zweites Kennwort einlesen lassen.

Gilbert Winter runzelte die Stirn.

»Zweites Kennwort? Das ist ja unglaublich! Müssen wir jetzt auf unserem Computernetzwerk nach einem zweiten Kennwort suchen?«

Bineaux schüttelte grinsend den Kopf, kramte ein Netzwerkkabel aus der Schublade und verband Leandros Computer mit dem abgeschotteten Netzwerk der geheimen Anlage.

»Nein, zum Glück nicht! Sobald der Laptop mit dem Netzwerk verbunden ist, wird alles vollautomatisch eingelesen.«

Auf dem Display erschien eine weitere Meldung:

Kennwort erfolgreich eingelesen.
Kopiervorgang gestartet.
Übertragungszeit 01:34 h

Bineaux lächelte zufrieden.

»Ich weiß zwar nicht, warum das Kopieren satte anderthalb Stunden dauern soll, aber gut. Es läuft - auch ohne uns! Wie wäre es, wenn wir die Zeit nutzen und uns in der Zwischenzeit in Leandros Büro umsehen? Ich möchte dir gern sein geheimes Versteck zeigen, das wir gestern erst entdeckt haben. Außerdem haben wir ein paar handgeschriebene Notizen gefunden, die er dort versteckt hat. Leider kann ich sie nicht lesen, weil er sie in Stenografie verfasst hat.«

Gilbert grinste überlegen.

»Ich schon! Bin gespannt, was er so schreibt! Also, worauf warten wir noch?«

Beide standen auf und verließen das Zimmer.

* * *

Zur gleichen Zeit in einem Heißluftballon

Lion schaute vom Korb eines motorbetriebenen Heißluftballons aus durch das digitale Hochleistungs-Fernglas hinunter auf das tief unter ihnen in völliger Dunkelheit liegende Gelände. Mithilfe eines Superzooms und eines eingebauten Nachtsichtgerätes konnte er aber die Umrisse eines Lochs im Boden erkennen, das mit einem Gitter verschlossen war, wie Leandro eine Woche zuvor gesagt hatte.

»Ist das der Lüftungsschacht, Leandro?

Leandro nahm das Fernglas in die Hand, schaute hindurch und nickte.

»Ja, wir sind angekommen. Unter uns liegt die geheime Anlage. Und das ist der Lüftungsschacht, durch den wir einsteigen werden.«

Ariel legte ein Laser-Markierungsgewehr mit Zielfernrohr an, visierte einen Punkt tief unter ihnen, aktivierte den Laser und schoss ihn ab. Dann schaute er auf die Uhr.

»Setzt eure Nachtsichtpeilgeräte auf! Yumiko hat mir grünes Licht gegeben. Es hat tatsächlich funktioniert, die Party kann steigen! Zeit zum Absprung! Ich habe die Markierung, die ihr zum Anpeilen braucht, genau einen Meter neben dem Schacht gesetzt. Bitte denkt an die Tellerminen und landet möglichst nah an diesem Punkt!«

Leandro und Lion setzten sich auf den Rand der Heißluftballon-Kabine.

Leandro fragte Lion vor Kälte zitternd: »Funktionieren unsere Fallschirme auch richtig?«

»Ich habe sie dreimal geprüft! Ich springe zuerst! Du folgst mir dann fünf Sekunden später. Sobald sich der Fallschirm automatisch geöffnet hat, steuerst du den Punkt mithilfe des Nachtsichtvisiers an, okay?«

»Das hast du mir doch alles schon tausendmal erklärt! Und wenn ich vom vorausberechneten Kurs abkomme, springt die Anzeige im Display von Grün auf Rot – ist ja alles das reinste Kinderspiel das Ganze, wie du mir immer wieder weismachen willst.« Leandro bemerkte, wie seine Stimme sarkastische Züge angenommen hatte.

»Du hast Angst?«

»Ja!«

»Ich auch! Wir kriegen das aber irgendwie hin, Leandro! Du musst nur daran glauben!«

Ariel unterbrach sie abrupt.

»Jetzt der Erste!«

Lion sprang ab.

»Und jetzt du, Leandro!«

Leandro zögerte, dann sprang auch er.

* * *

Maxime Bineaux zeigte Gilbert Winter Leandros Geheimversteck in dessen Büro.

»Schau, dort hatte er diesen Bio-Chip versteckt, auf dem all das verfängliche Material gespeichert war? Und das hier ist der Notizzettel, wie gesagt – ist in Stenografie geschrieben.«

»Lass mal sehen.«

Winter setze seine Brille auf und las die erste Zeile laut vor:

001: §§§parisbleibtparis5095464§§§
002: §§§newyorkimwinter994946§§§
003: §§§sydneyimsommer87449§§§

Er setzte den Zettel ab.

»Was soll dieser Schwachsinn denn bedeuten?«

Bineaux überlegte.

»Es könnte eine Passwortliste sein, mit der man ...«

»... Dateien öffnen kann«, unterbrach ihn Winter.

»Ja, möglich, dass Leandro jeden einzelnen Ordner auf seinem Computer noch einmal extra verschlüsselt hat. Doch! Ja, ich erinnere mich – die Ordner auf seinem Computer hießen tatsächlich ›001, 002, 003‹ und so weiter.«

»Und mit dieser Liste kommen wir an alles dran!«, murmelte Winter. »Wie lange dauert der Kopiervorgang noch?«

Bineaux schaute auf die Uhr.

»Jetzt ist es genau drei Uhr; also noch etwa eine Stun...«

Plötzlich ging das Licht aus, und wenige Sekunden später schaltete sich die Notbeleuchtung ein.

* * *

Drei Tage zuvor

»Hast du Erfolg gehabt?«

Lion schaute Yumiko fragend an. Die zuckte mit der Schulter.

»Einerseits ja – voller Erfolg: Ich konnte mich in den Server der beiden Firmen hacken, die in Gilbert Winters unterirdischer Laboranlage das Sicherheitssystem und das Versorgungssystem installiert haben. Ich weiß jetzt, was man tun muss, um alles lahmzulegen.«

»Hammer! Du bist einfach genial«, entfuhr es Lion. »Aber du selbst scheinst ja nicht gerade begeistert zu sein! Wo ist der Haken?«

»Eben, ich bin ganz und gar nicht begeistert, denn das Sicherheitssystem der Forschungsanlage ist völlig abgekoppelt von der Außenwelt!«

»Will heißen?«, fragte David nach.

Leandro übernahm die Antwort.

»Will heißen, dass das System nicht über Internet mit der Außenwelt verbunden ist und deshalb auch nicht von außen gehackt werden kann.«

Lion war frustriert.

»Das heißt, dass wir wieder genauso weit sind wie am Anfang. Um in die unterirdische Anlage reinkommen zu können, müssen wir das Sicherheitssystem dieser Anlage lahmlegen. Das ist von außen aber nicht möglich, denn Yumiko kann sich nur ins System hacken, wenn sie sich innerhalb der Anlage befindet. Und, weil es kein WLAN gibt, ist das auch nur mit einem Netzwerkkabel möglich. Die Katze beißt sich in den Schwanz! Es ist so frustrierend!«

Yumiko nickte: »Das kannst du laut sagen!«

Alle schwiegen.

Plötzlich stand Jackie auf.

»Ich hab's!«

Alle schauten sie fragend an und Leandro hakte nach.

»Was hast du?«

»Einen Plan, wie wir genau das schaffen können.«

»Uns in das Netzwerk der unterirdischen Anlage hacken?«

»Richtig, wie wir es schaffen, ins Netzwerk der Anlage einzudringen und es lahmzulegen.«

»Lass hören!«

»Ich habe gestern so ein Buch über griechische Sagen in die Hand bekommen und darin gelesen. Eine Geschichte hat mich total fasziniert: Die Geschichte vom Trojanischen Pferd! Dort standen die Griechen vor der uneinnehmbaren Stadtmauer von Troja. Sie bauten ein riesiges hölzernes Pferd und schenkten es den Bewohnern der Stadt. Die nahmen das Geschenk an und brachten das Pferd selbst in ihre Stadt. Im Bauch des Pferds befanden sich aber griechische Soldaten. Die öffneten in der Nacht die Tore, und so gelang es den Griechen, die Stadt einzunehmen.«

Yumiko begriff sofort, was Jackie meinte.

»Das ist ja alles ganz schön und gut, aber wie willst du unser Trojanisches Pferd in die geheime Anlage einschleusen?«

Jackie blickte sich um, um sich zu vergewissern, dass ihr die anderen auch wirklich aufmerksam zuhörten, und sprach weiter.

»Wie ihr wisst, braucht Gilbert Winter das in der Wohnung versteckte Lesegerät, um den Zugang zu Leandros Computer im Labor zu bekommen – zum Glück hat er es bisher noch nicht gefunden.«

Mit gebannter Spannung hingen alle an Jackies Lippen, die fortfuhr: »Wir werden in die Wohnung eindringen, das dort vorhandene Lesegerät zerstören, dafür ein neues, präpariertes Lesegerät deponieren und anschließend dafür sorgen, dass es gefunden wird. Und wir werden es so einfädeln, dass es genau zu der von uns gewünschten Zeit, spät abends, gefunden wird.«

»Und dann?«, fragte David nach.

»Wir packen Winter bei seinem großen Ego und bei seiner Ungeduld – er ist so heiß darauf, an Leandros Daten heranzukommen, dass er nicht zögern wird, sofort zum Labor zu fahren, um das Lesegerät auszuprobieren. Dazu braucht er diesen Maxime Bineaux, weil der mit der Handhabung des Lesegeräts keine Probleme haben wird und ihm Zugang zu Leandros Computer verschaffen kann. Die Fahrt von seinem Hotel lässt sich zeitlich gut vorausberechnen, sodass wir es in etwa steuern können, wann sie bei der geheimen Anlage ankommen werden. Wichtig ist, dass es zu einer Zeit in der Nacht ist, in der sich außer ihm und Bineaux keine weiteren Mitarbeiter dort aufhalten, mit Ausnahme des Sicherheitsdienstes natürlich, der diese Anlage ja rund um die Uhr bewacht.«

»Ja, aber was ist dann der Clou an dieser Geschichte?«, wollte David wissen.

»Der Trojaner natürlich! Schaut! Das Lesegerät ist unser Trojaner und wird der Überträger eines Computervirus sein. Sobald es mit Leandros Computer verbunden wird, überträgt es den Trojaner-Virus auf den PC. Nachdem sie es an Leandros Laptop angeschlossen haben, werden sie aufgefordert, eine Verbindung mit dem Netzwerk herzustellen. Das werden sie mit einem Netzwerkkabel tun, weil es ja in der Anlage kein WLAN gibt. Und schon haben wir unseren Trojaner genau dort platziert, wo wir ihn haben wollen: Im Sicherheitsnetzwerk der Anlage, ohne dass die beiden es merken und ohne, dass wir selbst in der Anlage sein müssen. Winter schiebt also eigenhändig unseren Trojaner in seine gut gesicherten Mauern hinein.«

Yumiko pfiff anerkennend durch die Zähne.

»Bingo – und so legen wir ihr komplettes Sicherheitssystem und das Steuerungssystem der Lüftung lahm; ja, wir knipsen ihnen quasi alle Lichter aus.«

»Und alle Sicherheitskameras und Sicherheitssensoren in der Anlage!«, rief Lion begeistert.

»Und außerhalb der Anlage«, ergänzte Jackie. »Dadurch wird es Lion und Leandro möglich sein, unbemerkt durch den Lüftungsschacht einzudringen. Alles andere läuft so ab, wie von Lion geplant.«

»Das ist die Lösung!«, jubelte Lion.

Doch David hatte Einwände: »Aber sie kommen doch mithilfe des Lesegeräts auch an die Daten auf Leandros Computer heran. Wollten wir das nicht vermeiden?«

Leandro lächelte und übernahm die Antwort.

»Ich habe jeden Ordner auf meinem Computer mit einem eigenen Passwort gesichert. Sie werden also sehr lange beschäftigt sein, um diese Ordner zu öffnen. Und ich kenne Maxime – der öffnet die Daten nicht, bevor er sie nicht vorher gesichert hat. Er wird versuchen, alles auf eine Festplatte oder einen USB-Stick zu kopieren. Und um eine von uns genau festgesetzte Uhrzeit wird Yumikos Computervirus dann nicht nur das komplette System der Anlage lahmlegen, sondern auch alle Daten meines Computers vernichten, sodass sie leer ausgehen.«

Yumiko grinste.

»Ich freue mich schon darauf, diesen Trojaner-Virus zu programmieren. Und ich werde dafür sorgen, dass ich eine Nachricht bekomme, sobald der Computervirus das System infiziert hat.«

David schaute Jackie weiterhin kritisch an.

»Das hört sich alles ganz toll an! Aber was ist, wenn sie Leandro bei der Aktion schnappen. Noch bevor der das Lesegerät zerstören kann oder sie das Ding in Leandros Wohnung finden? Hast du dir für diesen Fall auch einen Plan B ausgedacht?«

Jackie nickte.

»Ja, dazu brauchen wir einen zweiten Trojaner, den Leandro im Rucksack mit sich trägt.«

David verstand Jackie nicht, aber Lion erklärte ihm den Plan.

»Das ist doch ganz einfach: Leandro platziert ein präpariertes Lesegerät in der Wohnung und hat zusätzlich ein zweites im Rucksack dabei, das ebenfalls infiziert ist. Er wird gestellt, überlässt den Rucksack unseren Gegnern und wird von Ariel rausgehauen. Das Problem dabei ist nur, dass die Aktion dann noch am selben Abend steigen wird und wir auch darauf vorbereitet sein müssen.«

* * *

Am Lüftungsschacht über der geheimen Anlage – 03:00 Uhr

Lion lenkte dank der Navigationsvorrichtung den Fallschirm so geschickt, dass er exakt dort landete, wo er wollte, zwei Meter neben dem Schacht. Er raffte den Fallschirm zusammen, noch bevor er sich vollständig auf den Boden legen konnte, und schaute auf seine digitale Armbanduhr.

03:02 Uhr – Genau nach Zeitplan.

Knapp zwei Minuten zuvor hatte Yumikos Computervirus das Sicherheitssystem abgeschaltet, sodass die am Lüftungsschacht platzierten Kameras kein Bild mehr liefern konnten und auch die Sensoren nicht mehr arbeiteten.

Lion holte den kleinen ultrastarken Schweißbrenner hervor, mit dem er die etwa einen Zentimeter dicken Stahlverankerungen des Gitters durchbrennen wollte, und hielt anschließend Ausschau nach Leandro. Wo war er?

Da, endlich! Lion sah Leandros Fallschirm. Doch Leandro schien große Probleme zu haben.

Lion sah durch sein Nachtsichtgerät hindurch klar und deutlich, wie Leandro etwa zwanzig Meter vom Lüftungsschacht entfernt herunterkam, genau im Minenbereich! Ihm stockte der Atem - er rechnete jeden Augenblick mit der Explosion einer Tellermine.

Dann setzte Leandro hart auf, fiel zu Boden - und war auf einmal nicht mehr zu sehen; Lion konnte nur noch den sich langsam zu Boden senkenden Fallschirm erkennen.

Plötzlich zerriss eine Explosion die Stille der Nacht.

Instinktiv warf sich Lion zu Boden, um sich vor der Druckwelle zu schützen.

* * *

Ariel schaute vom Ballon aus entsetzt nach unten und versuchte, durch sein Fernglas hindurch zu erkennen, was dort gerade geschehen war. Nachdem er das Fernglas scharf gestellt hatte, erkannte er einen brennenden Fallschirm.

Fassungslos schrie er in sein digitales Funkgerät hinein:

»Was ist passiert?!«

Erst nach kurzem Zögern meldete sich Lion stammelnd:

»Er... er...« Lion brachte keinen Satz zustande.

»Was ist los? ... Verdammt«, krächzte Ariel ungläubig und voller Entsetzen in das Funkgerät.

Lion starrte fassungslos auf die flammenden Überreste seines Freundes: Leandro war tot! Durch eine Tellermine getötet!

Ungefähr eine Minute lang beobachtete er den brennenden Fallschirm, unfähig, zu fassen, was soeben geschehen war.

KAPITEL 21

Im geheimen Labor unter der Erde

»Was ist passiert?«, wollte Gilbert wissen.

»Der Strom ist aus«, murmelte Maxime Bineaux ratlos in seinen Bart hinein. »Und das Notfallsystem ist gerade eben auch noch ausgefallen. Das ist passiert.«

»Nein, das meine ich nicht – hast du auch gerade diese Erschütterung gespürt?«

»Ja, was war das?«

»Keine Ahnung! Fühlte sich an wie ein leichtes Erdbeben.«

Mittlerweile hatten sie die Taschenlampen ihrer Smartphones eingeschaltet und suchten in den Schubladen nach einer der batteriebetriebenen LED-Lampen, über die jedes ihrer Labore verfügte.

»Vielleicht hängt der Ausfall des Notfallsystems ja irgendwie damit zusammen. Auf jeden Fall läuft rein gar nichts mehr.«

Gilbert Winter schüttelte verständnislos den Kopf.

»Wie kann das Notfallsystem ausfallen? Ich dachte, das sei sicher und würde über eine große Batterie laufen, welche die wichtigsten Systeme bis zu 48 Stunden mit Strom versorgen kann.«

Maxime Bineaux grübelte laut.

»Vielleicht gab es einen Überspannungsschaden, der die Batterien zum Explodieren gebracht hat - ich weiß es nicht.«

»Und was ist mit den im V-Bereich gelagerten Virenstämmen?«, fragte Winter nach. »Ist dort etwa auch der Strom ausgefallen? Das wäre eine Katastrophe: Du weißt, die Virenstämme brauchen eine permanent einheitliche Temperatur von 24 Grad Celsius, sonst gehen sie kaputt!«

»Nein, der V-Bereich hängt an einem abgeschotteten Netz, das über einen mit Wasserstoff betriebenen Generator mit Strom versorgt wird. Da fällt nichts aus!«

Der Deutsche atmete auf.

»Na, das ist die Hauptsache! Alles andere kriegen wir irgendwie schon wieder in den Griff! Komm, lass uns zum Wachdienst am Ausgang gehen. Der ist mit der Situation wahrscheinlich völlig überfordert und kann sicherlich bei den jetzt erforderlichen Maßnahmen unsere Unterstützung gut gebrauchen.«

* * *

Lion starrte noch immer auf den brennenden Fallschirm.

Doch dann hörte er nicht weit von sich entfernt ein leises Stöhnen. Wenig später sah er Leandro, der versuchte, aus einem Erdloch herauszukriechen, in das er gefallen war.

»Mir geht es gut! Das Erdloch hat mir das Leben gerettet!«

Lion war noch immer wie erstarrt: Sprachlos beobachtete er, wie Leandro die Gurte des zerfetzten Fallschirms abstreifte und vorsichtig vom Erdloch aus einem Pfad folgend zu ihm kam.

Ein Wunder! Leandro lebte und es ging ihm gut!

Als dieser bei Lion ankam, umarmten sich beide erleichtert:

»Ich dachte, du bist tot!«

»Unkraut vergeht nicht!«

Nachdem sie sich wieder gefasst hatten, informierte Lion Ariel sofort über den Stand der Dinge.

Lion beendete das Gespräch mit Ariel und schaute Leandro über die Schulter, der sich über den Schacht gebeugt hatte:

»Wie steht's?«

»Alles ruhig! Die beiden Lüfter sind abgeschaltet. Yumikos Virenprogramm funktioniert prächtig und hat es tatsächlich geschafft, alles lahmzulegen. Die da unten werden mindestens zwei bis drei Stunden brauchen, um die Sicherheitstechniker zur Anlage zu bringen und das ganze System neu zu starten.«

»Da sind wir längst schon wieder draußen!

»Passt!«

»Also legen wir mal los: Gitter weg, Kletterseile anbringen, abseilen und dann lassen wir es krachen.«

Leandro grinste.

»Ja, machen wir weiter mit meinem beruflichen Abstieg und zerstören mein Lebenswerk. «

* * *

Als Maxime Bineaux und Gilbert Winter beim Wachdienst eintrafen, versuchte einer der Sicherheitsleute gerade, den für diese Nacht zuständigen Sicherheitstechniker zu erreichen. Doch Yumiko Takahashi hatte nicht nur dafür gesorgt, dass das komplette System innerhalb der Anlage abgeschaltet war; sie hatte auch die Stromversorgung im Umkreis von 50 Kilometern rund um die Anlage und damit auch jegliche Kommunikation nach außen lahmgelegt. Sogar die Mobilfunkmasten arbeiteten nicht mehr.

»Totaler Knockout – es geht einfach gar nichts mehr!«

Winter fluchte.

»Hier handelt es sich eindeutig um Sabotage! Steffen, kannst du mir mal ein Maschinengewehr mit leichter Munition geben? Ich habe eine böse Ahnung.«

Steffen, einer der Wachleute, griff in eine Waffenkiste hinter sich und händigte ihm das Gewünschte aus.

Gilbert Winter entsicherte das Gewehr und wandte sich an Louis, den zweiten Wachmann:

»Wir haben doch noch so ein altes, unverwüstliches Satellitentelefon im Abstellraum in einer Kiste, das mit Batterie arbeitet. Suche es und bring es her!«

»Alles klar!«

»Und Maxime, sorg du dafür, dass alle unsere Sicherheitstechniker mit

Hubschraubern eingeflogen werden und spätestens in einer halben Stunde hier auf der Matte stehen.«

»Unmöglich! Das wird deutlich länger dauern!«

»Versuch es! Außerdem fordere Verstärkung an! Und Steffen, du sicherst mit Louis zusammen den Eingang vor einem möglichen Angriff von außen. Schießt auf alles, was sich da draußen bewegt!«

»Und was machst du?«, wollte Maxime Bineaux von dem Deutschen wissen.

»Ich werde mich in der Anlage umschauen! Sobald du mit dem Telefonieren fertig bist, folgst du mir. Hier stinkt etwas ganz gewaltig.«

* * *

Lion und Leandro gelang es, sich durch den Lüftungsschacht der Anlage abzuseilen. Beim Durchqueren der großen Ventilatoren überkam sie ein ganz mulmiges Gefühl: Nicht auszudenken, was passieren würde, wenn sich diese Geräte ganz plötzlich wieder einschalten würden!

Aber Yumiko hatte mit ihrem Virenprogramm ganze Arbeit geleistet und die Ventilatoren blieben, neben sämtlichen anderen Systemen, weiter still.

Fünf Minuten nachdem sie das Gitter über dem Lüftungsschacht entfernt hatten, erreichten sie bereits den Boden des Lüftungssystems, legten das Kletterzeug ab, öffneten eine schmale Tür für Techniker, die regelmäßig Wartungsarbeiten an der Lüftungsanlage durchführen mussten, und betraten das unterirdische Labor. Neben Leandros Kenntnissen hatten sie sich zuvor intensiv mit den Bauplänen dieser Anlage auseinandergesetzt, die ihnen Yumiko beschafft hatte, und kannten sich deshalb mit allen Gegebenheiten sehr gut aus.

Leandro atmete erleichtert auf.

»Wir haben es tatsächlich geschafft! Wir sind drin!«

»Du sagst, wo es langgeht.«

Leandro überlegte, denn durch die Nachtsichtbrille hindurch sah alles etwas anders aus, als er es kannte. Nach kurzem Überlegen fand er aber die Orientierung wieder.

»Dort geht es lang! Der V-Bereich ist nicht weit weg von hier. Sobald wir da sind, lege ich los. Und du hältst mir den Rücken frei.«

»So hatten wir es vereinbart!«, bestätigte Lion.

* * *

Eine Viertelstunde später

Gilbert Winter hatte alle Büros und Labore nach Eindringlingen überprüft und war jetzt auf dem Weg zum V-Bereich, in dem die Virenstämme gelagert wurden. Er hatte ganz bewusst nicht den direkten Weg gewählt, sondern einen Umweg über einen versteckten Nebengang.

Plötzlich hörte er ein Geräusch! Misstrauisch blieb er stehen und schaltete sofort die schwache LED-Lampe aus. Hinter der nächsten Biegung lag der V-Bereich. Aufmerksam lauschte er.

Es war nichts zu hören. Totenstille umhüllte ihn und die Anlage.

Doch! Da war es wieder, dieses metallene Geräusch. Kaum wahrzunehmen, aber doch da.

Langsam tastete er sich im Dunkeln vor, erreichte eine Biegung und schaute vorsichtig um die Ecke herum.

Tatsächlich! In etwa fünf Meter Entfernung sah er das schwache rötliche Leuchten einer blinkenden LED-Lampe, direkt neben dem Generator, der die Klimaanlage im V-Bereich mit Strom versorgte.

Gilbert Winter blieb regungslos stehen und sah, dass sich das schwache Licht bewegte. Dann hörte er erneut dieses metallene Geräusch.

Er bewegte sich nicht, sondern brachte das Maschinengewehr leise in Anschlag.

Mit einem Mal war ihm klar, was abging.

Hier war ein Eindringling am Werk, ein Saboteur! Und dieser Eindringling befestigte gerade magnetisch haftende Sprengkörper am Generator der immer noch zuverlässig arbeitenden Klimaanlage. Jetzt war er gerade dabei, einen weiteren Sprengkörper anzubringen, und zwar an die Wasserstoffflaschen, die den Generator mit Energie versorgten.

Jemand wollte die Virenstämme vernichten, indem er hier alles in die Luft sprengte! Leider war sein Gegner im Vorteil, denn vermutlich verfügte dieser über ein professionelles Nachtsichtgerät, das ihm das Arbeiten ohne Licht ermöglichte.

Doch Gilbert wusste, dass er das Überraschungsmoment auf seiner Seite hatte, wenn er es klug anstellte.

Leise holte er seinen batteriebetriebenen Hochleistungsstrahler aus der Jackentasche, legte ihn auf einen Felsabsatz, den Strahler direkt auf den Eindringling gerichtet. Das Nachtsichtgerät würde dem Eindringling jetzt zum Verhängnis werden.

Der Deutsche schaltete den Strahler ein und schrie laut: »Keine Bewegung!«

Der Eindringling war zwar völlig überrascht, doch instinktiv schloss er sofort die Augen und riss das Nachtsichtgerät vom Kopf.

Danach hob er ergebend die Hände.

* * *

»Umdrehen!«

Der Eindringling gehorchte, die Hände immer noch nach oben gerichtet.

Gilbert Winter stutzte. Ihm stockte der Atem, als er das Gesicht des Eindringlings sah.

Das war doch nicht möglich. Er brauchte ein paar Sekunden, bis er Worte fand.

»Leandro! Leandro Bugatti!«

Beide schwiegen ein paar Sekunden. Gilbert Winter schüttelte ungläubig seinen Kopf und stammelte:

»Das ist doch vollkommen unmöglich! Ich dachte, du bist tot!«

Leandro ärgerte sich über sich selbst und über Lion, der eigentlich nur eine Aufgabe hatte: Ihn zu warnen, falls jemand kam. Aber irgendetwas war hier schiefgegangen, denn er war entdeckt worden.

Sein Hirn arbeitete auf Hochtouren – ihm musste jetzt ganz schnell etwas einfallen, sonst war alles aus. Am besten verwickelte er seinen ehemaligen Chef in ein Gespräch.

Leandro senkte seine Hände.

»Gilbert, bist du es?«

»Die Hände schön oben lassen! Ich habe eine Waffe auf dich gerichtet.«

Leandro gehorchte und sprach weiter, wobei er sich allergrößte Müh gab, betont locker zu klingen.

»Gilbert, schön dich zu sehen! Der Strom ist ausgefallen. Ich wollte hier im V-Bereich mal nach dem Rechten sehen. Aber die Klimaanlage arbeitet ja glücklicherweise einwandfrei. Was machst du hier?«

Gilbert Winter ging nicht darauf ein.

»Ich weiß nicht, wie es dir gelungen ist zu überleben, geschweige denn hier einzudringen. Kompliment! Du hast wirklich ganze Arbeit geleistet.«

»Danke!«

»Ja, ich habe schon immer gewusst, dass du das größte Genie aller Zeiten bist. Was hätte aus dir werden können, Leandro? Du warst kurz davor, mit uns zusammen das Ziel zu erreichen. Aber du hast uns verraten; du wolltest unsere Geheimnisse an die Öffentlichkeit bringen.«

»Na, du hast dich ja auch nicht gerade wie ein echter Freund benommen. Machst du das eigentlich immer so, dass du die Leute umbringen lässt, die dir gefährlich werden?«

Gilbert schwieg und Leandro sprach weiter.

»Aber wie du siehst, hat dein Killerkommando versagt – ich bin quicklebendig!«

»Ja, leider muss ich das jetzt selbst erledigen. Aber bevor ich dich auslösche: Warum wolltest du hier alles in die Luft sprengen?«

Leandro kam diese Frage gerade recht, denn er musste Zeit gewinnen. Während er sprach, tastete er vorsichtig nach einem Gegenstand, der sich oberhalb seiner Hände auf einer Nische befand.

»Weil du diese Viren nie und nimmer in den Griff bekommen wirst! Gilbert, denk doch nach: Ich habe zwar an einer Lösung gearbeitet und auch einen Durchbruch erzielt. Aber kontrollieren lassen sich diese Viren nur unter Laborbedingungen. Viren sind Monster! Und wenn du diese Monster freisetzt, wirst du eine Epidemie epischen Ausmaßes auslösen! Ich weiß, dass du mich nicht am Leben lassen wirst. Dafür kenne ich dich viel zu gut. Aber bitte stoppe das Projekt, bevor es zu spät ist!«

Gilbert Winter grinste.

»Netter Versuch. Ich drücke jetzt den Abzug, Leandro. Schade, dass es so weit kommen musste.«

»Wenn du abdrückst, sprengst du uns beide in die Luft und mit uns den ganzen V-Bereich.«

»Unsinn!«

»Wirklich? Dann schau doch mal, was ich hier in der Hand halte!«

Leandro öffnete seine Handfläche und zeigte seinem Gegner einen kleinen Gegenstand, den er von der Nische genommen hatte.

»Das ist der Abzug von einem Fernzünder. Sobald ich ihn loslasse, fliegt hier alles in die Luft!«

»Du bluffst!«

»Wenn du meinst, dann erschieß mich doch. Ich komme hier sowieso nicht mehr lebend raus.«

Gilbert Winter schwieg und versuchte, die Situation einzuschätzen.

Leandro, der tatsächlich nur bluffte, fuhr fort: »Aber warum darauf warten, dass du abdrückst? Ich lasse jetzt los.«

»Warte!«

Aber Leandro wartete nicht, sondern machte einen schnellen Satz zur Seite. Sofort zog Winter den Abzug seiner Waffe durch und feuerte.

Doch er verfehlte sein Ziel knapp.

Leandro verschanzte sich hinter einem Metallschrank und rief seinem Gegner zu: »So, und jetzt habe ich meine Waffe auf dich gerichtet!«

Gilbert lachte laut auf.

»Im Lügen warst du noch nie gut, mein Junge! Du langweilst m...«

Plötzlich krachte ein Schuss und zerschlug direkt neben Gilbert Winters Kopf das Fenster eines Büros, das genau gegenüber des Lagers für die Virenstämme lag.

»Glaubst du mir jetzt? Ich meine es ernst! Die Waffe auf den Boden und die Hände nach oben!«

Der Deutsche reagierte schnell und wich zurück in den Gang, aus dem er gekommen war.

»Das werde ich nicht tun, Leandro! Ich habe ein Schnellfeuergewehr auf dich gerichtet! Und du hast nur eine Pistole zur Verfügung. Ich würde sagen, der Vorteil liegt klar bei mir! Und gleich bekomme ich Verstärkung. Das Spiel ist aus, Leandro! Du hast verloren!«

Plötzlich spürte Gilbert einen leichten Stich in seinem Nacken. Er schrie auf, griff nach hinten an seinen Hals und bemerkte, dass er von einem kleinen Pfeil getroffen worden war. Irritiert zog er den Pfeil heraus und schaute sich um. Niemand war zu sehen, aber die Stimme von Lion war zu hören.

»Ich möchte Sie nur ungern korrigieren, Herr Winter, aber Sie haben verloren! Ich wünsche Ihnen noch eine gute Nacht!«

Gilbert Winter wollte etwas antworten, aber plötzlich wurde ihm schwarz vor Augen. Wenige Sekunden später verlor er das Bewusstsein.

Lion steckte das Blasrohr in seine Tasche, mit dem er insgesamt sieben Pfeile abgeschossen hatte. Vier der sieben Pfeile, die mit einem stark wirkenden Betäubungsgift getränkt waren, hatten ihr Ziel getroffen und neben Gilbert Winter zuvor auch die beiden Wachleute und Maxime Bineaux außer Gefecht gesetzt.

Lion atmete erleichtert auf, dass es ihm gerade noch rechtzeitig gelungen war, auch Leandros Ex-Chef auszuschalten. Irgendwie war Gilbert Winter unbemerkt an ihm vorbeigekommen - vielleicht hatte er einen anderen Weg genommen.

Lion verließ die Deckung und überprüfte den Puls des Ohnmächtigen. Dann hob er den Pfeil auf und versorgte ihn in einem Behälter, den er anschließend tief in seiner Tasche versteckte.

Niemand durfte herausfinden, welches Betäubungsgift hier eingesetzt worden war. Das hatte er Ariel versprechen müssen, bevor dieser Lion seine aus dem Amazonas-Bereich stammende Blasrohr-Ausrüstung überlassen hatte.

Leandro kauerte noch immer hinter dem Schrank, bis er mit einem Mal Lions Stimme aus der Nähe vernahm.

»Hey, Alter, kannst rauskommen! Die Luft ist rein; alle Babys schlafen.«

* * *

Zwanzig Minuten später schleiften Lion und Leandro den letzten der vier Bewusstlosen durch die Tür einer Arrestzelle, die sich außerhalb der Forschungseinrichtung in einem separaten Wachhaus befand.

Leandro schüttelte völlig außer Atem den Kopf.

»Hättest du dieses über 120 Kilogramm schwere Walross nicht etwas näher beim Ausgang ausschalten können? Du wusstest doch, dass das mit dem Abtransport schwierig werden würde.«

Lion grinste nur, verschloss die Tür und warf den Schlüssel in den nächstgelegenen Mülleimer. Dann schaute er auf seine Uhr und zählte laut: »Fünf, vier, drei, zwei, eins - Schachmatt!«

Eine gewaltige Explosion war vom Inneren der Anlage zu hören, gefolgt von einer heftigen Druckwelle, die wenige Sekunden später aus dem Tunnelsystem herausschoss.

Fünf Minuten später landete ein kleiner Hubschrauber in der Nähe der Anlage. Lion und Leandro stiegen ein und begrüßten neben Ariel auch Yumiko, die den Helikopter steuerte.

Der Helikopter hob ab und verschwand im Tiefflug in der Dunkelheit.

KAPITEL 22

In einem Kibbuz in Israel – zwei Wochen später

David, Leandro, Lion und Jackie saßen mit Ariel und Yumiko zusammen auf der Veranda eines typischen Kibbuz-Hauses im Nordwesten von Israel und genossen in gefräßiger Stille ihr Mittagessen.

Ariel, der ihnen ganz bewusst ein typisch israelisches Mittagsgericht aufgetischt hatte, schaute in die Runde und erhob das Weinglas.

»Le'Chaim! Genießt es! Übrigens, das Schakschuka stammt vom besten Koch aus Israel.«

Die anderen erhoben ebenfalls ihre Gläser.

Lion, der ganz eng neben Jackie saß, lächelte.

»Ja, es schmeckt unglaublich lecker! Kompliment an den Koch. Hätte nie gedacht, dass ich mal mit euch allen zusammen in einem Kibbuz in Israel landen würde.«

David nickte nachdenklich.

»Ich auch nicht! Aber ich frage mich immer wieder, ob es richtig war, was wir in Colorado gemacht haben.«

Ariel klopfte ihm beruhigend auf die Schulter.

»Alles ganz koscher, genau wie das Essen, das ich euch gerade aufgetischt habe.«

David widersprach.

»Gar nichts ist koscher, wenn ich an Colorado denke. Denkt doch nach: Ihr seid auf amerikanischem Boden in eine Forschungseinrichtung eingedrungen, habt dort einen Sprengsatz gezündet und Teile dieser Einrichtung in die Luft gesprengt. Erschwerend kommt noch hinzu, dass ihr Waffengewalt gegen Personen angewendet habt. Also ich würde sagen, dass das nach amerikanischem Recht Straftaten sind, auf die hohe Gefängnisstrafen folgen! Und ihr könnt mit Sicherheit davon ausgehen, dass Gilbert Winter persönlich dafür sorgen wird, dass ihr von jetzt an Amerikas Staatsfeind Nr. 1 seid und man international nach euch fahnden wird.«

Lion zuckte mit den Schultern:

»Mir ist durchaus bewusst, was wir gemacht haben. Aber nur Leandro wurde erwischt. Mich hat niemand gesehen, von euch ahnen sie höchstens und das ist auch gut so. Außerdem, hatten wir überhaupt eine Alternative?«

»Ich weiß es ehrlich gesagt nicht, Lion«, antwortete ihm David.

Jetzt schaltete sich Yumiko in die Diskussion mit ein.

»Ich weiß, David, dass du Christ bist und deshalb eine ganz besondere Sensibilität dafür hast zu fragen, was richtig und was falsch ist. Die Antwort auf die Frage, ob etwas richtig oder falsch war, ist nicht immer ganz einfach. Manchmal ist die Situation ja so: Egal, was man tut – man macht etwas falsch. Ich musste die ganze Nacht an das denken, was du mir gestern Abend über ein traumatisches Ereignis in deinem Leben erzählt hast, das dich total veränderte und dich, wie du sagtest, in die Arme Gottes getrieben hat.«

David schaute ihr gequält in die Augen:

»Ja, das setzt mir auch heute noch sehr zu. Denn ich war schuld, dass eine Freundin von mir ums Leben gekommen ist.«

»Nein, David, du bist nicht schuld!«

»Doch, ich habe sie in diese Disco mitgenommen, die in einem verruchten Viertel lag. Und vor der Eingangstür der Disco ist sie umgekommen. Und ich bin verantwortlich dafür!«

Yumiko schüttelte den Kopf.

»Kann sein, dass du mit verantwortlich dafür bist. Aber sie ist ja eigentlich, ohne dich, auf eigene Verantwortung vor die Tür gegangen. Dort wurde sie von einem bewaffneten Mann überfallen. Als du rauskamst und das sahst, hast du sofort deine Waffe gezogen und sie auf ihn gerichtet. Ja, du hättest natürlich sofort abdrücken und ihn außer Gefecht setzen können. Aber du hast gezögert und ihn stattdessen aufgefordert, deine Freundin in Ruhe zu lassen. Daraufhin hat der Verbrecher das Mädchen kaltblütig erschossen.«

David nickte schweigend und Yumiko fuhr fort.

»Noch einmal – für mich bist nicht du schuld am Tod dieses Mädchens, sondern der Verbrecher, der es erschossen hat, trägt die Schuld. Außerdem: Hinterher weiß man immer alles besser. Du konntest damals nicht vorhersehen, dass so etwas passieren würde, und hast deshalb gezögert. Wir sind als Menschen viel zu begrenzt und manchmal auch zu schwach, um immer alles richtig beurteilen zu können oder richtig zu handeln; damit müssen wir einfach klarkommen. Aber mal angenommen, du hättest vorher schon gewusst, was passieren würde – hättest du dann auch gezögert, sofort abzudrücken?«

David schüttelte den Kopf.

»Mit Sicherheit nicht! Ich hätte ihn ja nicht töten müssen. Aber ich verstehe, was du mir damit sagen willst: Manchmal muss man bereit sein, harte Entscheidungen zu treffen und diese auch in aller Konsequenz und Härte umzusetzen, auch wenn sie nicht ganz sauber sind.«

»Genau das wollte ich sagen. Und wir haben mit der Zerstörung der Forschungseinrichtung genau das Richtige getan.«

David schluckte und Yumiko sprach weiter.

»Aber um noch einmal auf dein Déjà-vu zurückzukommen: Viel wichtiger und wertvoller, als sich sein Leben lang vermeintliche Fehler der Vergangenheit vorzuwerfen, ist, dass man aus seinen Fehlern lernt und sich auf kritische Situationen so gut vorbereitet, dass man wenigstens in Zukunft richtig handelt. Und du hast bereits aus deinen Fehlern von damals die richtigen Schlüsse gezogen und eine Kehrtwende um hundertachtzig Grad vollzogen. Das finde ich beeindruckend, David. Und noch eins: Ich kenne diesen Gott nicht, an den du glaubst. Aber wenn er wirklich so ist, wie du mir erzählt hast, dann hat er dir vergeben! Und du solltest dir endlich auch selbst vergeben.«

David lächelte.

»Du hast recht, Yumiko, vielen Dank! Ich denke darüber nach.«

Lion klopfte David auf die Schulter.

»Na, dann ist ja am Ende doch alles gut, gell? Und jetzt solltest du dich einfach mit uns mitfreuen, dass wir diesem Schurken Gilbert Winter ziemlich eins auswischen konnten.«

Dann wandte er sich an die Gruppe.

»Leute, wir haben eine Katastrophe unbekannten Ausmaßes verhindert! Wir haben mit der Zerstörung der Virenstämme in der Forschungseinrichtung wahrscheinlich Tausenden oder sogar Millionen von Menschen das Leben gerettet! Le'Chaim!«

Er trank einen Schluck und fügte hinzu: »Und ganz ehrlich, ich würde dafür sogar mit breiter Brust ins Gefängnis gehen, wenn es denn nun unbedingt sein müsste.«

Jackie schaute auf.

»Gefängnis? Nein, du bleibst mal schön bei mir! Ich brauche dich noch!«

Jackie gab Lion einen Kuss auf die Wange.

»Und ich dich!«, erwiderte Lion und legte seinen Arm um sie.

Jackie wandte sich an Ariel.

»Was ist eigentlich aus der Sache mit dem Labor geworden? Ich meine, Leandro ist ja von Gilbert Winter auf frischer Tat erwischt worden. Droht ihm jetzt wirklich das Gefängnis? Und ist irgendetwas in der Presse darüber berichtet worden?«

Ariel schüttelte den Kopf.

»Weder im Fernsehen noch in den Zeitungen noch irgendwo sonst wurde darüber berichtet. Die Sache wird absolut geheim gehalten.«

Dann musste er plötzlich grinsen.

»Und das hat seinen Grund! Leandro, lass mal die Katze aus dem Sack - erzähl es ihnen!«

Leandro lächelte wissend.

»Während Lion die Zündung für die Sprengkörper aktiviert hat, habe ich die Zeit genutzt und noch schnell einen USB-Stick mitgenommen, den ich früher einmal in der Nähe des V-Bereichs gut versteckt hatte.«

David machte große Augen.

»Willst du damit sagen, dass ...«

»Richtig, auf diesem USB-Stick befindet sich eine Kopie von allem, was auch auf dem zerstörten Bio-Chip abgespeichert war: Alle Dokumente, Filme, Audio-Dateien – alle Geheimnisse in und um die Forschungsanlage, die ich herausgefunden habe und die ich brauche, um Gilbert Winter und Konsorten unter Druck zu setzen. Und das Tollste ist: Winter weiß, dass ich diesen USB-Stick habe.«

Jackie lächelte.

»Heißt das, dass er auf eine Strafverfolgung gegen dich verzichten wird?«

»So könnte man es auch ausdrücken – ja. Gilbert wird schweigen wie ein Grab und sich damit abfinden müssen, dass sein Projekt in Colorado vom Tisch ist. Er wird auch nicht mehr daran arbeiten, das steht fest.«

Ariel nickte.

»Ja, über Gilbert Winter hängt sozusagen ein Damokles-Schwert. Denn er weiß, dass Leandro etwas gegen ihn in der Hand hat.«

»Genau! Und sollte mir oder David auch nur die kleinste Kleinigkeit zustoßen, weiß er, dass diese Informationen an die Öffentlichkeit gelangen werden. So bleibt ihm wohl nichts anderes übrig: Er lässt uns in Ruhe und wir ihn. Das ist der Deal.«

»Und wie geht es mit mir weiter?«, wollte Jackie wissen. »Ich leide doch noch immer unter dieser Amnesie. Es ist einfach schrecklich! Ich weiß nach wie vor nichts über meine Vergangenheit; ich weiß nicht einmal, wer meine Eltern sind, ob ich Geschwister habe oder sonstige Verwandte. Ich kann auf Dauer so einfach nicht leben.«

Jackie unterdrückte ein Schluchzen, und Lion, der seinen Arm immer noch um ihre Schulter gelegt hatte, drückte sie fest an sich.

»Jackie, vielleicht brauchen wir nur etwas Geduld, bis dein Gedächtnis wiederkommt. In der Zwischenzeit werden wir alles tun, um deine Geheimnisse zu lüften, das verspreche ich dir.«

* * *

Nach dem Essen schlenderten Lion und Jackie durch die Olivenhaine und Orangenplantagen des Kibbuz'.

»Weißt du, was mir klar geworden ist, Lion?«

»Was?«

»Dass es wichtigere Dinge im Leben gibt als die, um die sich die meisten Menschen drehen.«

»Was meinst du damit?«

»Ich muss immer an David denken. Er hat, bevor er diesen starken und festen Glauben an Gott hatte, ein ganz anderes Leben geführt.«

Lion schmunzelte.

»Ja, David war anscheinend ein durchgeknallter Sonnyboy, der das Leben in vollen Zügen ausgekostet hat und dem kein weibliches Wesen widerstehen konnte.«

»Aber er war damals nicht glücklich, Lion. Ihm fehlte das Entscheidende im Leben.«

Lion dachte nach.

»Ja, aber mit seiner Kehrtwende hat er alle seine damaligen Freunde verloren und fristet seitdem sein Leben als einfacher Handwerker, der jeden Tag hart arbeiten muss, um zu überleben - das ist auch nicht gerade das Leben, was ich mir so vorstelle. Da würde mir irgendetwas fehlen.«

»Aber er ist glücklich! Er strahlt so viel Geborgenheit und Ruhe aus. Und ich nehme es ihm auch absolut ab, dass er Frieden mit Gott hat und mit dem Schöpfer per du ist.«

»Und? Was für einen Schluss ziehst du daraus?«

»Dass es eben Dinge im Leben gibt, die wichtiger sind als alles andere - und dass ich Gott nicht länger links liegen lassen möchte. Ich für meinen Teil habe den Entschluss gefasst, diese Vergebung von Jesus Christus, von der David spricht, für mich ganz persönlich in Anspruch zu nehmen. Denn ich möchte diesen tiefen, inneren Frieden, den David ausstrahlt, diesen Frieden mit Gott, wie er es ausdrückt, auch haben.«

Dann schaute sie Lion tief in die Augen.

»Es gibt eben Dinge im Leben, die wichtiger sind als alles andere.«

ENDE

EPILOG

Gilbert Winter betrat unsicher eine dunkle Kathedrale, deren Wände kunstvoll mit zahlreichen fünfzackigen Sternen und vielen weiteren uralten magischen Symbolen ausgeschmückt waren.

Sein Blick fiel auf den Altar, auf dem ein Leuchter stand, dessen Flamme gespenstisch flackerte und ein fahles Licht an die Dunkelheit abgab.

Er blieb stehen und wartete, bis sich seine Augen an die Dunkelheit gewöhnt hatten.

Und plötzlich sah er ihn. Den Meister persönlich.

Ja, direkt hinter dem Altar stand ein Mann in einer schwarzen Robe. Ehrfürchtig verneigte Gilbert sein Haupt vor ihm.

Der Mann mit der Robe trat vor, sodass im flackernden Lichtschein des Leuchters sein Gesicht zu sehen war.

Er schaute Gilbert Winter mit seinen hypnotisierenden Augen prüfend an.

»Du hast mich enttäuscht, Gilbert! Was ist geschehen?«

»Du weißt, was passiert ist, Meister!«

»Was geschehen ist, ist geschehen, Gilbert. Aber du darfst mich nicht noch einmal enttäuschen.«

»Ich werde dich nicht mehr enttäuschen, Meister! Wie lautet dein Auftrag?«

»Jacqueline!«

»Ja, sie läuft immer noch frei herum. Sie ist ein Sicherheitsrisiko für uns. Soll ich sie töten, sobald wir sie aufgespürt haben?«

»Nein, sie ist zu wertvoll für uns - ich will sie lebend haben! Und was diesen Lionel Abraham Daniels angeht, bei dem sie sich aufhält: Er hat eine Familie. Lockt ihn aus der Reserve! Und stellt ihn vor die Wahl: Seine Familie oder Jacqueline.«

»Zu Befehl, Meister!«

NACHWORT

Ich freue mich, dass ich nach vier Jahren Auszeit den Lesern den ersten Band einer neuen Jugendthriller-Trilogie präsentieren kann, die neben Action und Spannung auch topaktuelle und hochbrisante Themen aufgreift.

Überwachung und Manipulation – Science-Fiction oder Realität? Wird hier übertrieben, oder ist die Darstellung in diesem Roman nicht vielleicht doch Realität?

Die Antwort ist: Die Hardware existiert – warum sollten die vorhandenen Möglichkeiten nicht auch eingesetzt werden?

Und es ist bereits heute Tatsache, dass wir kontrolliert, überwacht, manipuliert und fremdbestimmt werden, und zwar in einem Ausmaß, das die meisten Menschen wahrscheinlich nicht für möglich halten.

Vielleicht winkst du bei diesem Thema leichtfertig ab: »Ist mir egal – mein Geschwätz interessiert sowieso keinen.«

Aber denk dran, in einer digitalisierten Welt, in der wir leben, hinterlässt jeder noch so kleine Fehltritt gefährliche Spuren, die nie mehr ausgelöscht werden können. Das Netz vergisst nichts.

Ist dir bewusst, dass deine kleinen Geheimnisse, die du vielleicht leichtfertig im Netz preisgegeben hast, irgendwann einmal gegen dich verwendet werden könnten, dich erpressbar machen und das Potenzial haben, deine Zukunft zu ruinieren?

Aber wie schützt du dich vor einer immer lückenloser werdenden Überwachung, der du nun mal durch eine rasant fortschreitende technische Entwicklung in zunehmendem Maße ausgesetzt bist? Und wie kannst du verhindern, dass du manipuliert und zu Entscheidungen gedrängt wirst, die du eigentlich niemals treffen würdest?

Lerne es, Dinge kritisch zu hinterfragen. Was sagte Ariel, warum er mit einem uralten Jeep ohne Klimaanlage herumfuhr: »Keine Elektronik, keine Überwachung! So einfach ist das!«

Also warum nicht einfach mal bescheidener werden und vorsichtiger sein? Vor allem aber solltest du Augen und Ohren offen halten.

Denn nur wer weiß, was läuft, kann richtige Entscheidungen treffen und sich schützen.

Zum Schluss zur Frage: Gibt es tatsächlich so etwas wie einen Babylon-Plan und sogenannte Geheimgesellschaften, die an der Umsetzung eines solchen Plans arbeiten?

Die Antwort darauf möchte ich dem Leser selbst überlassen ...

... mit dem Hinweis:

Alle Namen in diesem Roman sind zufällig gewählt, alle Handlungen, Personen, Personengruppen oder Charaktere etc. sind frei erfunden und beziehen sich nicht auf lebende oder real existierende Vorbilder oder deren Charakter.

Ein großer Dank geht an Matthias Mross und meinen Sohn Benjamin Kowalsky. Beide waren eine große Hilfe dabei, das Skript ein Stückchen besser zu machen.

Last but not least vielen Dank auch dem großartigen Team vom SCM-Verlag, dass dieses Buch möglich gemacht hat. Mein spezieller Dank für eine sehr gute Zusammenarbeit geht dabei auch an die Lektorin Hella Thorn.

Allen Lesern wünsche ich auch weiterhin viel Spaß mit
Lion Daniels – Fortsetzung folgt

Liebe Grüße
euer Daniel Kowalsky